LA *fille* DANS LE PLACARD

= 1 =

Chantal Brunette

LA *fille* DANS LE PLACARD

= 1 =

Libre Expression
Une société de Québecor Média

Catalogage avant publication de Bibliothèque et Archives nationales du Québec et Bibliothèque et Archives Canada

Brunette, Chantal
La fille dans le placard
ISBN 978-2-7648-1119-1 (vol. 1)
ISBN 978-2-7648-1120-7 (vol. 2)
I. Titre.

PS8603.R859F54 2016 C843'.6 C2015-942312-0
PS9603.R859F54 2016

Édition : Nadine Lauzon
Révision et correction : Marie Pigeon Labrecque et Julie Lalancette
Couverture et mise en pages : Clémence Beaudoin
Photo de l'auteure : Michel Paquet

Cet ouvrage est une œuvre de fiction ; toute ressemblance avec des personnes ou des faits réels n'est que pure coïncidence.

Remerciements
Nous remercions le Conseil des Arts du Canada et la Société de développement des entreprises culturelles du Québec (SODEC) du soutien accordé à notre programme de publication.
Gouvernement du Québec – Programme de crédit d'impôt pour l'édition de livres – gestion SODEC.

Financé par le gouvernement du Canada
Funded by the Government of Canada | Canada

Les Éditions Libre Expression
Groupe Librex inc.
Une société de Québecor Média
La Tourelle
1055, boul. René-Lévesque Est
Bureau 300
Montréal (Québec) H2L 4S5
Tél. : 514 849-5259
Téléc. : 514 849-1388
www.edlibreexpression.com

Dépôt légal – Bibliothèque et Archives nationales du Québec et Bibliothèque et Archives Canada, 2016

ISBN : 978-2-7648-1119-1

Distribution au Canada
Messageries ADP inc.
2315, rue de la Province
Longueuil (Québec) J4G 1G4
Tél. : 450 640-1234
Sans frais : 1 800 771-3022
www.messageries-adp.com

Diffusion hors Canada
Interforum
Immeuble Paryseine
3, allée de la Seine
F-94854 Ivry-sur-Seine Cedex
Tél. : 33 (0)1 49 59 10 10
www.interforum.fr

« La vie est une histoire formidable…
Seulement, les gens ne réalisent pas
qu'ils en sont les auteurs
et qu'ils peuvent l'écrire comme ils la veulent. »
JOHN P. STRELECKY, *Le Why Café*.

À Lili…

1

Tu ne t'en souviendras plus le jour de tes noces...

J'étais de nouveau assise sur ce vélo tortionnaire... Celui qui fait si mal aux fesses que j'avais de la difficulté à m'asseoir pendant des jours. *Allez, pédale! Pédale!* Heureusement que j'avais la musique de cette vedette montante de la téléréalité américaine dans les oreilles! L'homme en sueur sur le vélo à côté de moi me regardait d'un air découragé. Oups! Avais-je chanté à voix haute? *Roule! Allez, roule, ma belle!* Je voulais bien, mais ça ne me mènerait nulle part...

Pourquoi étais-je là, déjà? Ah oui! C'était pour retrouver mon « p'tit cul de *racing* », celui de mes vingt ans, qui m'a quittée à vingt et un et qui est en fugue depuis. Il m'attendait probablement sur cette plage de Bora Bora où j'irais me pavaner une fois mon but atteint. J'abandonnais chaque année (malgré toute ma bonne volonté!). Mais cette fois-ci, c'était la bonne! Je me mariais dans quelques semaines! Et pas question d'afficher des livres en trop dans ma robe. Mon entraîneur me faisait toujours la morale: « Maxime[1], c'est pas réaliste de se fixer un tel objectif en aussi peu de temps… »

Il a le don de péter ma bulle, lui!

Une jolie blonde courait sur le tapis en avant de moi. Le genre de fille qui est belle même sans maquillage et qui semble avoir une technique de course parfaite. Le genre de fille qu'on aime toutes haïr parce qu'elle fait tourner la tête de nos copains. Le genre de fille dont les cheveux ne frisottent pas à la moindre goutte de sueur et qui sent la rose même après une demi-heure de course… Le genre de fille qui ne devient pas écarlate au moindre effort (contrairement à moi qui rougis à rien): *the perfect woman!* Ce n'est pas juste… Pourquoi moi je dois me battre avec mon fer plat pour étirer ma longue et épaisse chevelure? Sans exagérer, je pourrais fournir des cheveux à au moins trois têtes! Résultat: la plupart du temps, je me contente de les onduler puisqu'à la simple annonce d'une probabilité d'averse ils se mettent à frisotter. Un vrai baromètre: je suis plus efficace que *miss* Météo pour faire des prédictions!

***

J'étais de plus en plus anxieuse, car nous étions déjà à la fin du mois de mai! Il me restait un million de choses à faire sur ma *to-do list*. Et si peu de temps avant le grand jour. Mon cerveau était surchargé à un tel point que mon petit hamster était à la veille de me donner son quatre pour cent. Et ça n'en prenait pas plus pour que mon système immunitaire décide de prendre le bord lui aussi.

---

1. Je suis née dans les années 1980, à l'époque où l'on donnait principalement le prénom « Maxime » à des garçons. Je suis l'exception à la règle!

Un matin, je me suis réveillée avec une infection au gros orteil. Je déteste être malade et, avant, j'envisageais toujours le pire scénario possible. Avec le temps, j'ai mis au point des mécanismes de défense pour rester zen et en contrôle lors de situations stressantes. Ainsi, lorsque les premiers signes de l'infection se sont manifestés, j'ai choisi le déni. Note à moi-même: le déni n'est pas le moyen de défense à préconiser lorsque l'infection est RÉELLE.

Donc, une semaine plus tard, mon infection s'est aggravée et j'ai dû aller consulter un médecin.

— Mademoiselle, vous avez probablement un début de panaris.

Pana... quoi? Quessé ça? Une nouvelle sorte de MTS d'orteils?

Ça me fait rire quand les médecins emploient le terme «probablement» pour leur diagnostic. *Es-tu médecin, oui ou non, mon homme? J'aurais pu arriver à la même conclusion en «googlant» mes symptômes.*

— Il faut prendre cette crème antibiotique pendant dix jours, et si la rougeur persiste ou empire, revenez immédiatement me voir.

— Qu'est-ce qui peut avoir causé ça? lui ai-je demandé, le regard inquiet.

— C'est difficile à dire... Un ongle incarné, peut-être? Quoique ça ne semble pas être votre cas. Une petite blessure, un frottement dans vos chaussures. Avez-vous changé de souliers récemment?

À bien y penser, j'avais recommencé à m'entraîner quatre fois par semaine au cours du mois précédent. Lors de mon dernier périple aux *outlets* de New York, j'avais acheté une belle paire de souliers de course Nike avec capteur pour iPhone (j'aime ça, les gadgets). Ils étaient très beaux et allaient à merveille avec mes vêtements d'entraînement, mais ils étaient un peu étroits pour mes pieds. C'est probablement le frottement à répétition qui avait causé cette blessure. J'y étais allée un peu fort dans mon retour à l'entraînement, question d'être top canon dans ma robe de mariée.

Je suis donc repartie chez moi avec ma crème magique et j'ai commencé à soigner cette infection – un peu sur le tard, j'en étais bien consciente. Les journées ont passé. Aucune amélioration. Je suis retournée consulter le médecin. Après avoir examiné mon orteil, il m'a dit :

— Nous allons devoir procéder immédiatement à une onyxectomie.

Ce n'est pas le terme employé quand on fait dégriffer son chat, ça ?

— Pardon ? Êtes-vous en train de me dire que je vais me faire enlever l'ongle ?

— Exactement ! Il n'y a pas d'autre option. Il faut évacuer l'infection afin d'éviter d'autres complications.

Me laissant avec mon choc traumatique, le médecin est sorti de la salle pour aller chercher les instruments nécessaires à la chirurgie. Je capotais ! Je n'avais pas du tout envie de me faire enlever l'ongle du gros orteil…

Complications, complications… Je croyais qu'il allait me dire de poursuivre le traitement ou d'essayer un autre antibiotique. Je ne veux pas me faire dégriffer !

Est-ce que mon ongle va repousser normalement ? J'aurai l'air de quoi, moi, avec neuf petits ongles bien vernis et un orteil défiguré dans mes sandales à trois cents piastres le jour de mon mariage ?

Le médecin est aussitôt revenu dans la salle de consultation avec ses outils pour procéder à mon dégriffage.

Après avoir survécu à cette procédure qui m'a fait souffrir le martyre, je suis rentrée chez moi et j'ai tout de suite appelé ma mère en braillant ma vie. Comme elle le fait toujours lors de mes crises existentielles, elle a tenté de me ramener à l'ordre :

— Maxime Lafleur ! Veux-tu bien arrêter de t'en faire pour rien ? Tu ne t'en souviendras plus le jour de tes noces !

Cette expression, surutilisée par les femmes de sa génération, je ne suis plus capable de l'entendre!

— M'man, j'ai plus dix ans! C'est clair que je vais m'en rappeler le jour de mon mariage. C'est dans D-E-U-X S-E-M-A-I-N-E-S!

À moins que la malchance continue de s'acharner sur moi et que je sois atteinte d'Alzheimer d'ici les prochains jours!

***

Le grand jour venu, je comprends que ma mère avait raison. Mon orteil handicapé est très loin dans la hiérarchie de mes préoccupations. Heureusement, l'une de mes demoiselles d'honneur, infirmière de profession, a eu la «brillante idée» de faire mon bandage avec un ruban mauve (ma couleur préférée!), qui s'agence à merveille avec mon vernis. La catastrophe a été évitée de justesse... Une chance que je peux compter sur mes amies!

Avant le début de la cérémonie, le photographe m'a proposé une séance photo avec mes demoiselles d'honneur dans le secteur boisé du Domaine Saint-Bernard. J'étais sceptique. *C'est quoi, l'idée de génie? Il va y avoir plein de bibittes. Je vais me faire piquer partout. Je fais des réactions allergiques aux piqûres d'insectes. Je vais me présenter devant tout le monde avec des boursoufflures à la grandeur du corps. Pas trop* winner *comme concept!*

Après qu'il a insisté, j'ai fini par accepter sa proposition. Maintenant arrivée sur place, je suis heureuse de ne pas avoir écouté mon intuition. Le décor est à couper le souffle. D'immenses sapins à perte de vue, tous parfaitement alignés, nous entourent. La mince couche de mousse verte éclatante qui recouvre le sol va faire ressortir le vert de mes yeux sur les photos. Et même s'il fait un soleil splendide à l'extérieur en cette première journée officielle de l'été, les branches des conifères font suffisamment d'ombre pour donner l'impression d'une journée pluvieuse. Je me sens comme si j'étais en plein cœur d'un *photoshoot* pour le film *Twilight.*

— Maxime, place-toi au centre du chemin de terre. Vous, la Rouge, l'Orange et la Jaune, placez-vous à sa gauche. Et vous, la Verte, la Bleue et la Mauve, à sa droite.

Mes demoiselles d'honneur prennent place à mes côtés en respectant les demandes du photographe. Étant donné que mes six élues ont toutes une silhouette et des goûts aussi différents les unes que les autres, j'ai décidé d'acheter la paix. Elles ont eu la liberté totale quant au choix de leur robe. Pas de gestion de: « La couleur ne *fitte* pas avec mes cheveux, mon teint. Le modèle ne m'avantage pas du tout ! »

— Maxime, tourne-toi un peu vers la droite.

Je m'exécute.

— Parfait ! À trois: un, deux, trois…

On enchaîne toutes en chœur:

— *SHARK ATTACK*[2] *!*

Pendant que le photographe prend sa série de clichés, je me laisse inspirer par ce décor enchanteur pour me perdre dans mes pensées. Je songe à toutes ces fois où ma mère m'a dit: « Tu ne t'en souviendras plus le jour de tes noces… »

***

J'avais cinq ans la première fois que j'ai entendu ce fameux dicton. C'était après avoir fait des tonneaux avec mon *big wheel* dans la ruelle derrière chez moi en m'amusant à foncer à toute vitesse sur les dos d'âne pour faire des *jumps* (la notion de danger n'existe pas

2. Vous comprendrez en temps et lieu la raison derrière l'utilisation de cette expression.

à cet âge-là !). Je m'étais mise à brailler comme un veau quand j'avais aperçu mes genoux ensanglantés.

Même chose à douze ans, quand j'ai décidé de ne plus suivre les traces de Josée Chouinard, mais de me tourner plutôt vers celles de Manon Rhéaume[3]. À cette époque, très peu de filles pratiquaient le hockey, un sport de « gars ». Au début de la saison, des parents avaient fait circuler une pétition afin de m'empêcher de jouer dans une équipe double lettres (pour les non-initiés : une équipe élite). Ils prétendaient que je « volais » la place d'un gars qui aurait la chance d'évoluer dans la LNH un jour…

Calmez-vous le pompon ! Je ne vois pas de futurs Wayne Gretzky sur la patinoire !

Avec toute la commotion que ça avait causée, je me mettais beaucoup de pression sur les épaules. Ma mère m'encourageait à foncer pour prouver à mes détracteurs que j'avais ma place, comme tous les autres, au sein de l'équipe !

Aujourd'hui, lorsque je dis aux gens que j'ai déjà joué au hockey, j'ai l'impression qu'il faudrait que j'aille enfiler mes patins et leur montrer mon savoir-faire sur une patinoire pour qu'ils me croient. Disons que je ne projette pas l'image de la fille ultra-sportive ! J'affectionne plutôt les *skinny jeans*, les bottes en cuir, les beaux sacs à main et les trucs tendance. Mais j'apprécie quand même mes vêtements de sport confortables de temps en temps. Une vraie bipolaire vestimentaire !

Puis ma mère m'a répété la même rengaine à seize ans quand j'ai eu mes trois greffes de gencive avant de porter des broches ! *Maman, impossible de faire fi de cette douleur atroce. Je m'en souviens encore !*

---

3. Manon Rhéaume est la seule femme au monde à avoir participé à un match de la LNH. Belle stratégie de marketing de la part du propriétaire du Lightning de Tampa Bay pour attirer les habitants de la Floride qui, habitués à avoir les pieds dans le sable, sont venus se geler les fesses dans son aréna ! Cet exploit est tout à son honneur.

J'ai réalisé avec le temps que cette phrase qu'elle s'entêtait à me dire, c'était sa façon à elle de calmer mes peurs et de me réconforter.

***

Pourtant, la vie n'est pas un long fleuve tranquille. Et la mienne ne fait pas exception à la règle. Je dirais plutôt qu'elle s'apparente à un *road trip* sans fin, où une sortie n'attend pas l'autre. En cours de route, je me suis souvent remémoré le dicton de ma mère pour me rassurer. Mais maintenant que je m'apprête à faire le grand saut, je constate qu'il y a bien des choses dont je me souviens encore le jour de mes noces…

2

« Tous les trains, tous les bateaux,
tous les avions ne m'emmèneront
jamais assez loin... »

Jamais assez loin, Isabelle Boulay

La journée du 31 mai 2003 marquait le début d'une grande aventure. À vrai dire, j'étais plutôt en train de vivre une des pires crises d'anxiété de ma jeune vie ! Le tout a commencé lorsque j'ai eu la « brillante idée » de préparer mes bagages le matin même du grand départ de mon voyage étudiant. (J'ai hérité de la fâcheuse habitude de ma mère de tout faire à la dernière minute.)

Pour vous donner une idée, lorsque je pars une semaine dans le Sud, j'ai besoin au minimum d'une première valise, qui atteint sans problème le poids maximal alloué de vingt-trois kilos, puis d'une deuxième, que j'emporte à bord de l'avion et qui contient autant, sinon plus de vêtements que la première. (Précaution de survie au cas où mes bagages ne se rendraient pas à destination.) Et bien sûr, mon sac à main. Pas n'importe lequel... Celui qui peut accueillir autant de matériel qu'un sac à dos de randonnée !

Pour la première fois de ma vie, je devais me résigner à me séparer de ma valise sur roulettes pour voyager avec mon ennemi… le sac à dos! Évidemment, ce n'était pas ma décision, mais plutôt une obligation. Je me revois avec ma mère en train de faire mes bagages en « tapon » avec une quelconque logique de rangement. Tout un défi!

Après une heure de Tetris, j'avais réussi à compresser tout ce que je voulais apporter pour survivre loin de la maison pendant un mois. J'étais fière de moi. Quand on veut, on peut! Il me restait encore quelques heures avant de me diriger vers l'aéroport. Je suis peut-être à la dernière minute, mais je suis efficace. J'avais même assez de temps pour me prélasser sur le bord de notre piscine. Question d'entretenir mon bronzage.

Tout allait bien. Du moins, jusqu'au moment de partir vers l'aéroport… Lorsque j'ai mis mon sac à dos, j'ai constaté que j'étais incapable de me tenir debout et de respirer en même temps! Il était trop lourd. Beaucoup trop lourd! Je devais le vider, faire un tri et ne garder que l'essentiel. Je n'avais plus de temps devant moi. Un vent de panique venait de bouleverser la résidence Lafleur. Toute la famille était réunie dans ma chambre. Mon petit frère prenait un malin plaisir à se foutre de ma gueule.

— Un sac de maquillage… Pas besoin de ça!

— Euh… OUI! Pis tu le mets dans la pile des choses à apporter. Tout de suite!

— Je payerais cher pour te voir transporter cette « chose » sur ton dos pendant un mois…

— Aide-moi donc au lieu de dire n'importe quoi!

— Ça devrait être bon comme ça, ma chouette. Essaye-le à nouveau, m'a dit ma mère de sa voix douce habituelle pour me rassurer.

Un, deux, trois, isshhhhhhhhhhh. Avec un petit coup de pouce de mon père, j'ai réussi à soulever le sac et à l'enfiler sur mes épaules.

— Oufffff…

Prends de grandes respirations, Maxime. Ne t'inquiète pas, tu ne mourras pas étouffée par ton sac à dos. Un pied devant l'autre. T'es capable.

— Pour une fille qui a joué au hockey, t'es pas mal feluette ! s'est moqué mon frère.

— Ma force, c'est mes jambes. Le reste ne vaut pas grand-chose…

— Allez. Essaye de monter les marches, m'a encouragée ma mère.

Quand je suis sortie de ma chambre, mon charmant petit frère s'est amusé à me donner une mini poussée sur l'épaule, en guise de félicitations pour avoir mis un pied devant l'autre sans me plaindre. Dans le temps de le dire, je me suis retrouvée au sol, les quatre fers en l'air, comme une tortue chavirée sur sa carapace.

— Joey ! s'est écriée ma mère.

— Ben là ! Je l'ai à peine touchée. C'est peut-être un signe que son sac est encore trop lourd…

— Aidez-moi quelqu'un ! ai-je crié derrière eux.

***

Je m'en souviens comme si c'était hier… J'étais assise sur une chaise bleue du désormais feu aéroport de Mirabel et je faisais de mon mieux pour ne pas éclater en sanglots. J'étais entourée de toute ma famille. Quand je dis toute ma famille, ça incluait aussi mes grands-parents, oncles, tantes, cousins, voisins, etc. C'est tout juste si mes parents n'avaient pas emmené Noukie, notre petite shih tzu !

Tout le monde était fébrile, sauf moi. Ma marraine n'arrêtait pas de me dire à quel point j'étais chanceuse. Quelle chance ? J'étais sur le point de vomir ma vie. Lorsque ma meilleure amie, Carrie, avait abandonné ce projet, j'aurais dû voir ça comme un signe et suivre le cours d'histoire plutôt que de m'embarquer dans ce voyage stupide à l'autre bout du monde ! Un mois, SEULE, loin de mes proches et de mes repères.

Formule gagnante pour alimenter mon trouble anxieux.

Carrie, celle qui était à l'origine de ma crise de panique aiguë, est ma meilleure amie d'enfance. (Il serait plus juste de dire d'adolescence. J'ai fait sa connaissance à l'âge de treize ans.) Sa mère est suédoise et son père est italien. Je l'appelle affectueusement « mon petit chien bâtard » puisqu'elle a l'air d'une Suédoise – belle grande blonde aux yeux bleus – et qu'elle a hérité du caractère bouillant de son père.

Carrie, c'est une vraie de vraie fille ! Elle accorde une grande importance aux traditions. Depuis sa tendre enfance, son plan est clair : trouver un gars, se marier et fonder une famille. Pour celles qui connaissent bien la télésérie *Sex and the City*, c'est une Charlotte, mais avec le caractère de Samantha.

Nous avons grandi à Terrebonne, où seulement quelques résidences séparaient sa maison de la mienne. Étant donné que Carrie est anglophone, nous ne fréquentions pas la même école. Ç'a été très long avant qu'on s'adresse la parole.

L'été de mes treize ans, je me suis inscrite dans la première ligue de roller-hockey de ma région. Ça me permettait de ne pas me taper une dépression au printemps quand la saison de hockey sur glace tirait à sa fin. À ma grande surprise, huit filles s'étaient présentées au camp d'entraînement. Carrie était l'une d'entre elles. Elle avait l'air d'une « touriste » sur la patinoire. Elle n'était pas là par choix et ça paraissait. Ses parents étaient des mordus de hockey et le roller-hockey était leur dernier espoir afin qu'elle acquière un intérêt pour ce sport.

Un brin compétitive, je donnais toujours mon cent dix pour cent. Et je tenais à faire partie d'une équipe gagnante. Je priais pour ne pas avoir Carrie comme coéquipière… Pour équilibrer les forces, les responsables avaient malheureusement choisi de réunir la plus forte et la moins forte des filles. Je me suis donc retrouvée avec elle. Génial ! Choix logique, mais frustrant. C'était comme si on était en désavantage numérique en permanence.

Dans la vie, rien n'arrive pour rien…

Grâce au roller-hockey, nous sommes devenues les meilleures amies du monde. Des inséparables ! J'ai même réussi à la convaincre de s'inscrire au cégep francophone afin qu'on poursuive nos études collégiales ensemble. Pas l'idée du siècle d'amener une anglophone (qui avait appris le français en parlant avec les jeunes du quartier) à faire ses études collégiales en français. Le parler, c'est une chose. L'écrire, c'est une autre histoire. Avec nos mille et une règles grammaticales, Carrie a eu de la difficulté à s'adapter et n'a pas eu le choix de demander un transfert dans un cégep anglophone en cours de route…

Malgré les multiples rencontres organisées l'hiver précédant le départ, je n'avais pas d'affinités avec les élèves du groupe. Dire que j'avais utilisé toutes mes économies pour vivre ça ! Je savais que ce n'étaient pas tous les jeunes qui avaient la chance à l'aube de la vingtaine d'aller séjourner en Grèce, en France et en Italie… Si seulement Carrie n'avait pas été contrainte d'abandonner ce projet à la suite de son changement de cégep, ce voyage aurait pu être formidable. J'avais choisi d'y participer quand même. Et ça n'avait pas eu l'air de faire son affaire. J'avais l'impression qu'elle me cachait quelque chose…

Tous avaient remarqué son absence à l'aéroport. C'est comme si elle faisait partie de ma famille. J'irais même jusqu'à dire que mes jeunes cousines croyaient qu'elle était réellement leur cousine, car elle ne manquait pas un seul de nos événements familiaux. Elle n'avait même pas daigné me donner un coup de fil la veille de mon départ. Pourtant, elle me connaissait mieux que quiconque. Elle devait bien se douter que je vivais une période d'anxiété et que de lui parler m'aurait fait le plus grand bien. Ce voyage allait me permettre de me changer les idées… Depuis cet événement, j'ai tendance à fuir le pays quand je vis un moment difficile. Fâcheuse habitude que je traîne toujours, dix ans plus tard !

Les premières journées avaient été très difficiles. Le vol entre Montréal et Paris n'avait pas aidé ma cause. Par chance, ce n'était pas mon baptême de l'air. Sinon, lors de l'escale à Québec, je serais débarquée *rapido presto* pour prendre le premier autocar en direction de Montréal pour rentrer chez moi. *Too bad !* Trois mille cinq cents dollars jetés par les fenêtres. Immédiatement après le décollage, un violent orage avait frappé la région de Montréal. Rien pour calmer une fille en pleine crise d'angoisse ! C'était la première fois que j'assistais à un orage assise aux premières loges, c'est-à-dire dans les nuages. Disons que je ne suis pas une fanatique des sensations fortes.

À notre arrivée (oui, l'avion a réussi à atteindre sa destination), je me suis retrouvée dans une chambre d'auberge de jeunesse avec des filles que je ne connaissais pas. J'avais besoin de prendre une douche après avoir passé la nuit dans l'avion. Deux filles d'une autre chambre avaient eu la même idée que moi et m'avaient devancée.

Lorsque j'ai franchi la porte, les deux filles en question s'embrassaient langoureusement, nues sous la douche, sans se rendre compte de ma présence… En moins de deux secondes, j'ai regagné ma chambre. C'était la première fois que j'assistais à un *show* de lesbiennes. Et je n'étais pas à l'aise avec ça…

Dans quelle aventure m'étais-je embarquée ?

3

Loin des yeux, près du cœur ?

Quelques jours plus tard, j'étais toujours en vie. Toutefois, je ne profitais pas encore de ce merveilleux voyage. Je m'adaptais tranquillement à ma nouvelle réalité. Sans plus.

J'avais beaucoup de temps pour réfléchir. Voire trop... Même si nous avions des journées très chargées, nous effectuions de longues distances en autocar, au cours desquelles je relaxais en écoutant de la musique avec mon *brand new* iPod. Ça me permettait de m'évader.

Sans trop que je sache pourquoi, l'image de Carrie me revenait toujours en tête. J'avais envie de lui parler pour lui dire à quel point sa présence me manquait. Nous avions partagé une amitié particulière – à la limite malsaine – durant toute notre adolescence. Nous étions très possessives l'une envers l'autre. Elle ne s'entendait jamais bien avec mes copains. Idem de mon côté.

***

Quelques mois avant mon départ pour l'Europe, j'avais organisé un *party* à la maison. Vers la fin de la soirée, j'avais décidé d'aller prendre l'air. À vrai dire, j'avais besoin d'un *break* de mon chum qui ne me lâchait pas d'une semelle. Carrie était venue me rejoindre sur la terrasse. J'étais étendue sur un banc, la tête sur ses genoux, et on discutait en regardant les étoiles (cliché, mais vrai). Sans m'avertir, elle s'est penchée vers moi pour m'embrasser. Pourquoi ? Je n'en sais rien…

Pour la première fois de ma vie, j'ai ressenti des papillons. Des vrais. Vous savez, le genre de papillons qui vous coupent le souffle et qui vous rendent les jambes molles à un point tel que vous êtes incapable de tenir debout (par chance, j'étais allongée !). Ces mêmes papillons qui vous embrouillent les idées en vous donnant l'impression d'être déconnectée de la réalité pour un moment. C'est vrai que j'avais consommé une quantité considérable d'alcool ce soir-là. Mais ce *feeling*, je ne l'avais jamais ressenti. Et ce, autant à jeun que dans les soirées les plus festives… Je ne m'attendais pas à un tel geste de sa part et surtout à une telle réaction de la mienne.

Le lendemain, nous nous sommes réveillées côte à côte dans mon lit. Nous avons fait comme si rien ne s'était passé la veille.

***

Quelques mois plus tard, entre Carcassonne et Avignon, ce baiser est revenu me hanter. Est-ce que mes sentiments pour Carrie pouvaient aller au-delà de l'amitié ? Moi, Maxime Lafleur, LESBIENNE ? Impossible. J'avais toujours eu des chums et jamais je n'avais eu ou eu envie de rapprochements avec une fille. À l'exception d'un certain soir où, avant de me coucher, les images de ce baiser échangé avec Carrie me trottaient dans la tête. Je suis allée faire un tour dans la cour extérieure de l'auberge de jeunesse pour me changer les idées. Après une longue marche, j'ai décidé de donner un coup de fil de l'autre côté de l'océan à mon amie.

— Allo, Carrie?

— Maxime?

— Oui, c'est moi… Comment vas-tu?

— Ça pourrait aller mieux… Je suis tellement contente de te parler!

— Pour vrai? Moi aussi! Je m'ennuie toute seule ici. Jusqu'à maintenant, tout ce que j'ai vu, ce sont des châteaux pis des églises. Chus pus capable! Les filles de mon groupe sont gentilles, mais je n'ai pas d'affinités avec elles. J'aurais tellement aimé faire ce voyage avec toi…

— Profite de chaque instant, ma chanceuse! Je te connais… T'es sortie de ta zone de confort et tu te sens seule. Tu vas voir, d'ici quelques jours, tu vas être comme un poisson dans l'eau et tu ne voudras plus revenir au Québec. Laisse une chance aux autres et apprends à les connaître. Je suis certaine que ça va bien aller.

— Ça me fait du bien de te parler. Tu me manques déjà!

— Tu sais, Max, je suis désolée de ne pas avoir été présente le jour de ton départ. C'est juste que…

— On oublie ça, tu veux?

J'ai pu entendre son soupir de soulagement à l'autre bout du fil.

— T'es rendue où, au juste?

— Avignon. Demain, on part vers Nice. La Côte d'Azur… Enfin, je pourrai voir la mer et faire un peu de magasinage.

— Rapporte-moi une belle sacoche, OK?

— Promis! J'te laisse, sinon ça va coûter une fortune à tes parents.

Je n'avais pas encore fait la découverte des cartes d'appel à ce moment et j'effectuais tous mes appels à frais virés… Parlez-en à mes parents !

— Fais attention à toi, ma belle. Surtout, profite de ton voyage au maximum ! Donne-moi de tes nouvelles quand tu en auras la chance.

— À bientôt !

Deux tonnes de briques venaient de tomber de mes épaules : j'avais réussi à parler à Carrie. Toutefois, une petite anxiété demeurait. Quelle était la raison de ce malaise palpable ? Notre premier baiser ou le fait qu'elle soit déçue que j'aie décidé de participer à ce voyage sans elle ?

Le lendemain, pour la toute première fois depuis mon départ, je pouvais voir la mer ! En me promenant sur la plage, j'ai fait la découverte du siècle : une superbe boutique de sacoches ! Elles étaient magnifiques. J'avais envie de toutes les acheter. Mais j'ai réussi à me contenir. Impossible de toutes les faire entrer dans mon sac à dos… Mon choix s'est arrêté sur un sac aux reflets turquoise. J'avais promis à Carrie que je lui rapporterais une sacoche de Nice. La vendeuse m'a précisé qu'elles étaient faites à la main par une artisane de la région. Vendu ! C'était le cadeau parfait.

À mon arrivée à l'auberge, j'étais fière de montrer ma trouvaille à mes compagnes de voyage. En la rangeant dans mon sac, j'ai remarqué la présence d'une étiquette à l'intérieur. Je croyais y trouver le nom de l'artisane en question. Erreur ! Il y était inscrit : *Made in China* ! Je venais de me faire arnaquer – comme une vraie touriste. J'avais dépensé une fortune pour ce sac. J'ai arraché l'étiquette avant de le ranger. Carrie ne saurait jamais pour le *Made in China*…

***

Cette distance que j'ai prise avec Carrie lors de ce voyage m'avait permis de réaliser une chose. J'avais beau essayer de me convaincre du contraire, elle m'attirait. De quelle façon ? Je n'en savais rien. Qu'est-ce que je voulais en faire ? Je ne le savais pas non plus. Le geste qu'elle avait fait le soir de mon *party*, ça devait bien dire quelque chose, non ? Il était temps qu'une de nous arrête de faire semblant. À mon retour au Québec, j'aurais une franche discussion avec elle...

Et dès cet instant, j'ai commencé à profiter de chaque moment de mon aventure en sol européen. J'avais l'impression de vivre la vie d'une *rock star* en tournée mondiale. Tous les soirs, nous dormions dans des villes différentes : Chamonix, Nice, Paris, Rome, Florence, Venise, Athènes, Mykonos, etc. On faisait la fête jusqu'aux petites heures du matin et je dormais dans l'autocar le lendemain. J'ai eu la chance de découvrir les Bacardi Breezer (cinq ans plus tard, ils ont fait leur apparition au Canada) à seulement un euro la bouteille ! Au prix que coûte l'eau en Europe, on dépensait plus pour nos bouteilles d'eau pour nous réhydrater les lendemains de veille que pour « brosser ».

Mais détrompez-vous, ce voyage « d'études », c'était du sérieux ! (Même si j'avais tendance à l'oublier parfois...) Il y avait un examen à passer avant notre retour. En plus d'un journal de bord que nous devions tenir. La consigne était la suivante : écrire au minimum dix lignes par jour pour résumer chaque journée de notre voyage. Seulement dix petites lignes pour immortaliser les plus beaux souvenirs de notre expérience.

Et Carrie avait raison. J'ai fait la rencontre de personnes extraordinaires durant cette aventure. Je n'aurais probablement pas pris le temps de faire leur connaissance si elle avait été du voyage. Je me suis d'ailleurs liée d'amitié avec une fille géniale au cours de ce périple. Elle s'appelle Isabelle. Tout comme moi, elle n'était pas très emballée à l'idée de participer à ce projet. C'est son père qui l'avait obligée à s'y inscrire, après avoir lu le plan du cours d'histoire de sa fille.

De deux ans mon aînée[4], Isabelle, c'est mon *alter ego*. C'est le cerveau, mais aussi la femme fatale de notre gang. Cette belle grande rouquine qui, *by the way*, n'a pas une seule tache de rousseur au visage (ça devrait être illégal) peut se vanter d'avoir fait tourner la tête du beau numéro 99 des Canadiens de Montréal lors d'un événement de la F1. *Je connais mon hockey, je sais bien qu'il n'y a jamais eu de numéro 99 à Montréal. Je n'irai tout de même pas vous dévoiler son identité, voyons!* Elle a aussi fréquenté pendant un certain temps un populaire comédien québécois…

Le stéréotype de la jolie barmaid qui travaille pour payer ses études universitaires, c'est elle ! Cette grande anxieuse (qui se ressemble s'assemble) ne l'a pas toujours eu facile, mais elle a réussi à terminer en un temps record, avec mention d'honneur, son doctorat en psychologie.

C'est aussi ma plus grande complice. C'est avec elle que j'ai fait la pluie et le beau temps dans les bars au début de ma vingtaine. Nous partions en mission *shark attack* (technique de *cruise* certifiée par Max et Isa) et ces soirées rocambolesques étaient notre plus grand divertissement. Aux dires de certains, j'étais plus du type « agace » que *one night*. Je *frenchais* à profusion sur les pistes de danse, rien de plus. La durée maximale de mes relations de l'époque correspondait au temps d'une chanson.

Tout comme Carrie, Isabelle a toujours rêvé de fonder une famille. Lorsque nos chemins se sont

---

4. À sa première session au cégep, Isabelle a eu la « brillante idée » d'annuler la MAJORITÉ de ses cours après la date limite d'abandon. Résultat : une cote R de 18 et deux années supplémentaires de cégep avant de pouvoir être admise dans le programme de son choix à l'université !

croisés, une des premières phrases qu'elle m'a dites était: « J'ai hâte d'avoir des enfants. » Ma réaction intérieure: *what the fuck?!*

Extrait du journal de bord de Maxime L.

Juin 2003
Le 31 mai 2003, l'aventure commençait… Journée déprimante pour Isabelle et moi, car nous devions partir pour l'Europe avec une gang de losers! Ce que nous ne savions pas encore, c'est que nous allions nous rencontrer afin de nous soutenir mutuellement à travers cette épreuve. Ce qui s'annonçait comme le voyage vers l'enfer s'est avéré la plus belle expérience de notre vie…

Après les multiples péripéties que l'on a traversées – les coquerelles, les divers insectes non identifiés, la chaleur intense, la nuit où nous avons partagé un lit une place, le cadran d'Annie, les insolations, le pélican domestiqué, l'attaque des oursins, les bars gais de Mykonos, le fameux « sourire grec », le charme des Italiens –, c'est notre descente du mont Blanc qui allait marquer le début d'une sincère et solide amitié.

4

Chamonix... Help me !

Après une longue nuit passée dans notre autocar, nous sommes finalement arrivés à Chamonix. Les « gentils » gardiens d'autoroute à la frontière de l'Italie ont refusé que nous prenions le tunnel pour nous y rendre. Résultat : nous avons dû faire un détour et rouler cinq heures de plus afin d'atteindre notre destination. Nous avions une activité de groupe prévue en matinée – monter au sommet de l'aiguille du Midi – et par la suite nous avions du temps libre.

Isabelle et moi avons décidé d'effectuer la descente à pied plutôt que d'utiliser le téléphérique. « Brillante » décision, si l'on considère que nous n'avions pas dormi dans les dernières vingt-quatre heures ! Mais ça nous permettait de nous retirer du groupe pour la journée. (C'est agréable, la vie de groupe, mais un moment de répit, ça fait du bien !)

Après trois heures et demie de descente, nous sommes arrivées dans le magnifique village de

Chamonix. Quoi de mieux pour nous récompenser (et surtout pour assurer notre survie) qu'une bonne crêpe au chocolat accompagnée d'un double expresso ?

Nous avons profité du reste de l'après-midi pour flâner, potiner et faire les boutiques du village. Quel beau moment ! Sans aucun doute parmi mes préférés du voyage.

Aux alentours de 18 heures, notre journée a pris une tournure inattendue. Lorsque nous sommes arrivées au terminus d'autobus, nous avons constaté que le service de transport en commun s'arrêtait à 16 heures !

— Isa ! Est-ce que tu vois ce que je vois sur la pancarte ? Dernier départ : 16 heures… Même à Terrebonne, le service de transport en commun est plus efficace que ça ! Chamonix, c'est censé être un endroit touristique, non ? Ça n'a pas de bon sens… Aussi bien ne pas offrir de service tout court dans ce temps-là !

— Attends. C'est impossible… Quelle heure est-il ?

— Tout juste 18 heures.

— As-tu entendu la prof dire quelque chose de particulier concernant la façon de regagner l'auberge de jeunesse ?

— À vrai dire, je me fiais à toi. J'écoutais de la musique quand elle donnait les indications à notre arrivée à l'aiguille du Midi. T'avais l'air d'être attentive…

— Super de te fier à moi ! Je somnolais pendant son *speech*. Je ne savais pas qu'on avait du temps libre aujourd'hui. Je pensais suivre le groupe toute la journée.

— Regarde, il y a une station de taxis de l'autre côté de la rue.

— Génial ! Ça ne nous coûtera sûrement pas trop cher et ça sera plus rapide que le bus.

Après avoir traversé la rue en vitesse, j'ai décroché le combiné et j'ai appuyé sur le bouton pour effectuer l'appel. Il n'y avait pas de clavier pour composer un numéro.

Bizarre…

Le téléphone à proximité de mon combiné s'est mis à sonner.

Trop bizarre…

J'ai raccroché et j'ai appuyé sur le bouton à nouveau. Une fois de plus, le téléphone s'est mis à sonner.

— C'est vraiment n'importe quoi ! Quand j'effectue l'appel, ça sonne à côté de nous. J'imagine que les gens appellent ici pour avoir un taxi. Les rues sont désertes… Aucun à l'horizon.

— C'est ce qu'on appelle un système efficace. T'appelles un taxi et t'as une chance sur un million qu'il décroche la ligne. Si ça ne répond pas : « Désolé, meilleure chance la prochaine fois. Reste chez vous ou va marcher ! »

— Regarde, il y a un resto-bar là-bas. Ils doivent avoir un téléphone. Ils pourront nous en appeler un.

— Ça sonnera probablement au *stand* où nous sommes…

— On va s'y rendre et on verra.

Au premier coup d'œil, l'endroit avait l'air douteux… Deux clients étaient assis au bar, sirotant un verre en discutant avec le barman.

— Il me semble que c'est vide pour un samedi à l'heure du souper. Les deux gars là-bas sont trop *weird*. Je n'ai pas un bon *feeling*… Allez, Isa ! On sort d'ici au plus sacrant.

— Non, il n'y a rien d'autre aux alentours. Laisse-moi faire.

Isabelle s'est tournée vers le barman et lui a lancé avec son plus beau sourire :

— Auriez-vous par hasard un téléphone que nous pouvons utiliser ? En fait, on veut appeler un taxi. Pouvez-vous nous aider ?

— Ahhh ! Des filles à l'accent québécois. J'adore ! J'ai vécu pendant dix ans à Montréal, vous connaissez ?

Euh, demande-t-il vraiment à deux filles du Québec si elles connaissent la ville de Montréal ?

— On vient de Montréal !

— Sensas ! Vous voulez prendre un verre et discuter un peu ?

— Non. On veut appeler un taxi pour retourner à l'auberge de jeunesse. On a essayé de prendre l'autobus, mais il semble ne plus y avoir de service… s'est impatientée Isabelle.

— C'est normal à cette heure-ci.

Vraiment ? C'est normal que le dernier bus passe à 16 heures au centre du village de Chamonix, un samedi !

— Et pour le taxi, bonne chance ! C'est rare qu'on arrive à joindre un chauffeur…

Je sais, le téléphone sonne dans le vide ! Il n'y a personne pour répondre. Mais quelle organisation ! Un système de dispatch, *ça ne vous dit rien ?*

— Si vous voulez patienter, il y a un service qui va passer plus tard en soirée pour raccompagner les gens qui ont abusé des bonnes choses (*Opération Nez rouge version française, j'imagine*)… Je pourrais leur demander de faire un arrêt à l'auberge de jeunesse pour vous. Ils vont peut-être accepter…

— Nous devons être de retour pour 20 heures. Nous ne pouvons pas attendre toute la soirée.

— Sinon, la bonne nouvelle, c'est que vous n'êtes qu'à quelques kilomètres de votre auberge. Je vais vous donner une carte du village et vous tracer le chemin à suivre. Faites vite, car la nuit va vous rattraper. Surtout, soyez prudentes !

Deux heures de plus ou de moins de marche, est-ce que ça va changer quelque chose ?

— *GO !* Max, prends la carte, déchiffre tout ça et ramène-nous à l'auberge. Je n'ai aucun sens de l'orientation. Je sors de Montréal et je serais incapable de te dire si je me trouve sur la rive nord ou la rive sud. J'espère que t'es capable de te débrouiller avec une carte.

— Ne t'inquiète pas, Isa, on va s'en sortir. Au moins, on s'est perdues en France. Tu nous imagines dans un petit village *nowhere* en Grèce ? En passant, une fois que je franchis le pont Champlain ou le tunnel Louis-H., je ne suis pas meilleure que toi pour m'orienter…

(Comme toute résidente de la Rive-Nord avant l'apparition des GPS !)

Au début, les indications étaient claires. On avançait rapidement, mais la noirceur s'installait. Notre professeure devait être morte d'inquiétude. Nous avions quitté le groupe aux alentours de 11 heures et il était maintenant 19 heures.

Tout à coup, la route s'est transformée en un petit sentier… Nous avions le choix entre continuer dans le boisé et prendre un embranchement pour poursuivre sur la route. Les indications sur la carte de notre cher barman montraient clairement que nous devions poursuivre notre chemin… dans la forêt ! Ce n'est pas uniquement leur système de transport en commun qui est dysfonctionnel, leur système routier est encore pire.

— Qu'est-ce qu'on fait ? m'a demandé Isabelle.

— Je crois qu'on a pas vraiment le choix. Il n'y a pas de bus, pas de taxi et cette carte est notre seule chance de nous rendre à destination.

— *Let's go !* On n'a rien à perdre…

À vingt ans, la perception du danger n'est pas la même que dans la trentaine… Nous n'avions pas peur de nous retrouver seules, dans une forêt française, à l'autre bout du monde sans que personne le sache (à part les deux ivrognes du resto-bar).

À la limite, ça me semblait amusant. J'avais l'impression de vivre une expérience digne de *Fort Boyard*. On suivait des indications sur une carte en surmontant des épreuves afin d'atteindre l'objectif ultime : retrouver le groupe à l'auberge de jeunesse. Nous n'avons croisé aucune tarentule ni aucun serpent sur notre parcours, mais c'était quand même excitant.

Au bout du chemin, nous avons débouché sur un genre de Métropolitaine. À gauche, c'était de l'autoroute, et à droite, c'était de l'autoroute…

— Bon, qu'est-ce qu'on fait maintenant ? On va à droite ou à gauche ? m'a demandé Isabelle, désemparée.

— Pour être franche avec toi, je n'en ai aucune idée… Il n'y a rien qui indique sur la carte qu'on doive tourner quelque part.

— On fait quoi, d'abord ? Il n'y a rien à l'horizon d'un côté comme de l'autre.

— Écoute, on va prendre à gauche et faire un bout. On verra où ça nous mène.

Quelques minutes plus tard, nous avons remarqué, venant de nulle part, une dame d'une quarantaine d'années qui marchait seule en bordure de l'autoroute. (Il y a plein de phénomènes bizarres à Chamonix.) Nous nous sommes arrêtées pour lui demander de quel côté nous devions nous diriger pour nous rendre à l'auberge de jeunesse. Elle nous a dit de prendre la direction inverse et de continuer jusqu'au bout de la route.

— Max ! C'est à droite que nous devions tourner plutôt qu'à gauche ! m'a dit Isabelle, de moins en moins zen.

— Arrête de chialer pis marche. Je t'avais prévenue que mon sens de l'orientation n'était pas meilleur que le tien… Au moins, on n'a pas tourné en rond pendant une heure avant de réaliser qu'on était dans le champ.

— Ce n'est pas dans le champ qu'on est. On est perdues quelque part *nowhere* sur une voie de desserte d'autoroute ! Pis je ne sens plus mes jambes, elles avancent toutes seules.

Après quarante-cinq bonnes minutes de marche, je n'en croyais pas mes yeux :

— Isa, est-ce que tu vois ce que je vois ? De la lumière… Nous sommes arrivées !

— Attends ! Ne crie pas victoire trop vite, les lumières sont encore loin…

Effectivement, nous étions loin de pouvoir crier victoire. Nous étions revenues à notre point de départ, soit le centre du village, près de l'aiguille du Midi. Tout ce chemin parcouru dans les petites routes et à travers la forêt pour rien ! Nous avions fait marche arrière, mais en longeant l'autoroute cette fois-ci…

— Non, non, non ! Ce n'est pas sérieux, Max. Là, je suis officiellement à boutte ! Tant qu'à y être, on va remarcher le village au grand complet, se rendre au petit resto-bar miteux et prendre le service de raccompagnement à 3 heures du matin avec les soûlons !

— Attends… Regarde, il y a une pizzeria qui semble ouverte de l'autre côté de la rue. On peut tenter notre chance à nouveau avec un taxi ? Ou du moins appeler à l'auberge de jeunesse et donner signe de vie au groupe ? La prof pourrait nous envoyer une voiture pour nous chercher ?

— Bonne idée ! On n'a rien à perdre, a dit Isabelle, dépassée par les événements.

— Il me semble que ça fait pas mal de fois qu'on l'utilise, cette expression-là aujourd'hui.

Comble de malchance, l'option taxi, c'était du pareil au même. Impossible d'en avoir un. Et à l'auberge de jeunesse, aucune réponse. C'était un répondeur : « Nos heures d'ouverture sont les suivantes… Veuillez laisser vos coordonnées et nous vous rappellerons dès que possible. »

Ah oui ? Nous rappeler où ?… Au poste de taxis ?

Le jeune homme derrière le comptoir nous a assuré que si nous prenions la route (le bord de l'autoroute) nous allions aboutir à notre auberge de jeunesse en moins d'une heure…

Nous nous sommes remises en marche dans la noirceur totale. On ne s'adressait même plus la parole. On avait les jambes en compote. Notre seuil de tolérance à la douleur avait atteint un sommet qu'Isa et moi ne pensions jamais frôler un jour.

Nous avancions sur le bord de l'autoroute depuis un moment quand un camion a klaxonné et s'est arrêté à quelques mètres devant nous...

— Isa, j'ai été ravie de faire ta connaissance. T'es une fille géniale... Mais je ne sais pas pourquoi, j'ai pas un bon *feeling*...

— Crois-tu que ce sont les gars bizarres qu'on a vus au bar tantôt ?

— Je n'en sais rien, mais je trippe pus ben ben, là ! On voulait avoir la paix et se retirer du groupe aujourd'hui. On a été servies !

Contre toute attente, une petite femme a penché son corps par la vitre du côté passager du camion et a crié d'une voix aiguë :

— MAXIME, ISABELLE ?

— Isa, est-ce que je suis en train d'avoir une hallucination auditive ou c'est la voix de notre prof ?

— Non, tu n'hallucines pas, parce que sinon moi aussi j'hallucine ! C'est elle, je suis persuadée.

Une de nos compagnes de voyage s'était foulé une cheville lors de la descente de la montagne à pied. La responsable du groupe avait dû l'accompagner à l'hôpital. Quelle chance qu'elle se soit blessée ! Autrement, je crois qu'Isabelle et moi serions encore, dix ans plus tard, perdues quelque part sur le bord d'une autoroute à Chamonix.

Il faut croire que, dans la vie, rien n'arrive pour rien...

5

Maudite jalousie !

Nous devions prendre l'avion pour rentrer au Québec dans quelques jours. Il était temps, car je n'étais plus capable d'endurer ces Parisiens ! Ils ne comprenaient rien à mon accent. Un midi, au restaurant, lorsque j'ai commandé un Coke diète à la serveuse, elle m'a regardée comme si je venais de la planète Mars… J'ai réussi à lui faire comprendre ce que je voulais en désignant la canette derrière son comptoir. Elle m'a répondu, exaspérée :

— Ah… Il fallait bien le dire alors ! C'est un *Coca light* que vous désirez.

Pardon, mademoiselle. Je m'excuse de m'être adressée à vous en FRANÇAIS !

Après deux jours passés en sol parisien, j'ai jugé qu'il était préférable que je m'adresse à eux en anglais pour qu'on me comprenne du premier coup. Malgré cet inconvénient, Paris est une ville magnifique ! J'ai adoré faire du lèche-vitrine sur les Champs-Élysées.

Les boutiques étaient ouvertes tous les soirs jusqu'à minuit ! La *shopaholic* en moi était au paradis !

Nous avons visité tant d'endroits au cours du dernier mois que j'avais l'impression d'être partie un an. Le retour à la réalité et à la routine allait être brutal. Je pensais beaucoup à Carrie. Je commençais à ressentir des papillons dans l'estomac juste à l'idée de lui parler une fois à la maison… Mais ma décision était prise et mon plan était clair : je devais lui faire part de mes sentiments en toute franchise. Peu importe ce qu'ils étaient… J'espérais qu'elle réagirait bien.

À quelques jours de mon départ, tout juste avant d'aller me coucher, je suis allée dans un café Internet pour écrire à Carrie les informations de mon vol de retour. Je tenais à ce qu'elle m'accueille à l'aéroport. J'avais tellement hâte de la retrouver… À ma grande surprise, mon amie était en ligne sur MSN Messenger.

> Maxime a dit :
> Carrie… T'es là ?

> Carrie a dit :
> Max ! Je suis tellement contente de t'avoir en ligne ! J'ai besoin de te parler.

Ça tombe bien, moi aussi…

> Carrie a dit :
> Tu ne devineras jamais ce qui m'est arrivé la semaine dernière…

> Maxime a dit :
> J'espère que c'est une bonne nouvelle.

> Carrie a dit :
> Oui ! C'est la meilleure chose qui me soit arrivée, de toute ma vie !

Maxime a dit :
Allez… Raconte ! J'ai un accès illimité à Internet par ici.

Et surtout, je suis très curieuse de savoir ce qui se passe…

Carrie a dit :
D'accord. Tu sais, ç'a été un mois difficile pour moi. Les journées étaient déprimantes par ici. Il a plu presque tous les jours. Je suis sortie dans des bars avec des collègues de travail, mais ce n'est pas la même chose quand tu n'es pas là. Tu me manques beaucoup.

Maxime a dit :
Moi aussi, tu me manques beaucoup. J'aurais tellement aimé vivre cette aventure avec toi… T'avais raison, j'ai rencontré plein de gens formidables ici. Entre autres, il y a une fille, Isabelle, j'ai vraiment hâte que tu la connaisses à mon retour. Elle est géniale, je suis certaine que tu vas l'adorer !

Carrie était plutôt possessive à mon égard. Les chances que ça clique entre ces deux-là étaient minces.

Maxime a dit :
Allez, raconte-moi ton histoire ! J'ai hâte de savoir ce qui a bien pu se passer…

Carrie a dit :
Eh bien, imagine-toi que je suis sortie au Fuzzy, jeudi soir dernier.

OK, rien de nouveau là-dedans. On y allait toutes les semaines.

Carrie a dit:
La soirée s'annonçait ennuyante encore une fois et c'est à ce moment-là que j'ai croisé Philippe!

Maxime a dit:
Philippe?? Philippe qui?? Je le connais?

J'ai une tendance amnésique quand vient le temps de me rappeler le nom des gars que j'ai pu *frencher*...

Carrie a dit:
Oui! Philippe, c'est le gars qui n'arrêtait pas de déconner avec toi dans le cours de philo en première année au cégep. Tu me l'avais présenté avant que je change d'école.

Maxime a dit:
Oui, je me souviens de lui! Le prof voulait nous arracher la tête à cause de nos commentaires super constructifs et nos réflexions philosophiques non pertinentes[5]. Tu l'as reconnu tout de suite?

Carrie a dit:
Oui! J'étais en train de m'emmerder royalement... Aucun prospect en vue, rien de palpitant. C'est à ce moment que je l'ai vu. Il était près du bar central avec des amis. J'ai pris mon courage à deux mains et je suis allée le saluer!

En temps normal, Carrie est plutôt réservée, pour ne pas dire de nature « sauvage », avec les gens qu'elle ne connaît pas bien.

5. Philippe avait eu la super idée de rebaptiser Socrate « Socriss » pendant qu'on faisait un travail d'équipe. Notre prof, insulté, nous avait tous attribué la note 0 pour l'exercice!

Carrie a dit:
Il était surpris de me voir et surtout très surpris que je me souvienne de lui... C'est un gars génial! Il est tellement drôle, énergique... Il a toujours plein d'histoires à raconter. Il me fait penser à toi, mais en version gars.

Ah oui? Vraiment... Je ne pourrais pas être plus heureuse!

Maxime a dit:
OK... Maintenant, raconte-moi l'histoire de la meilleure chose qui te soit arrivée de ta vie...

Carrie a dit:
Eh bien, la rencontre avec Phil ce soir-là. Nous nous sommes revus depuis et ça clique vraiment! Ce qui est le fun en plus, c'est que vous vous connaissez et que vous allez bien vous entendre tous les deux.

J'ai la réputation d'être une personne qu'on pourrait qualifier de «difficile» avec les copains de Carrie. Quand j'étais ado (et que je manquais de jugement), j'ai même déjà servi une solide droite à un gars qui n'arrêtait pas de lui mentir, de lui faire de la peine et de revenir vers elle quand ce n'était pas le temps. Mon poing dans sa face lui a enfin permis de comprendre que je voulais qu'il la laisse tranquille.

Carrie a dit:
C'est ton ami à toi au départ. Il t'adore et vous êtes pareils. J'ai vraiment hâte que tu reviennes à la maison. On va passer un super bel été, tous les trois!

Ça, c'est toi qui le dis…

Carrie a dit :
Je ne pensais jamais dire ça un jour, mais je crois que j'ai rencontré l'homme de ma vie…

Cette fois-ci, mon fameux dicton : « Dans la vie, rien n'arrive pour rien » me rentrait dedans comme une tonne de briques ! Si je n'avais pas fait ce foutu voyage, elle n'aurait probablement jamais adressé la parole à Phil dans le bar ce soir-là… Si je n'avais pas insisté pour qu'elle tente sa chance au cégep francophone, elle n'aurait jamais fait sa connaissance au départ. Et j'en passe…

Maxime a dit :
OK, je dois me déconnecter. Bonne soirée ! On se voit à mon retour…

Carrie a dit :
Attends, tu t'en vas déjà ? J'ai encore plein de choses à te raconter. La rencontre avec Phil au bar, ce n'est que le début…

Maxime a dit :
J'ai pris du retard dans mon journal de bord et la remise est dans deux jours. Je préfère terminer ça ce soir pour profiter du reste du voyage.

Carrie a dit :
Attends avant de te déconnecter. Je veux avoir les renseignements pour ton vol de retour. Je veux absolument être à l'aéroport !

Maxime a dit :
Appelle mes parents, ils te donneront les infos… Je ne les ai pas avec moi.

Foutaise!

Carrie a dit:
Mieux encore, je vais aller faire un tour chez eux après le souper. Je m'ennuie d'eux autres aussi. Je suis allée quelques fois leur rendre visite pendant ton absence. Tu sais à quel point je les aime!

Meeeeerde! Je n'avais pas pensé au décalage horaire. Il est l'heure du souper au Québec et non la fin de la soirée.

Maxime a dit:
D'accord, tu les salueras de ma part. Dis à ma mère de ne pas s'inquiéter même si je n'ai pas donné beaucoup de nouvelles dernièrement.

La première semaine, je l'appelais tous les soirs.

Maxime a dit:
Nous sommes très occupés et je n'ai pas trop le temps, mais tout va bien.

Ou plutôt tout ALLAIT bien avant de te parler.

Carrie a dit:
À bientôt Max! XXX

Maxime a dit:
À+ XXX

Je suis retournée à l'auberge pour retrouver les filles. Isabelle était déjà au lit. Elle m'attendait.

— C'était long, ton affaire sur Internet! As-tu réussi à parler à ton amie?

— Oui, elle était en ligne… Nous avons discuté un peu sur Messenger.

— Ça va ? On dirait que tu viens de voir un fantôme…

— Oui, oui, ça va… Juste un peu fatiguée. Bonne nuit !

— Maxime, on ne se connaît pas depuis longtemps, mais j'ai passé assez de temps avec toi pour me rendre compte qu'il y a quelque chose qui cloche. Tu sais, j'ai besoin de ma trame sonore pour m'endormir maintenant. T'es pas mal trop silencieuse à mon goût ce soir.

Tous les soirs depuis notre rencontre, je parlais à Isabelle sans arrêt de tout et de rien jusqu'à ce qu'elle s'endorme. Elle finissait toujours par dormir quand j'arrivais au *punch* de mes histoires.

— Je n'ai pas trop envie de jaser ce soir. Un peu de sommeil, ça va me faire du bien.

— Tu sais qu'à notre retour au Québec je vais devoir t'appeler tous les soirs en me couchant et te mettre sur haut-parleur pour me faire raconter des histoires. C'est sérieux, mon affaire, je ne serai plus capable de m'endormir sinon…

— Tu me fais rire. Commence ton sevrage tout de suite, je vais être silencieuse ce soir… Bonne nuit, Isa !

6

« Je reviens à Montréal... »

Montréal, Ariane Moffatt

C'était l'heure du bilan. Il ne me restait qu'une seule page pour finir mon journal de bord.

Au début, je trouvais que c'était une vraie perte de temps, et je dois avouer que la plupart de mes commentaires ont été écrits sous l'influence de l'alcool à trois heures du matin. Lorsque je suis nostalgique, j'aime bien prendre mon journal et en relire des passages.

Extrait du journal de bord de Maxime L.

28 juin 2003, Paris
L'aventure tire à sa fin... ☹ *Ce voyage est la meilleure chose qui me soit arrivée. L'expérience d'une vie. Je remercie de tout mon cœur notre chère professeure de permettre à une trentaine de jeunes, année après année, de vivre une telle aventure. Elle a su nous transmettre sa passion pour l'histoire, mais avant tout celle de voyager*

pour découvrir le monde. Je sors de cette expérience grandie et j'ai fait la connaissance de gens extraordinaires ! C'est le cœur gros et avec une boule dans la gorge que je quitte la France. Ce voyage restera, à tout jamais, gravé dans ma mémoire. Merci, groupe, pour cette formidable aventure !

Notre avion a décollé avec six heures et demie de retard parce que l'aéroport Charles-de-Gaulle a été évacué à deux reprises en raison de menaces terroristes. À Mirabel, les adieux ont été déchirants… Tout le monde pleurait. Cette atmosphère et cet esprit de groupe allaient me manquer. Nous avons tous juré de rester en contact. Même si c'était un vœu pieux, je devais me rendre à l'évidence et tourner la page…

***

Dur retour à la réalité… J'avais demandé à mes parents de venir me chercher seuls à l'aéroport. Je n'avais pas envie d'avoir un comité d'accueil. J'avais plutôt besoin de me retrouver pour réfléchir. Durant les derniers jours passés à Paris, j'avais évité de repenser à ma discussion sur Messenger avec Carrie. J'avais réussi à profiter au maximum des derniers moments de cette aventure. Et pour une fois, j'avais vécu dans le moment présent.

Quand j'étais en voiture avec mes parents, en route vers ma petite banlieue de Terrebonne, la fatigue m'a frappée. J'étais épuisée. Un mois à dormir en moyenne quatre heures par nuit, ça finit par vous rattraper. Même à vingt ans.

Le lendemain matin, le réveil avait été brutal. Il pleuvait et je me retrouvais à déjeuner seule avec mon chien qui me boudait parce que j'avais été partie trop longtemps. J'étais loin de l'ambiance festive d'une cafétéria d'auberge de jeunesse. Moi, je suis une fille de groupe ; que ce soit dans les sports, au travail, à l'école ou à la maison, j'aime être entourée. C'est ce qui m'a manqué le plus à mon retour à la maison. J'avais tissé des liens très serrés avec plusieurs personnes, et leur présence, nos fous rires incontrôlables et nos *inside jokes* me manquaient déjà. Et dire que j'avais voulu annuler ce voyage tout juste avant mon départ...

Je devais maintenant faire face à la réalité. Je ne pouvais pas éviter Carrie bien longtemps. Ma mère lui avait dit que j'étais épuisée et que je préférais que personne ne les accompagne pour venir me chercher à l'aéroport. Elle ne tarderait pas à frapper à ma porte pour que je lui fasse part de mon expérience à l'européenne.

De son côté, elle serait emballée de me raconter les moindres détails de son idylle avec *mon ami* Phil... Je me sentais tout aussi déprimée et mélancolique qu'avant mon départ.

Pourquoi sa rencontre avec Philippe me trouble-t-elle autant? Suis-je revenue une semaine trop tard? Pourquoi ai-je pris autant de temps avant de réaliser ce que je ressentais pour elle? J'ai le feeling *de ne pas la laisser indifférente non plus... Sinon pourquoi m'avoir embrassée à mon* party? *Depuis notre baiser, nous n'avons jamais osé aborder le sujet. Le déni – tiens, encore lui ! – est toujours utile pour ne pas avoir à affronter une situation qui nous déstabilise.*

Qu'est-ce que je dois faire? Foncer et lui dire le fond de ma pensée? Malgré Philippe? Ou, encore une fois, refouler mes sentiments dans une galaxie lointaine et continuer d'agir comme si rien ne s'était passé?

La porte d'entrée s'est ouverte brusquement. Le bruit m'a fait sursauter en me ramenant au moment présent.

— *Holà, chicaaaaaa !* Viens ici que je te serre dans mes bras ! Tu m'as tellement manqué... Et madame qui était trop épuisée hier pour avoir des visiteurs à son retour au Québec? Ce n'est pas la Maxime que je connais, ça. Peux-tu bien me dire ce qu'ils t'ont fait, ces Européens?

Si seulement elle avait su tout ce qui s'était passé dans ma tête ces derniers temps... Ce n'étaient pas les Européens, le problème... J'ai bondi de ma chaise pour me diriger vers elle. Je l'ai prise dans mes bras en la serrant de toutes mes forces.

— Tu n'as pas changé tes bonnes vieilles habitudes. Tu arrives pile à l'heure du déjeuner. Je suis contente de te voir. C'est déprimant de déjeuner avec Noukie, surtout qu'elle me boude depuis mon retour.

— Allez, raconte-moi! Je veux TOUT savoir de ton aventure. Combien de gars as-tu *frenchés* là-bas? Es-tu devenue *heartbreaker* à l'international? As-tu pris le temps de leur expliquer qu'ils ne devaient pas le prendre personnel?

— T'es mieux de commencer par ton histoire avec Philippe. Tu me connais, une fois que je vais me mettre à te raconter mes aventures, tu vas en avoir pour la journée à m'écouter. Justement, je me disais qu'on pourrait aller souper sur une terrasse ce soir pour fêter mon retour et souligner le début de l'été?

— Ce soir, ce n'est pas possible... Phil me fait une surprise! Il a tout planifié et je n'ai aucune idée de ce qui m'attend. Il gagne des points, ce charmant jeune homme.

Ça y est! Il débarquait comme ça, monsieur Je-réussis-à-te-surprendre-et-rendre-ta-vie-palpitante, et déjà notre tradition de sangria sur la terrasse du McTavish pour souligner le début de l'été tombait à l'eau...

— Donc, si je comprends bien, ça clique vraiment, vous deux? C'est bizarre quand même... Ce n'est pas ton genre de gars! Et tu n'as jamais eu d'intérêt pour lui auparavant. Il est drôle, gentil et sympathique... Mais *boyfriend material*?

Mécanisme de défense 101 : influencer le jugement de mon amie afin qu'elle ait une perception négative de Philippe.

Tactique pas très subtile de ma part. Mais surtout très immature et égoïste… Phil, c'est un bon gars. Juste pas le bon pour Carrie…

En réalité, j'ai toujours méprisé les gars qui sont entrés dans la vie de Carrie. Je ne me gênais pas pour faire part de mes opinions à mon amie. Pathétique, mon affaire ! Je devais me débarrasser de cette vilaine habitude de manipulation.

— C'est la première fois que j'ai de tels sentiments envers un gars. Chaque fois qu'il me touche ou qu'il m'embrasse, j'ai des frissons. Il est tellement respectueux et attentionné. Et son sens de l'humour… Je n'ai jamais autant ri de toute ma vie. Il dégage un charme fou. À tes yeux, il n'est peut-être pas *boyfriend material*… Mais à mes yeux, il est le gars parfait pour moi.

OK… C'est assez ! J'en avais assez entendu. Ce n'était plus juste une claque que la vie m'envoyait en pleine face, mais plutôt un violent coup de poing qui me mettait K.-O. pour être certaine que je ne me relèverais pas.

À cet instant, j'ai décidé que je ne parlerais jamais à Carrie de ce que j'éprouvais pour elle ; ces sentiments qui ont parfois causé des conflits et qui ont créé une amitié malsaine. Elle semblait être heureuse… C'est tout ce qui comptait.

Après tout, je ne pensais pas être « lesbienne » pour autant. C'était probablement la distance et l'éloignement qui m'avaient donné cette impression d'être « en amour » avec elle. Nous étions tellement proches, voire trop ? Si je lui révélais mes sentiments, ça allait peut-être gâcher notre amitié et créer un malaise irréparable.

— Si tu es heureuse, c'est ça l'important ! Je ne t'ai jamais entendue parler d'un gars de cette façon… Ça te dérange si on remet notre discussion à un autre jour ? Je me sens *jet lag*. Je vais retourner me coucher. J'aurai bien le temps de te raconter mes péripéties plus tard. Elles seront plus captivantes quand je serai en forme !

— Bon retour à la maison, ma belle ! Je suis contente que tu sois là. On remet le déjeuner à demain matin ? On pourrait aller au Petinos ? Tu dois avoir envie de manger tes bonnes petites patates.

Ce sont les meilleures patates à déjeuner que j'ai mangées de toute ma vie ! D'ailleurs, j'essaye encore, après toutes ces années, de trouver le mélange d'épices qui ressemblerait à celui du Petinos. Sans succès.

— Bonne idée ! Demain sera une meilleure journée pour moi…

Le temps de digérer tout ça…

7

Il ne faut jamais dire « jamais »...

— Va me chercher les bouquetières ! demande le photographe à son assistante.

Mes demoiselles d'honneur relâchent leur pose pour se détendre un peu.

— Mesdemoiselles, est-ce que vous m'avez entendu dire que c'était terminé ? reprend le photographe, exaspéré.

Après avoir changé rapidement de lentille, il poursuit :

— OK. En attendant les fillettes, on va prendre des clichés de chacune de vous individuellement avec la mariée. On va commencer par mademoiselle en vert.

Isabelle s'approche de moi pendant que les autres filles se mettent à l'ombre.

— S'accrocher un sourire au visage pour le plus beau jour de ta vie, est-ce trop lui demander à celui-là ? marmonne-t-elle à mes oreilles.

— Je sais. Il est spécial… Mais j'ai vu des portfolios de plusieurs mariages qu'il a faits, y est su'a coche! Allez, joue la *game* et sors ton plus beau sourire!

La robe émeraude qu'a choisi de porter Isabelle met en valeur sa longue chevelure rousse et fait briller ses yeux verts perçants. Sa beauté est à couper le souffle! Elle pourrait sans équivoque passer pour la fille de Julianne Moore.

Dans le temps de le dire, l'assistante du photographe revient avec les bouquetières.

— Tes filles sont magnifiques! dis-je à Isabelle en souriant.

Pendant des années, j'ai entendu Isabelle répéter à quel point elle voulait des enfants. Beaucoup d'enfants… Ses paroles lancées dans l'univers ne sont pas tombées dans l'oreille d'un sourd. Deux ans après avoir donné naissance à Juliette, son aînée, âgée aujourd'hui de cinq ans, elle a eu le bonheur (pas certaine qu'elle aurait employé ce terme lors de l'accouchement) de donner naissance à des triplées! Oui, oui. Trois bébés d'un seul coup. Ces petits anges également rouquins sont le portrait tout craché de leur mère.

— Merci, répond Isabelle, tout sourire, avec le regard d'une maman comblée.

— Tatie Maxime! s'exclament les fillettes avec excitation en courant vers nous.

— Avant que tu t'engages pour le reste de ta vie, je veux juste mettre une chose au clair avec toi. Promets-moi que notre pacte pour mes filles tient toujours!

— Isaaaaaaa… Ça fait mille fois qu'on en parle! Oui, ça tient toujours. T'as pas à t'en faire avec ça, voyons.

— Tu me connais… J'ai besoin que tu me rassures.

Après la naissance de leur aînée, Isabelle et son mari ont fait leur testament. Lorsque est venu le temps de décider du tuteur de leur fille et de ses éventuels frères et sœurs en cas de décès des deux parents, leur choix s'est arrêté sur moi. Isabelle tenait à ce que Juliette se trouve avec la personne qui se rapproche le plus de qui elle est. J'étais touchée. Et je vais toujours me rappeler ce jour où elle m'a fait la grande demande. Elle n'arrêtait pas de pleurer. J'étais persuadée qu'elle allait m'annoncer qu'elle était sur le point de mourir d'une maladie incurable.

À l'arrivée des triplées, elle m'a demandé à nouveau si ma promesse tenait toujours. Sans hésiter, j'ai accepté. *À condition qu'elle ferme son usine à bébés. Sinon ce n'est plus une maison, mais une auberge que ça va me prendre pour m'occuper de tout ce beau monde!* Et lorsque je lui ai annoncé que j'allais me marier, elle a eu peur que je me rétracte. J'avais beau la rassurer, il n'y avait rien à faire. Anxieuse un jour, anxieuse toujours!

L'Isabelle que j'ai connue lors de mon voyage étudiant en Europe a toujours eu les mêmes deux convictions: elle ne serait jamais une femme à la maison et elle n'habiterait jamais en banlieue. L'univers avait d'autres plans pour elle. Après la naissance des triplées, Isabelle a abandonné sa pratique dans une grande clinique de psychologie du centre-ville de Montréal pour s'occuper de sa famille à plein temps. Et elle a vendu son condo ultramoderne dans le Vieux-Port pour déménager dans une grande maison sur la Rive-Nord.

J'ai l'impression que, si c'était à refaire, pour rien au monde elle ne ferait les choses différemment. Voilà une belle preuve qu'il ne faut jamais dire «jamais»... Et à bien y réfléchir, j'ai plus souvent qu'à mon tour posé des gestes que je n'aurais jamais pensé faire un jour. Comme aujourd'hui...

8

Who's that chick ?

Pour demeurer saine d'esprit, j'ai choisi de prendre mes distances avec Carrie. Elle n'y a vu que du feu, trop occupée à vivre un amour passionnel avec son charmant Philippe. Par chance, la vie arrange bien les choses. La nouvelle amie rencontrée lors de mon voyage s'est assurée de me garder la tête bien occupée…

Extrait du journal intime de Maxime Lafleur

Août 2003
Quel été mouvementé, rempli de surprises et de rebondissements ! Pour retrouver mon état de « zénitude », j'ai choisi d'enchaîner les rencontres masculines en compagnie de ma nouvelle complice, Isabelle. Combien de gars j'ai pu frencher *au cours de l'été ? Je ne les compte même plus…* Shark attack*!*

Parmi eux, il y a eu le policier au chandail bleu, mais je ne me souviens plus de son nom. Puis Jérôme, le joueur de tennis professionnel, qui n'a pas encore perdu sa virginité à vingt-trois ans. Il croit en l'amour éternel… Il veut attendre LA femme de sa vie avant de passer aux choses plus sérieuses. N'importe quoi… Il a le look d'un acteur tout droit sorti de l'émission Beverly Hills. *Il est GAI, c'est clair ! Ensuite Karl, le nain de jardin. Très sympathique, mais c'est voué à l'échec lorsqu'une fille de cinq pieds trois et trois quarts (quand tu mesures moins de cinq pieds six, les trois quarts sont importants) le dépasse d'une tête en talons.*

Et je suis tombée sous le charme d'un gars de Mascouche, plus âgé, homme d'affaires, menteur compulsif. Pour se faire pardonner ses écarts, il m'envoyait des cadeaux à mon travail.

Pour m'aider à oublier ce mythomane, Isabelle m'a présenté Pierre-Olivier : un chimiste, culturiste, player, *drogué aux stéroïdes, tueur à gages ! Un excellent* fit *pour une future étudiante en criminologie. Isabelle est assurément la pire* matchmaker ever…

De son côté, Isa a continué de fréquenter son patron, Stephen, un propriétaire de bar plus ou moins fiable, marié à une fille qui n'est pas Isa… Au cours de l'été, il a mis un terme à leur relation, car son épouse avait des soupçons. Selon moi, c'est la meilleure chose qui pouvait lui arriver, même si elle n'était pas d'accord.

Enfin, au moment où je m'y attendais le moins, une rencontre bien particulière m'a surprise au détour… Comme toujours : « Dans la vie, rien n'arrive pour rien. »

***

Il faisait une chaleur incroyable en ce samedi d'août. J'avais invité Carrie et Philippe à venir profiter de la piscine familiale. J'étais maintenant capable de les voir ensemble… Des rencontres plus divertissantes les unes que les autres avaient jalonné mon été. Ça m'avait changé les idées. Et surtout, ça m'avait permis de réaliser que je n'étais pas lesbienne… Mon attirance pour Carrie était le résultat d'une amitié malsaine, trop intime, un point c'est tout. Ce jour-là, Philippe m'avait demandé s'il pouvait inviter des collègues de sa caserne.

Aucun problème, mon Phil, amènes-en, des pompiers !

L'été tirait à sa fin. Il fallait que j'en profite avant de passer aux choses sérieuses : étudier, travailler, dormir, manger, étudier, travailler, dormir, manger... Les prochains mois risquaient de ressembler à ça. C'était la fin abrupte de ma vie sociale pour une période indéterminée. Aussi bien en profiter au maximum !

Vers midi, Carrie, Philippe et sa gang de joyeux lurons sont débarqués chez moi avec tout ce dont nous avions besoin pour concocter un BBQ digne des grands chefs. Bières, sangria et margaritas incluses. C'était une journée parfaite : le soleil surplombait la piscine, aucun nuage à l'horizon, de la bonne musique, de la bonne bouffe, mais surtout de la bonne compagnie. Que demander de mieux ?

Tout se passait comme sur des roulettes jusqu'à ce qu'une invitée-surprise se joigne à nous... Le cellulaire de Philippe a sonné alors qu'il s'apprêtait à sauter du plongeoir.

— Carrie, peux-tu prendre l'appel ? C'est probablement Karine qui veut connaître l'adresse de Maxime.

— Salut, Karine ! Ça va ? C'est Carrie... Oui, c'est bien là. Nous sommes dans la cour. Passe par le côté à ton arrivée. S'il y a quelque chose, rappelle-moi. À plus !

Je me suis tournée vers Carrie pour l'interroger au sujet de cette personne...

— C'est qui, au juste, cette fille-là ?

Va-t-elle me piquer l'attention des beaux pompiers ?

— C'est une amie de longue date de Philippe. Ils ont fait l'école des pompiers ensemble. Si je ne me trompe pas, elle vient de Chicoutimi. Je l'ai vue à quelques reprises. Elle habite à Laval, tout près de chez Phil.

Une pompière… J'ai le feeling *qu'elle ne sera pas trop féminine, celle-là. Ça fera plus de pompiers pour moi!*

Quelques minutes plus tard, la porte de ma cour s'est ouverte sur la Karine en question. Je dois avouer que, pour une fois dans ma vie, j'étais sans mots…

Je n'avais jamais vu une aussi belle fille. C'était le portrait tout craché d'Angelina Jolie dans ses belles années, mais en blonde. Avec son pantalon trois-quarts de type cargo kaki et sa camisole noire au décolleté plongeant, elle avait l'air de sortir tout droit du dernier film de Lara Croft. Même sans maquillage et coiffée d'une simple queue de cheval, elle attirait tous les regards. Je n'arrivais pas à croire qu'elle était pompière! OK, la carrure de ses épaules et ses abdominaux bien découpés pouvaient la trahir…

Elle a dit bonjour à sa gang avant de se diriger vers moi pour se présenter. Alors qu'elle s'approchait, j'ai senti qu'elle m'observait et m'analysait. (*Je suis peut-être un peu parano aussi…*) Elle m'a tendu la main et m'a regardée droit dans les yeux en me faisant un splendide sourire.

— Salut! Moi, c'est Karine! C'est gentil à toi de nous avoir invités.

— Merci! Euuuh… Enchantée… Moi, c'est Carrie. Euh… Non, je veux dire Maxime, une amie de Carrie. C'est un plaisir de te recevoir. Eh bien, je veux dire… de vous recevoir. (*Vite, trouve quelque chose de simple et cohérent, ma championne!*) Je t'apporte quelque chose à boire? (*Bra-vo!*)

J'avais de la difficulté à coordonner mes paroles et mes idées… Son regard était si intense que j'avais l'impression de passer un rayon X…

— Oui, je prendrais une bonne bière. (*Ah! Ah! Son côté masculin… Les filles que je connais ne boivent pas de bière.*) Je vais te suivre à l'intérieur. J'aimerais utiliser la salle de bain pour me changer, si ça ne te dérange pas.

— Non, pas du tout…

Mon cerveau baignait dans le Jell-O. J'étais loin de me douter que le moment fort de ma journée serait l'arrivée de cette jolie pompière. Comment une pure étrangère pouvait-elle me faire un tel effet ? C'était la première fois que ça m'arrivait. Je suis descendue au sous-sol chercher de la bière en me disant que ça allait passer.

À mon retour dans la cuisine, elle était confortablement assise à table… En train de discuter de chasse et de pêche avec mes parents ! Je lui ai tendu la bière en lui souriant. Elle s'est tournée vers moi et m'a lancé à nouveau un sourire si craquant que j'ai senti mes jambes devenir molles.

Je me suis assise avec eux. Je suis restée là, sans dire un mot. J'observais ses moindres faits et gestes. Je buvais chacune de ses paroles. Non seulement elle était dotée d'une beauté exceptionnelle, mais elle avait une personnalité captivante. Phil qui criait à tue-tête depuis la piscine m'a sortie de mon petit nuage :

— Eille, les filles ! C'est dehors, le *party*…

— C'est bon, on s'en vient, lui ai-je répondu.

Lorsque je me suis levée pour aller dehors, Karine m'a suivie de près. Je sentais sa présence dans mon dos. Normalement, je déteste lorsque les gens pénètrent dans ma « bulle ». Cette fois, je n'y voyais aucun inconvénient. Je me suis assise dans les escaliers de la piscine pour me tremper les pieds tout en regardant la gang s'amuser.

Karine s'est installée à côté de moi en sirotant sa bière. Nous avons passé tout l'après-midi à discuter de tout et de rien. C'était agréable et facile de bavarder avec elle. Je me perdais dans le turquoise de ses yeux pendant qu'elle me racontait les péripéties de sa vie à la caserne.

Coudonc, qu'est-ce qui se passe ? Sans équivoque, il y a de l'électricité dans l'air.

Après la baignade, les *boys* ont préparé le souper. Nous nous sommes réunis autour de la table pour déguster ce festin. Chacun avait des histoires cocasses sur son quotidien de pompier et des anecdotes croustillantes à partager.

Pendant que Philippe parlait et que Carrie le regardait, ma nuque s'est mise à picoter. J'ai tourné la tête, lentement. Karine ne suivait pas le monologue de Phil. Ses yeux étaient braqués sur moi. Elle a soutenu mon regard et s'est contentée de me faire un sourire en coin.

Oh my God ! Ses yeux… Son sourire… J'étais ensorcelée. J'ai passé la journée à discuter avec elle et à échanger des sourires complices sans trop me poser de questions.

Allez, Maxime, reviens à la réalité ! Tu n'es pas lesbienne. Arrête ce manège tout de suite…

Mais c'était plus fort que moi. Cette fille-là me fascinait et je n'arrivais pas à comprendre pourquoi. Et je ne voulais surtout pas que les autres s'en rendent compte. Heureusement, la soirée tirait à sa fin. Tout ce beau monde partait.

Comment pourrais-je rester en contact avec elle sans lui demander son numéro de téléphone devant tout le monde ? Prise au dépourvu, je l'ai regardée partir en espérant la croiser à nouveau.

9

Qui ne risque rien n'a rien !

Les journées passaient et j'étais incapable de me sortir cette fille de la tête. Elle avait un je-ne-sais-quoi qui m'avait accrochée. Je devais la revoir à tout prix.

Par moments, la vie donne lieu à de beaux hasards. Une semaine après le *pool party*, j'ai reçu un appel de Carrie :

— Bon matin ! J'espère que tu ne travailles pas aujourd'hui ? Oups, il est tôt. Je m'excuse si je t'ai réveillée…

— Umm… Bon matiiinnn ! Eh oui… Tu m'as réveillée. C'est quoi, l'urgence ?

— On s'en va au parc des Chutes-Dorwin à Rawdon pour la journée. On part d'ici une heure. Si tu veux te joindre à nous, on pourrait passer te prendre. J'aimerais ça que tu viennes… Sinon je vais probablement être la seule fille, pis ça me tente pas de passer la journée avec la gang de pompiers. Il y a aussi

Karine qui va être là, mais ça ne compte pas... Elle fait partie de la gang de gars !

Ai-je bien compris ? Ou suis-je en train de rêver ?

Karine va être de la partie. Karine, ma belle pompière... Yabadabadou !

Merde ! On était mercredi et je travaillais à treize heures. Ce n'était pas dans mes habitudes de prendre un congé de maladie pour rien, mais je ne pouvais pas rater cette occasion.

— OK, je vous accompagne !

— *YESSSS !* Assure-toi d'être prête quand on va arriver chez toi.

— *Deal !*

— Allez hop ! Je sais que tu es encore dans ton lit ! Je te connais, *miss*...

— C'est bon, c'est bon... Je me lève. À tantôt !

Elle avait raison, je devais sortir du lit au plus vite ! Question d'avoir suffisamment de temps pour me mettre *chicks*.

À neuf heures pile, la voiture de Philippe s'est arrêtée devant chez moi. J'étais déjà prête à partir. Une première ! J'avais une bonne motivation ce matin-là...

Quand Carrie m'a vue sortir de chez moi aussi bien habillée, elle s'est écriée :

— Maxime ! On s'en va se baigner, pas passer une soirée au Bourbon Street !

— Ben là, t'exagères, Carrie ! Il va y avoir plein de beaux *prospects* cet après-midi. Peut-être même l'homme de ma vie...

Je n'étais tout de même pas attriquée comme si on allait passer une soirée dans un bar !

— T'es super belle au naturel. De toute façon, quand ils vont te voir en maillot de bain, les gars ne prêteront aucune attention à la qualité de ta mise en plis ou à ton maquillage. Ce sont tes seins qu'ils vont regarder ! Je dois t'avouer que, même moi, j'ai de la misère à ne pas les fixer. Je suis jalouse.

Karine ne faisait pas le trajet avec nous. Elle avait pris sa voiture, car elle travaillait à la caserne en fin de journée. À notre arrivée, la majorité du groupe était déjà là. Les hommes s'étaient installés sur de grosses roches près des chutes. Je regardais aux alentours afin de trouver la belle pompière. Je ne la voyais pas… J'espérais qu'elle n'avait pas changé d'idée. C'est à ce moment que j'ai senti deux mains s'accrocher à mes hanches par-derrière.

— Désolée ! J'ai perdu pied sur la roche. C'est vraiment glissant ici. J'ai failli bêcher au moins trois fois dans la dernière demi-heure.

Cette voix… Je me suis retournée, certaine de faire face à Karine. Mais ce n'était que la copine du coloc de Phil. Décidément, cette fille m'obsédait. Ce n'était peut-être pas une bonne idée d'avoir accepté cette invitation. Après avoir passé mes vacances en compagnie d'Isabelle, j'étais persuadée que j'étais cent pour cent hétéro. Après tout, Karine n'avait pas le droit de débarquer chez moi pour tout chambouler.

Le temps passait et je perdais espoir de la voir. Jusqu'au moment où, au loin, j'ai aperçu une jolie fille se rafraîchir dans la rivière Ouareau. Je n'étais pas certaine que c'était elle, mais mon petit doigt me disait qu'il y avait de bonnes chances.

Quelques minutes plus tard, elle nageait dans notre direction. Elle portait un bikini sport noir qui allait à merveille à sa silhouette athlétique, conséquence de son entraînement quotidien en vue de sa participation à un triathlon. Malgré sa beauté naturelle et son corps de déesse, les gars de la caserne ne semblaient pas la voir comme la femme fatale qu'elle était. Ils la traitaient comme un des leurs.

— Salut, les filles ! Je suis contente de vous voir. Ça fait du bien d'avoir une présence féminine par ici… Je me sens moins seule de ma gang !

— Salut, Karine ! Tu dois quand même être habituée à force de cohabiter avec eux à la caserne, a rétorqué Carrie.

— Je tiens le coup !

Elle m'a jeté un œil en me lançant un sourire craquant et a soutenu mon regard. Ouf… Encore une fois, il y avait de l'électricité dans l'air.

Nous avons profité de la belle journée, de la chaude température, mais surtout de la bonne sangria… Karine et moi avons continué sur l'élan de notre première rencontre en échangeant des regards complices tout au long de l'après-midi. Tout était naturel entre nous. Et pourtant, je n'arrivais pas à définir ce qui se passait.

À la fin de la journée, je me retrouvais à la case départ. Encore. J'allais regarder Karine s'en aller sans savoir à quel moment j'aurais la chance de la revoir. Cela aurait pu être simple… J'aurais pu lui demander son numéro de téléphone, mais j'avais tellement peur que les autres réalisent à quel point je la voyais dans ma soupe que je n'osais pas prendre les devants.

— Phil, est-ce que c'est toi qui as mes lunettes de plongée ? a crié Karine.

Philippe, qui avait la tête sous l'eau, ne l'entendait pas.

— PHIIIIL, sors ta tête de l'eau deux secondes ! Je ne trouve plus mes lunettes de plongée. C'est toi qui les as ?

— Est-ce qu'il y a quelqu'un qui m'a parlé ?

— Oui, moi ! As-tu mes lunettes de plongée ?

— Oui ! C'est fou les poissons qu'il y a par ici…

— OK. Je dois partir, sinon je vais être en retard à la caserne. Je te laisse mes lunettes, mais assure-toi de ne pas les oublier. J'en ai besoin pour mon entraînement à la piscine. Tu me les rapporteras à l'appart cette semaine, d'accord ?

— Merci, Karine ! Ne t'inquiète pas, je te rapporte ça cette semaine sans faute…

J'ai alors eu une idée de génie…

Une heure plus tard, nous quittions les chutes pour retourner à la maison. Pendant que nous rangions les choses dans la voiture, j'ai pris les lunettes de Karine et je les ai glissées dans mon sac de plage.

Qu'est-ce que je viens de faire là ? Suis-je en train de « voler » une paire de lunettes de plongée afin d'avoir une excuse pour entrer en contact avec une fille ?

Pathétique, mon affaire… Mais je n'avais rien à perdre. Au point où j'en étais…

***

Le lendemain matin, j'ai appelé Philippe. Il était en route vers la caserne.

— Maxime ? Ça va ?

— Oui ! Eille, mon Phil, j'ai besoin d'une info.

— N'importe quoi pour toi, ma belle Maxime !

— Peux-tu me donner le numéro de téléphone de ton amie Karine ? J'ai trouvé ses lunettes de plongée dans mon sac de plage et je voudrais l'appeler pour lui dire que je les ai. Je passerai chez elle cette semaine pour aller les lui porter.

— Ah ! Il n'y a rien là… Ce n'est pas une urgence. Tant qu'elle ne les a pas perdues, c'est l'essentiel. Tu peux les remettre à Carrie et j'irai les lui porter.

Merde… Je n'avais pas prévu cette éventualité dans mon scénario.

— Je serai à Laval aujourd'hui. J'ai des achats à faire avant la rentrée. Ce n'est pas de trouble pour moi d'y aller. Elle reste près du cégep si je ne me trompe pas ?

Faut pas trop que j'insiste, il va se douter de quelque chose. Quoïque c'est un gars…

— Oui, à moins de deux minutes. Si tu as à faire à Laval, c'est comme tu veux.

Yesssss ! Mon plan avait fonctionné et m'avait permis d'obtenir son numéro de téléphone.

— C'est parfait ! Merci, Phil. Je vais l'appeler avant de me rendre à Laval. Si ça lui convient, j'irai chez elle.

Je vais m'arranger pour que ça lui convienne…

— *Good !* Bonne semaine et n'oublie pas d'embrasser ma blonde de ma part.

Si seulement il savait… Il y a quelques mois, j'aurais donné n'importe quoi pour obtenir un simple baiser de la belle Carrie.

Maintenant que j'avais le numéro de téléphone de Karine, je n'avais pas le cran de l'appeler… Je suis de nature fonceuse, mais avec elle, j'étais déstabilisée. Elle me faisait perdre mes moyens. Je stressais pour rien. Elle ne se doutait probablement pas de mes intentions. Elle ne trouverait pas cela anormal que je l'appelle pour lui remettre ses lunettes que Philippe avait « oubliées » dans mon sac…

Après un verre de vin (puis deux, puis trois), j'ai pris mon courage à deux mains et j'ai composé son numéro de téléphone. J'espérais tomber sur sa boîte vocale. La balle serait alors dans son camp. Même si elle ne s'en rendait pas compte. Une sonnerie… Deux sonneries, trois sonneries…

Le répondeur, s'il vous plaît, le répondeur…

« Bonjour, vous avez joint Dominique et Karine. Nous sommes dans l'impossibilité de prendre votre appel pour le moment. Alors laissez-nous un message et nous vous rappellerons dès que possible. Merci et bonne journée ! »

— Salut, Karine, c'est Carrie… euh, s'cuse-moi, je veux dire c'est Maxime, l'amie de Carrie. (*Bon, je bafouille encore et j'ai l'air d'une fille qui n'est pas sûre de connaître son nom, BRA-VO !*) Phil a oublié tes lunettes de plongée dans mon sac. Si tu es disponible cette semaine, je vais à Laval. Je pourrais en profiter pour te les apporter. J'attends de tes nouvelles… Bonne journée !

DOMINIQUE ! Karine ne vivait pas seule… Je n'avais pas eu connaissance de ce détail. Elle ne m'avait jamais dit qu'elle était en couple. Elle n'était peut-être pas en couple non plus… Elle habitait en colocation dans ce cas-là ? Était-ce Dominic au masculin ? Ou Dominique au féminin ? Maudit répondeur ! Tout plein de questions et impossible d'obtenir des réponses…

10

Un, deux, trois... TEQUILA !

Les journées passaient et je n'avais toujours pas de nouvelles de Karine... Ça n'en prenait pas plus pour que je me pose mille et une questions.

Pourquoi ne rappelle-t-elle pas ? Est-ce qu'elle est fâchée contre Philippe parce qu'il m'a donné son numéro de téléphone ? Ai-je fait une erreur en prenant ses lunettes ?

Finalement, Karine m'a laissé un message sur ma boîte vocale.

— Salut, Maxime, c'est Karine... J'espère que tu vas bien ! J'ai eu ton message pour mes lunettes de plongée... Il n'y a pas de trouble. Tu peux passer quand tu veux. Si ça te dit, je m'en vais au Fuzzy avec des amis ce soir. Si tu veux te joindre à nous, tu es la bienvenue. J'attends de tes nouvelles... Passe une belle journée !

La balle était de retour dans mon camp... OK, je devais me calmer avec mon histoire de balle. Il faut être deux pour jouer à ce jeu. À ce moment-là, je semblais être la seule à me faire un scénario dans ma tête, mais tout de même, les faits demeuraient: elle m'avait lancé une invitation pour une sortie prévue avec ses amis. Je me suis empressée de lui retourner son appel.

— Bonjour! Est-ce que je pourrais parler à Karine, s'il vous plaît?

— Oui, un instant.

Ah… C'était une Dominique. Je venais d'obtenir une partie de ma réponse… Toutefois, était-ce sa colocataire ou sa blonde?

— Allo?

— Salut, Karine, c'est Maxime. Ça va bien?

Pour une fois, j'ai été capable de dire mon prénom à la première tentative. Je m'améliore.

— Oui! Ça va super bien. Toi?

— Super! J'ai eu ton message. Je suis partante pour me joindre à vous ce soir.

— Génial! Je ne peux pas te parler longtemps. Je suis sur mon départ. Je dois aller chercher des meubles à ma coloc chez son ex. Le gars est trop lâche pour venir les porter. Un après-midi palpitant en vue…

Ah! C'est sa colocataire, et en plus elle est hétéro… Deux excellentes nouvelles!

— Pas de problème!

— Tu peux venir prendre une bière chez moi avant le Fuzzy. Je serai de retour à mon appart vers 19 heures. Je vais prendre une douche rapide, donc disons 20 heures chez moi. Ça te convient?

— Oui, c'est parfait.

Je ne bois pas de bière par contre, mais c'est un détail.

— As-tu un crayon et du papier pas loin? Je vais te donner mon adresse.

Puis elle m'a refilé ses coordonnées, on a raccroché et je me suis surprise à sourire seule dans ma chambre. J'allais revoir ma belle pompière, et Dominique, sa coloc, était hétéro!

Aux alentours de 20 heures, je me suis garée en face de son appartement. Je me suis assurée de ne pas oublier ses lunettes de plongée dans ma voiture. Si quelqu'un m'avait dit que je me retrouverais chez Karine parce que j'avais « volé », je ne l'aurais pas cru !

Je m'apprêtais à cogner à sa porte quand sa voiture s'est stationnée derrière la mienne.

— Salut, Karine ! Tu ne viens pas juste de terminer le déménagement des meubles, j'espère ? Tu dois être brûlée…

— Salut ! Non. Ça s'est bien déroulé. À 18 heures, on était revenues à l'appart. J'arrive de la SAQ. Je me suis souvenue que tu ne bois pas de bière. Je suis allée chercher des Smirnoff Ice.

Fine observatrice…

— Tu n'aurais pas dû. Mais c'est super gentil, car effectivement je n'aime pas du tout la bière !

— Allez, suis-moi. Je vais te faire visiter mon appartement. Je t'avertis tout de suite, il y a des meubles un peu partout. On n'a pas encore décidé de ce qu'on va faire avec tout ça… Ça va attendre à demain.

— Ça fait longtemps que tu habites ici ?

— Bientôt trois ans. J'ai emménagé quand je suis partie de Québec pour terminer mon cours de sécurité incendie au cégep Montmorency. Ma chum Doum s'est séparée le mois dernier et n'avait nulle part où aller. Elle vient de Chicoutimi, tout comme moi. Elle s'est installée à Montréal avec son chum pour faire ses études en soins infirmiers. Elle est maintenant infirmière à l'hôpital Sainte-Justine. Comme elle n'avait pas envie de rester seule après sa séparation, je l'ai invitée à venir s'installer chez moi.

— Une séparation, ce n'est jamais évident. C'est encore pire lorsqu'on est loin de son patelin.

— Exactement. De mon côté, ça me fait un peu d'action… Je me rends compte à quel point je suis une vieille fille maniaque obsessive du ménage. Pauvre Doum, je ne suis pas facile à vivre !

Une voix féminine a rétorqué dans une pièce voisine :

— C'est une vraie psycho du ménage ! Chaque fois que je fais mes toasts le matin, c'est tout juste si elle ne passe pas la balayeuse pour ramasser les « supposées » miettes qui pourraient se trouver sur le plancher de SA cuisine.

— T'exagères un peu, là ! J'aime ça vivre dans un environnement propre et ordonné. Mais pas au point d'être psycho, comme tu dis !

Dominique s'est esclaffée.

— Tu fais du déni, ma belle ! Mais c'est correct… Je t'aime folle de même. Salut, moi, c'est Doum ! Je suis la coloc de Karine. Tu dois être Maxime ?

Karine lui a parlé de moi ?

— Enchantée ! Je compatis… Ça ne doit pas être évident de vivre avec une obsessionnelle compulsive de la balayeuse.

— Heureusement qu'elle a d'autres qualités pour compenser. C'est une cuisinière hors pair ! Elle me prépare toujours de bons repas santé.

— Tu fais bien de te reprendre, ma petite chialeuse. Ton nom n'est pas « officiellement » sur le bail. Techniquement, je peux te mettre à la porte n'importe quand…

Karine s'est tournée vers moi en me regardant avec ce sourire qui me faisait fondre à tout coup.

— On fait un beau duo, hein ? Es-tu certaine de vouloir passer une soirée entière avec nous ?

— Il n'y a rien là ! Je suis capable d'en prendre. Carrie et moi, on est bien pires que vous deux…

Pendant que Doum se préparait dans sa chambre, je me suis assise sur la terrasse en compagnie de Karine. Nous avons commencé la soirée avec des *shooters* de tequila. Ça promettait ! Elle m'avait offert de dormir chez elle si je n'étais pas en état de prendre ma voiture.

Et les chances que j'en sois capable étaient minces, voire nulles.

La discussion était fluide entre nous. J'aurais passé la nuit entière sur la terrasse à parler avec elle. Malheureusement, Doum nous a sorties de notre bulle vers 23 heures.

— Les filles, le taxi est en route. Est-ce que vous m'accompagnez au Fuzzy pour rejoindre la gang ou vous préférez veiller sur la terrasse ? Vous avez l'air déjà pas mal « pompinettes », les *girls* !

— On arrive ! Viens prendre un *shooter* avec nous avant qu'on parte.

— Trop tard… Le taxi est déjà en bas !

***

À notre arrivée au Fuzzy, nous avons poursuivi sur notre lancée avec une tournée de *shooters* avant de nous défouler sur la piste de danse. Karine se déhanchait devant moi. Le regard fixé sur elle, je ne voyais plus rien de ce qui se passait autour. Il y avait tellement de monde qui dansait que nous nous sommes retrouvées collées l'une contre l'autre. Ses doux cheveux frôlaient ma joue. Ses mains se baladaient sur mes hanches. L'odeur de son parfum m'enivrait. Ses lèvres pulpeuses… Je n'avais qu'une seule envie : l'embrasser.

Si j'avais un doute sur les intentions de Karine à mon égard avant ce soir, eh bien maintenant, c'est clair ! Je l'intrigue autant qu'elle m'intrigue.

Nous avons passé la soirée à discuter, danser et boire. Nous avons perdu le reste de sa gang moins de cinq minutes après notre arrivée au bar – j'étais persuadée que c'était voulu de sa part. Nous avions besoin d'être ensemble pour comprendre ce qui se passait entre nous depuis notre première rencontre.

— Où sont tes amis ? Ça fait longtemps qu'on ne les a pas vus.

— Je n'en sais rien… Pour être honnête avec toi, ça ne me dérange pas.

— Karine, je suis contente que tu m'aies invitée ce soir.

— Merci à toi d'avoir accepté, a-t-elle répondu en souriant.

— À bien y penser, je crois que je vais dormir chez toi.

— Sage décision. Je ne pense pas que tu sois en état de conduire de toute façon.

Cette superbe soirée tirait à sa fin et Karine m'a proposé d'appeler un taxi pour regagner son appartement. Juste avant de prendre le chemin vers la sortie, nous nous sommes retrouvées dans un passage étroit qui menait vers la terrasse.

Je la suivais de près lorsqu'elle s'est tournée vers moi… Elle m'a fixée droit dans les yeux. Cette fois-ci, je ne me sentais pas du tout intimidée et je n'ai pas baissé les paupières lorsque son regard s'est fait plus intense. Au contraire. Elle a rougi. En temps normal, je finissais toujours par regarder ailleurs ou engager la discussion sur un sujet anodin pour alléger l'atmosphère. Ce soir-là, ma surconsommation d'alcool avait, pour une fois, une conséquence positive: un regain de confiance m'avait envahie.

Toujours en soutenant mon regard, elle m'a doucement prise par la taille avant de poser ses lèvres sur les miennes. Je n'ai pas hésité un seul instant à lui rendre son baiser. Les émotions ressenties lorsque Carrie m'avait embrassée sur la terrasse chez moi ont soudainement refait surface. Comment se faisait-il que j'éprouvais des sentiments aussi forts et intenses envers une fille que je connaissais à peine?

Ce baiser échangé avec Karine venait de me confirmer ce que je redoutais depuis un moment: j'avais une attirance pour les filles… J'avais beau essayer de refouler ce sentiment, avec tout ce qui s'était passé au cours des dernières semaines, je ne pouvais plus faire semblant.

Alors que nous attendions le taxi à l'extérieur, Doum nous a aperçues entre les buissons de la terrasse et s'est écriée :

— Eille ! Vous voilà, les filles ! Je ne vous ai pas vues de la soirée. Avez-vous appelé un taxi ?

— Oui, a répondu Karine.

— Attendez-moi ! Je vais le prendre avec vous.

À notre arrivée à l'appartement, Karine a pris soin de me préparer un lit douillet sur le futon dans le salon. J'étais un peu déçue…

— Bonne nuit, Maxime. J'ai vraiment passé une belle soirée… Je vais te laisser une bouteille d'eau avec deux Advil sur la table près du futon. N'oublie pas de t'hydrater comme il faut pour ne pas être trop maganée demain matin.

En plus d'être belle, adorable, drôle, sportive, intelligente, sympathique – est-ce que j'ai dit parfaite ? –, elle était attentionnée…

— Merci, Karine, j'ai passé une belle soirée moi aussi. Bonne nuit…

***

Le lendemain matin, le réveil a été brutal. J'avais un intense mal de bloc, malgré la quantité d'eau que j'avais pris soin d'avaler avant de me coucher. Je me suis dirigée vers la salle de bain. Je me suis regardée dans le miroir et je me faisais peur. J'étais blanche comme un drap, mon mascara avait coulé et j'avais l'air d'un raton laveur !

Je ne voulais surtout pas que Karine me voie dans cet état-là. Retour à la normale… Ma confiance exagérée en mes moyens s'était dissipée en même temps que les effets de l'alcool. Je recommençais à tout analyser. Mon anxiété était de retour, fidèle au poste.

J'ai alors eu la « brillante idée » de m'enfuir de chez elle, en douce. Pendant que les deux filles dormaient encore, j'en ai profité pour me faufiler dehors et prendre la route vers Terrebonne. Je donnerais signe de vie un peu plus tard au cours de la journée.

En roulant sur l'autoroute 25 Nord, alors que j'écoutais en boucle mon CD de Kelly Clarkson, je me suis perdue dans mes pensées.

Étais-je vraiment attirée par les filles ? Tout ce que je savais, c'est que Carrie et Karine ne me laissaient pas indifférente, mais je ne me sentais pas prête pour autant à faire une croix sur les gars. Même si les seuls moments de ma vie sentimentale où j'avais ressenti les fameux papillons, c'était avec des filles. Décidément, ça devenait de plus en plus compliqué, mon affaire…

Quelles sont les intentions de Karine ? Nous avons sauté à pieds joints dans ce manège de séduction, mais… a-t-elle déjà fréquenté des filles ? Allons-nous nous revoir ? Est-ce que je vais vivre deux fois la même histoire ? Oublier l'attirance et faire comme si rien ne s'était passé ?

Par chance, je n'avais pas trois heures de route à faire pour me rendre à la maison, car j'aurais bien pu prendre l'autoroute 40 jusqu'à Québec et continuer de me questionner et d'analyser ma situation sans obtenir de réponse.

En arrivant chez moi, je me suis faufilée sans faire de bruit jusqu'à ma chambre au sous-sol. J'étais chanceuse de dormir là. Ça me permettait d'être au frais tout l'été, et surtout d'avoir la noirceur nécessaire, même en plein jour, pour trouver le sommeil et me remettre sur pied après une soirée festive. Exactement ce dont j'avais besoin.

11

« Run away, run away, run away if you want to survive »

Run away, Real McCoy

Depuis ma fuite, je n'avais pas adressé une seule fois la parole à Karine. En fait, nous avions échangé des messages à plusieurs reprises par l'entremise de nos boîtes vocales respectives.

Vers la fin de la semaine, elle m'a lancé une deuxième invitation. Elle voulait que je l'accompagne dans une soirée avec ses amis au bar 737, mais pas le bar *glamour* au sommet de la place Ville-Marie, qui offre une vue spectaculaire sur le centre-ville de la métropole. Dans ce cas-ci, il s'agissait plutôt d'un autre 737, un petit bar de la Rive-Sud. Je suis donc passée chercher Karine à son appartement avant de prendre la route pour aller rejoindre ses amis.

J'étais très nerveuse à l'idée de me retrouver seule dans ma voiture avec elle. C'était la première fois que je la revoyais depuis notre fameuse soirée, la soirée de notre baiser…

— *Are you ready for tonight?*

— Oui, ma chère ! Au fait, sais-tu où on s'en va exactement ?

Je tiens à rappeler que, à l'époque, les GPS étaient pratiquement inexistants.

— Oui, un gars de ma caserne habite près du bar. On va s'arrêter chez lui et par la suite on va rejoindre la gang.

— C'est parfait ! Je t'avertis tout de suite, je n'ai aucun sens de l'orientation dès que je franchis les limites de la ville de Montréal. Je traverse le pont ou le tunnel et c'est comme si je me retrouvais dans un autre pays. J'exagère à peine.

— Ne t'inquiète pas ! Avec moi comme copilote, tout va se dérouler à merveille.

La glace était brisée… La gêne que j'éprouvais au départ s'est finalement dissipée… Nous avons agi comme si rien ne s'était passé quelques soirs plus tôt au Fuzzy. D'ailleurs, comment amener le sujet sans être sûres de nos intentions ? Les relations entre un gars et une fille peuvent être compliquées, imaginez-vous à quel point ça peut l'être quand on ne sait même pas si la fille qui nous attire est intéressée par les filles… Moi-même, je ne savais pas vraiment si je l'étais… La situation pouvait-elle être plus compliquée ou ambiguë ? Non, je ne crois pas !

Heureusement, la discussion entre nous était agréable. Nous avions plusieurs points communs et, tout comme moi, Karine était une fille qui avait de la jasette. Nous étions un match parfait. J'ai cependant ressenti un petit malaise tout au long du trajet. Pourquoi ? Je n'en savais rien…

On avait parlé de beaucoup de choses depuis notre première rencontre. On s'entendait bien et elle me plaisait, c'est tout ce qui comptait pour moi. Jamais nous n'avions évoqué notre âge respectif.

— C'est la rentrée qui approche. Tu dois avoir hâte… Si je me rappelle bien, tu termines cette année ?

— Euh… Pas vraiment… En fait, j'entame ma première année de bac en crimino. Je viens de terminer mon DEC en sciences humaines, et là, je commence mes études universitaires…

— Quoi ? Tu viens de sortir du cégep ? J'étais certaine que tu étais sur le point de terminer ta maîtrise…

Il était manifeste que, lors de cet après-midi passé au bord de ma piscine, elle s'était plus intéressée à ma silhouette en maillot de bain qu'à ce que je lui avais raconté. Je lui avais pourtant dit que mon but était de faire ma maîtrise en criminologie, à la fin de mon bac. Ce qu'elle avait retenu c'est: « Je termine ma maîtrise en crimino cette année. »

— T'as quel âge au juste ?

— J'ai vingt ans…

— Quoi ? T'es pas sérieuse ?

— Oui… J'ai vingt ans et toutes mes dents ! Et toi, quel âge as-tu ?

— Vingt-huit ! Te rends-tu compte que nous avons pratiquement dix ans de différence ?

— Ben… Pas exactement dix ans. Je vais avoir vingt et un dans quelques mois. Je vais être officiellement majeure partout !

— Ayoye… Je ne m'attendais vraiment pas à ça.

— Quel âge croyais-tu que j'avais ?

— Je me disais que tu devais avoir autour de vingt-cinq, peut-être vingt-six ans… Tu es une petite jeunesse, Max !

Après cette révélation « choc », un véritable malaise s'est installé entre nous. Peut-être que je suranalysais les moindres détails de la situation – sa façon de me regarder, de me sourire, de me parler –, mais après cet aveu tout semblait différent, pour ne pas dire *weird*. J'essayais de ne pas trop y penser et de profiter du moment passé en sa compagnie. Cependant, je n'étais pas folle… Karine est une fille très expressive. Je n'ai pas eu trop de difficulté à capter sa réaction. Elle semblait totalement traumatisée – j'exagère à peine. Au moins, j'étais dans la vingtaine… OK, j'admets que c'était la première année de ma vingtaine, mais il n'y avait pas de quoi s'énerver, j'étais tout de même majeure !

À notre arrivée, l'introduction d'amis dans notre discussion a détendu l'atmosphère. Une fois les présentations terminées, nous nous sommes dirigées vers le 737, version Rive-Sud, pour rejoindre les autres.

Tous les amis de Karine étaient des gars. Une gang d'apollons serait l'expression plus appropriée. Ils auraient tous pu être candidats pour figurer sur la couverture du prochain calendrier des pompiers. Ils étaient des amis de longue date de Karine. Ils avaient fait ensemble l'École nationale des pompiers du Québec. En discutant avec l'un d'entre eux, j'ai réalisé que l'ex de Karine se trouvait parmi nous. Oui, oui, vous avez bien lu… Ô joie ! L'ex masculin de Karine.

Vous avais-je mentionné que c'est compliqué, des filles ?

Tout au long de la soirée, j'ai entretenu une longue discussion avec le meilleur ami de l'ex de Karine. Il ne me lâchait pas d'une semelle. Il était fort sympathique, mais disons que j'aurais préféré avoir l'attention de ma belle pompière.

Au cours de la soirée, elle m'a à peine adressé la parole. Je la regardais de temps en temps du coin de l'œil afin de voir ce qui se passait de son côté. Elle était en grande discussion avec son ex. Elle consommait également beaucoup de cocktails. Et elle semblait chercher à établir des rapprochements avec son ancienne flamme qui, *by the way*, avait encore l'air totalement *in loooovvvve* avec elle. Je le comprends… Moi aussi, j'étais captivée par cette fille.

Je regardais ma montre toutes les deux minutes. J'avais hâte que la soirée se termine pour rentrer me coucher en petite boule dans mon lit.

Je me suis dirigée vers la terrasse pour prendre l'air. J'avais besoin de me retrouver seule un moment. Je n'aime pas faire la conversation avec des étrangers quand ça roule à cent milles à l'heure dans ma tête. Ça me demande trop d'énergie et je ne suis pas en mesure de suivre le fil des échanges. Quelques instants plus tard, Karine m'a rejointe à l'extérieur.

— Ça va, Max ? T'as l'air perdue dans tes pensées...

Ben oui... J'ai de la misère à te suivre, ma belle, et dans ce temps-là mon cerveau se retrouve en suractivité !

— Oui, ça va. Et toi, t'as l'air de bien t'amuser !

— Oui, je suis vraiment contente de voir ma gang de *boys* ce soir. Merci de m'avoir accompagnée. Je voulais te demander... Est-ce que ça te dérangerait si on restait à dormir chez mon ami ce soir ? J'aimerais *bruncher* avec les gars demain matin. Étant donné que je ne viens pas souvent dans le coin et que ça fait longtemps que je ne les ai pas vus, j'aimerais en profiter. Je ne sais pas si tu avais des plans pour demain et si ça te tente, bien sûr... Mais ça serait le fun ! En tout cas, penses-y, c'est comme tu veux. C'est toi qui conduis après tout... Si tu préfères, on peut remonter vers la Rive-Nord cette nuit.

Je voyais très bien dans son regard qu'elle espérait très fort que je serais d'accord avec sa proposition. Malgré le fait que j'avais envie de retourner chez moi, j'ai finalement accepté son offre. En me disant que je dormirais peut-être avec elle dans la chambre d'amis...

Une fois de plus, la soirée a pris une tournure inattendue. Lorsque nous sommes retournées chez son ami, Karine s'est enfermée dans une chambre avec son ex et je me suis retrouvée à partager l'autre chambre avec le pompier qui ne m'avait pas lâchée de la soirée...

Il a tenté sa chance avec moi, mais je n'étais pas du tout dans le *mood* pour des rapprochements. Chacun s'est installé de son côté du lit et j'ai essayé de trouver le sommeil.

Au beau milieu de la nuit, je me suis fait réveiller par des bruits en provenance de la chambre voisine. Ma pompière s'envoyait en l'air avec son ex. Super ! Il ne manquait plus que ça ! C'en était trop pour moi ! Apparemment, je m'étais fait tout un scénario et cette fille-là était hétéro... Encore une fois, je m'étais trompée sur toute la ligne... J'avais hâte que le soleil se lève pour retourner chez moi et oublier tout ça.

Après avoir *brunché* avec la gang de *calendar men*, nous avons enfin repris la route vers la maison. Un malaise planait. Le trajet vers la Rive-Nord ne m'a jamais paru aussi long. Je ne savais pas quoi dire, alors je n'ai rien dit. Elle semblait troublée... Je ne connaissais pas les détails entourant sa soirée avec son ex – et en toute franchise, je ne voulais pas les connaître –, mais la joie n'était pas au rendez-vous. Je l'ai donc déposée devant son appartement en lui disant que j'avais passé une belle soirée.

Vraiment ?

N'importe quoi pour tenter d'alléger l'atmosphère. Elle m'a remerciée de l'avoir accompagnée et, avant de sortir de ma voiture, elle m'a souhaité de passer une belle journée. Je ne sais pas pourquoi, mais j'avais l'impression que c'était la dernière fois que j'allais la voir...

12

« *Sous les* Sunlights *des tropiiiiiiiiiques* »

Les Sunlights des tropiques, Gilbert Montagné

C'était le jour J. Le grand jour de la rentrée scolaire. J'avais été acceptée dans mon premier choix d'études universitaires : la criminologie. C'était tellement *hot* ! J'avais du mal à y croire. Si j'avais pu, j'aurais été jalouse de moi-même ! Je me voyais déjà comme la prochaine Fortier. Moi, Maxime Lafleur, experte en profilage criminel…

Pourtant, quand j'étais plus jeune, si quelqu'un m'avait dit que je prendrais un jour cette direction, je ne l'aurais pas cru…

À dix ans, je voulais plutôt être journaliste sportive, comme Chantal Machabée. J'écoutais religieusement *Sports 30* avec mon frère, matin et soir.

À l'école secondaire, je rêvais d'avoir ma propre agence de voyages. Avec le temps, j'ai réalisé que j'aime voyager et créer mes itinéraires. Mais pas nécessairement planifier ceux des autres…

Après le *trip* agence de voyages, j'ai étudié en sciences humaines au Collège Montmorency. Vous savez, le programme que tous les étudiants choisissent lorsqu'ils n'ont aucune idée de ce qu'ils veulent faire dans la vie et qu'ils ne veulent pas se taper les cours de sciences pures…

Finalement, à ma dernière année à « Montmo », alors que les bonnes saisons de *Fortier* passaient à la télé, j'ai arrêté mon choix sur la criminologie.

À mon premier cours à l'université, j'ai été estomaquée : sur quatre-vingts étudiants, il y avait quatre gars pour soixante-seize filles ! À voir la quantité de « pitounes » trop *girly* pour mettre un pied dans le milieu carcéral – et en sortir –, je n'aurais pas misé le gros lot sur le nombre de finissantes de cette cohorte.

Au milieu de toutes ces filles ultra-compétitives, j'ai compris dès la première semaine que mes études sonnaient le glas de ma vie sociale. Je faisais de mon mieux pour m'adapter à ma nouvelle réalité. J'ai dû trouver des trucs pour maximiser mon temps. Le matin, j'effectuais mes lectures obligatoires pendant que j'étais prise dans les bouchons de circulation, et je conduisais avec mes genoux pendant que je me maquillais. (Si vous pensez que j'étais un vrai danger public, eh bien… vous avez raison ! Mais soyez sans crainte, je ne conduisais pas une voiture à transmission manuelle !) Pendant l'heure du dîner, je faisais des siestes dans ma voiture pour combler mon manque de sommeil et, au souper, je retranscrivais mes notes de cours. Mon seul moment de répit était avant de me coucher. Je me permettais de regarder un épisode de la captivante télésérie *24*. Qu'il était *hot*, Jack Bauer !

Pour passer à travers la session, j'ai dû faire preuve d'une grande discipline. Je voyais à peine mes amies et je n'ai pas mis les pieds une seule fois dans un bar. Un exploit pour moi à cet âge ! J'ai orienté mes efforts sur mes études et j'ai obtenu de bons résultats. Ça m'a permis de me concentrer sur autre chose que mes « histoires de filles ».

***

Pour célébrer la fin de la session – et surtout pour m'occuper l'esprit –, j'avais réservé un voyage à Cayo Coco au début du mois de janvier avec Carrie et deux amies du cégep. Elles avaient accepté de se séparer de leur douce moitié pour une semaine (tout un sacrifice, particulièrement pour Carrie). J'étais l'unique célibataire du groupe. Cette semaine de voyage entre *girls* s'annonçait *mucha caliente.*

J'étais impatiente de partir. Et surtout j'avais hâte de retrouver les filles ! Nous avions toutes pris des chemins différents à la fin de nos études collégiales.

La première, Marie, ne savait pas ce qu'elle voulait faire dans la vie. Mis à part danser pour les Alouettes de Montréal.

La deuxième, Claudia, était une amie d'enfance de Marie. C'est elle qui me l'avait présentée. Elle aussi était *cheerleader* pour les Alouettes durant la saison de football.

Quant à Carrie, elle avait été admise à l'Université McGill (elle en était très fière d'ailleurs) dans le programme d'enseignement. Je ne l'avais pas vue depuis plusieurs semaines à cause de nos horaires très chargés (et en partie aussi à cause de son cher Phil).

À notre arrivée en sol cubain, nous étions impatientes de gagner notre hôtel. Cayo Coco est une petite île où il n'y a pas grand-chose d'autre qu'un aéroport, des hôtels et des plages à perte de vue. Bref, c'était l'endroit idéal pour décrocher et refaire le plein d'énergie.

Après un enregistrement rapide (si on tient compte du rythme de vie des Cubains), nous nous sommes empressées de suivre le majordome qui transportait nos valises. Carrie avait tellement peur qu'on se fasse voler !

Lorsqu'il a ouvert la porte de la première chambre… WOW ! Nous avions un immense balcon ! Avec, en prime, une superbe vue sur la mer ! Et nous n'avions même pas payé pour obtenir ce privilège.

Dans la file d'attente pour procéder à notre enregistrement, nous avions entendu une femme faire part de son mécontentement au responsable de la réception. Elle avait déboursé un supplément pour s'assurer d'avoir une chambre avec vue sur la mer et le préposé cubain s'entêtait à lui répéter qu'il n'y avait aucune possibilité pour elle d'en obtenir une, car elles étaient toutes occupées. Ironie du sort…

Avant d'enfiler nos maillots de bain, nous avons fait une longue séance de photos sur notre balcon. On était aussi excitées que des gamines de douze ans devant Justin Bieber. Après avoir rempli deux films (les cartes mémoire et appareils numériques n'existaient pas encore…), nous nous sommes dirigées vers la plage pour profiter du soleil et de la mer. Une chance ! C'est la seule journée où ç'a été possible…

L'agente de voyages nous avait prévenues qu'en janvier la température pouvait être beaucoup plus fraîche qu'au mois de mars, mais elle nous avait assurées que c'était tout de même très agréable. Il fallait plutôt comprendre : « Il va faire autour de quinze degrés Celsius – le jour –, alors apportez dans vos bagages une panoplie de cotons ouatés plutôt que des maillots de bain. » Honnête, mais certainement moins vendeur…

Après une courte visite à la *playa*, nous sommes retournées à nos chambres. Il fallait se préparer pour notre premier souper officiel entre *girls* ! En vacances, Carrie et moi sommes du genre à prendre une douche rapide, à porter un maquillage léger et à nous faire des mises en plis avec de la mousse coiffante pour donner un *look* de plage à nos cheveux. Avant d'entrer dans la chambre que je partageais avec elle, je me suis tournée vers mes deux autres copines qui faisaient les choses autrement :

— Les filles, pensez-vous être capables d'être prêtes pour aller souper avant la fin de la soirée ?

***

Pour m'adonner à mon sport favori, le *shark attack*, j'ai pris la peine de mettre en valeur ma *crackès dès boùlezzs*[6] – l'appât le plus efficace pour pogner des gros poissons. Je portais un pantalon capri en jeans foncé avec une camisole de soie de couleur prune au décolleté plongeant, achetée lors de mon passage en Italie. (C'était une vraie celle-là, pas une *Made in China*…) Mon pendentif en forme d'étoile de mer venait mettre l'accent là où je le voulais. Carrie, de son côté, portait une robe courte très sexy turquoise signée BCBG.

Quand je l'ai vue sortir de la salle de bain vêtue de cette façon, j'ai eu le souffle coupé. Elle était si belle. J'essayais de ne pas trop y prêter attention. J'avais peur qu'elle se rende compte que j'avais de la difficulté à porter mon regard ailleurs que sur elle…

Une fois dans le hall de l'hôtel, nous avons pris place au bar principal. Étant la seule célibataire du groupe – et question de me changer les idées –, j'ai jeté un coup d'œil rapide autour afin de repérer d'éventuels *prospects*. Par expérience, je me basais sur les principes du repêchage de joueurs au hockey… Il s'agissait de cibler le nouvel espoir, évaluer ses aptitudes, passer à l'action en le sélectionnant et lui faire une offre pour qu'il joigne mon équipe ! L'essentiel de ma technique du *shark attack* reposait sur cette façon de faire. J'étais toujours à la recherche de mon Sidney

6. Traduction libre de l'auteure : craque de boules.

Crosby. J'en avais marre de tomber sur des Scott Gomez[7]…

Je me suis vite rendu compte que ce n'était pas l'endroit idéal pour faire des rencontres. C'était un *resort* rempli de couples et de familles. Aucun jeune poisson célibataire en vue. L'agente de voyages nous avait prévenues que ce n'était pas un endroit à la *spring break* comme Cancún, mais tout de même un hôtel fréquenté par des jeunes. *Yeah, right!*

Les filles, qui s'étaient dépêchées, se sont installées avec nous au bar central. Marie s'est empressée de nous commander des verres dans un espagnol impeccable:

— *Cuatro moijtos por favor, señor!*

Quelques minutes plus tard, nous avions nos *drinks* devant nous. Je me suis lancée:

— Les *girls*… Portons un toast à notre semaine entre filles dans ce petit coin de paradis.

Nous avons levé nos verres en même temps.

— *Cheers!*

— Et à la gentille dame à la réception qui nous a offert ces chambres avec balcon pour agrémenter notre séjour, a ajouté Claudia.

— *Let's drink to that!* avons-nous enchaîné en chœur en levant nos verres à nouveau.

— Et à nos chums qui se gèlent les fesses au Québec, a renchéri Marie.

— Et à toi, Maxime! Notre éternelle célibataire… Est-ce que tu réserveras aux Cubains le même sort qu'aux gars qui croisent ton chemin au Québec? m'a lancé Carrie sur un ton sarcastique.

Quoi? Ce n'est plus permis de frencher *les gars et de s'éclipser aussitôt après? Je n'étais pas au courant!*

— Ha, ha, ha… Très drôle! En tout cas, ce n'est pas ici que je vais rencontrer l'homme de ma vie. Regardez

---

7. Pour celles qui connaissent moins bien le monde du hockey, Maxime Lafleur voulait trouver son Channing Tatum, car elle en avait marre de tomber sur des Mr. Bean!

autour de nous. Il n'y a que des *sugar daddys* ou des couples *in loooveeeeeeee*. Je vais me tenir tranquille cette semaine...

— C'est encore drôle. Il t'arrive toujours plein de péripéties! La semaine commence, a répliqué Marie avec le sourire.

— On verra bien...

— En parlant de *sugar daddys*, il y en a quatre à l'autre extrémité du bar qui nous regardent – et de manière pas très subtile, a constaté Marie.

— *Come on!* Ils doivent bien se douter qu'on a l'âge de leurs filles. Ça m'écœure ben raide, s'est offusquée Carrie.

Claudia, de son côté, ne semblait pas partager notre avis...

— Les filles, vous exagérez! Ils n'ont pas l'âge de nos pères... Ils sont dans la trentaine avancée, tout au plus. Je dirais même qu'il y en a un dans la gang qui n'est pas mal du tout...

— Attendez, les filles... J'en reconnais un. C'est Mike, mon prof de techno[8] au secondaire!

— T'es certaine?

— Oui! Il n'a pas changé d'une miette...

— Maxime, avais-tu déjà envisagé l'idée de te taper un de tes profs?

— T'es malade! Les poules vont avoir des dents le jour où je vais me pogner un *sugar daddy*! ai-je répondu avec aplomb.

— En tout cas. Si ton prof, c'est le musclé au teint basané qui porte un pantalon en lin, je ne lui ferais pas mal, a dit Claudia en jetant un regard aguicheur dans sa direction.

---

8. Pour celles qui seraient trop jeunes, c'est dans le cours d'Initiation à la technologie qu'on avait la « chance » d'apprendre à construire une machine à bonbons, des circuits électriques, des plans de maisons et... des cabanes à moineaux. On peut comprendre pourquoi ce cours n'existe plus!

— On le sait que t'as un faible pour les gars un peu plus vieux, mais quand même… Il y a des limites. Il doit avoir au moins vingt ans de plus que toi. Et *by the way*, c'est bien lui mon prof…

— Belle pièce d'homme ! T'es certaine que tu ne confonds pas ton prof de techno avec celui d'éduc ? Avec le *body* qu'il a… a ajouté Marie.

— Oui, j'en suis certaine !

— Penses-tu qu'il t'a reconnue ?

— Je ne crois pas. J'avais quatorze ans quand il m'a enseigné.

— En tout cas, il est en pleine séance d'*eye contact* avec toi, Clau, a remarqué Carrie.

— Il est tellement beau ! Vous ne trouvez pas qu'il ressemble à Roch Voisine, mais en plus viril encore ? a demandé Claudia.

— T'es en couple, ma belle, ai-je besoin de te le rappeler ? lui a dit Marie pour la ramener sur terre.

— Calme tes nerfs ! Je le sais que je suis en couple ! J'ai le droit de regarder… Il n'y a rien de mal à ça. Un peu de *flirting* à distance, c'est bon pour l'ego…

— Les filles, êtes-vous prêtes à prendre le mini-train ? Il faut faire la tournée du site pour choisir notre restaurant. Je commence à avoir faim, a déclaré Carrie en regardant sa montre.

— Il n'y a rien qui presse. Tu vois bien que les choses commencent à devenir plus intéressantes autour d'ici. On peut prendre un autre verre avant d'y aller, a répondu Claudia, trop motivée par l'attention que nous portaient ces messieurs.

— Tu vas avoir toute la semaine pour faire de l'*eye cruising* avec le prof de Max. Il paraît que c'est long, faire le tour du site. Il faut choisir parmi douze restaurants. Je nous connais. Aussi bien y aller tout de suite. On reviendra prendre un verre après le souper, a poursuivi Carrie pour la convaincre.

13

« I can see the end as it begins,
my one condition is... »

Wildest Dreams, Taylor Swift

Quarante-cinq minutes, c'est le temps que ça prenait pour faire le tour du *resort* à bord du mini-train. L'hôtel offrait ce service en continu pour permettre aux visiteurs de profiter des attraits du site sans faire deux heures de marche.

Pour souper, notre choix s'est arrêté sur le restaurant Calzone. Dans le menu, on trouvait une cinquantaine de sortes de pizzas et des entrées italiennes alléchantes. C'était surprenant pour Cuba qu'il y ait autant de diversité. L'hôtesse nous a assigné une table sur la terrasse avec vue sur la mer. C'était l'endroit parfait pour souligner le début de nos vacances.

Pendant que nous dégustions notre entrée, le train s'est arrêté devant le restaurant. Des touristes ont débarqué pour prendre les dernières places disponibles sur la terrasse.

— Les filles, les filles… Avez-vous remarqué ceux qui viennent de s'installer à la table du fond ? a dit Claudia, qui débordait d'excitation.

— Oui, Clau… Tu vas pouvoir poursuivre ta séance d'*eye cruising* avec le beau Mike.

Lorsque les *sugar daddys* nous ont repérées à l'autre extrémité de la terrasse, ils ont levé leur verre de vin en notre direction en guise de toast.

— Pathétique ! Ils croient qu'on est pâmées sur eux… Ils ne se doutent pas que c'est à cause de mon ancien prof.

J'ai à peine eu le temps de terminer ma phrase qu'un des amis de Mike s'est dirigé vers notre table.

— Bonsoir, les filles, je m'appelle Serge ! (*Voilà, c'est officiellement un mononcle !*) Vous venez d'arriver au *resort* ?

Un morceau de robot pour ton sens aiguisé de l'observation, mon Serge…

Claudia, encore trop intéressée, a répliqué avec son sourire le plus enjôleur :

— Bonsoir, Serge ! Moi, c'est Claudia. On est arrivées cet après-midi. Et vous ?

— C'est le début de notre deuxième semaine. Depuis plusieurs années, on part entre *boys* dans le Sud deux semaines pendant l'hiver. C'est un bon petit resto que vous avez choisi ce soir, mesdemoiselles. Un des meilleurs sur le site. Et si vous aimez les fruits de mer, vous devrez réserver une soirée au Surf Side. C'est un incontournable !

— Merci pour le conseil, a répondu Claudia avec enthousiasme.

— Et vous, a ajouté Serge en s'adressant à nous avec déférence, à qui ai-je l'honneur ?

— Moi, c'est Marie !

— Salut, moi, c'est Carrie !

— Moi, c'est Maxime !

— Enchanté ! Je me permets de vous dire que vous êtes toutes ravissantes ce soir. (*Casanova, sors de ce corps!*) Puis-je vous inviter à vous joindre à nous pour terminer le souper?

Avant même que nous ayons pensé à formuler une réponse à son invitation, Marie avait pris les devants, sachant très bien que, si elle laissait le temps à Claudia de répliquer, nous serions déjà en train d'arranger les tables.

— Merci pour l'invitation, Serge. Mais nous allons finir de souper entre filles. On pourrait vous rejoindre au bar de l'hôtel plus tard dans la soirée, si ça vous dit.

— C'est bien parfait, mesdemoiselles! Bon appétit!

Avant qu'il quitte notre table, j'ai demandé à Serge si le gars assis à la sienne était bel et bien Mike, un enseignant de la Rive-Nord de Montréal. L'air surpris, il m'a dit:

— Oui, c'est bien lui… Tu le connais? Est-ce que je peux te demander où tu l'as rencontré?

— C'était mon professeur de techno quand j'étais au secondaire!

— Ah ben, dans ce cas, vous n'avez plus le choix de vous joindre à nous!

Serge s'est empressé de faire signe au serveur d'ajouter une table à la leur…

***

Après une fin de souper bien arrosé en compagnie de nos *amigos*, nous avons pris la direction de la discothèque de l'hôtel. Mais avant, nous avons décidé de faire une promenade digestive plutôt que d'opter pour le mini-train et risquer de vomir à bord.

En route vers la disco, nous avons croisé un groupe de jeunes. Je ne sais pas d'où ils sortaient… Tout au long de la journée, j'avais eu l'impression que nous étions seules au monde sur ce site. J'ai vite fait de constater qu'il y avait un *prospect* intéressant à bâbord…

Au moment où je me suis tournée dans sa direction pour lui sourire, j'ai réalisé que c'était Jean-François Tremblay ! Au souper, quand Mike m'avait mentionné qu'il avait croisé un ancien étudiant d'Armand-Corbeil au cours de la journée, j'étais loin de me douter qu'il parlait de *mon beau* Jean-François Tremblay. J'avais eu le béguin pour ce gars-là tout mon secondaire – comme les trois quarts des filles de mon école. Ça faisait plusieurs années que je ne l'avais pas vu.

Il était encore plus beau que dans mes souvenirs… Il ressemblait comme deux gouttes d'eau à Justin Timberlake. (Je tiens à préciser que je fais référence ici au nouveau Justin Timberlake, celui qui *bring* le sexy *back*, et non pas au Justin Timberlake aux boucles d'or à l'époque où il chantait *Bye Bye Bye* avec NSYNC.) Il avait de beaux yeux bleus perçants, les cheveux blonds rasés très court, un sourire taquin et un charisme fou.

Quand j'ai réalisé que c'était mon ancien coup de cœur du secondaire, j'ai vu qu'il m'observait, le regard interrogateur.

C'est lui qui a brisé la glace. Une chance, car j'ai toujours été nulle dans ce genre de situation. Lorsqu'une personne m'intéresse, on dirait que mes habiletés sociales disparaissent.

— Maxime ?

— Salut, Jean-François ! Je n'étais pas certaine que c'était toi.

Les filles m'épiaient, rongées par la curiosité. Elles savaient que l'homme devant moi était en plein mon genre de gars…

Il s'est approché de moi pour me donner deux becs.

— Comment vas-tu ? Je suis content de te revoir !

— Ça va super bien ! Et toi ?

— Très bien, merci ! Est-ce que tu commences tes vacances ou elles achèvent ?

— C'est ma première journée. Et toi ?

— Je retourne au Québec dans trois jours. Je suis en vacances avec mon père. Semaine très tranquille…

— C'est l'endroit idéal pour relaxer.

— Tu es venue avec ta famille ou avec ton copain?

Façon pas très subtile de demander si je suis célibataire…

— Ni l'un ni l'autre. Je suis en vacances avec les trois fouines devant nous. Celles qui n'arrêtent pas de se retourner aux trois secondes pour essayer de voir comment se déroule notre discussion.

— Ah! Un voyage de filles… Je pensais qu'elles nous espionnaient parce qu'elles me trouvaient *cute*, a dit Jean-François en me faisant un clin d'œil.

— T'as pas changé… Toujours aussi fendant!

— Toi non plus, tu n'as pas changé. Toujours aussi belle!

Je lui ai répondu avec mon plus beau sourire, même si j'étais un peu découragée de voir qu'il était aussi charmeur que dans le bon vieux temps.

Nous avons accéléré le pas afin de rejoindre mes trois mousquetaires.

— Les filles, je vous présente Jean-François. On a fait notre secondaire ensemble. Jean-François, je te présente Claudia, Marie et Carrie.

— Enchanté! Puis-je me joindre à votre soirée de filles? Je vous promets de potiner en masse, de *spotter* avec vous les beaux gars et peut-être même de vous aider dans vos conquêtes… Vous aurez la chance de savoir ce qui se passe dans la tête d'un gars quand il *cruise* une fille!

Marie a riposté du tac au tac en me regardant d'un air amusé.

— C'est un petit comique, celui-là! C'est plate, mais tu n'auras pas la chance de nous faire part de ton savoir-faire. Nous sommes toutes en couple et heureuses de l'être. La seule célibataire, c'est notre chère Maxime. Tu devrais peut-être aiguiser ta technique avec elle, ce soir! Tu peux quand même te joindre à nous, on va voir comment tu te débrouilles dans le potinage.

— *Good!* Vous ne serez pas déçues… a poursuivi Jean-François, déstabilisé par l'élan de franchise de Marie.

C'était agréable de renouer avec lui. Il savait me faire rire comme peu de gars étaient en mesure de le faire. La dernière fois que je m'étais autant amusée, ça remontait à… Pff ! Trop longtemps !

Il était quatre heures du matin lorsque la musique a cessé de jouer. La fin approchait, mais j'avais l'impression que la soirée venait juste de commencer. Le temps passe vite en bonne compagnie ! Nous avions quarante-cinq bonnes minutes de marche à faire pour regagner notre chambre. Le mini-train ne passait plus à cette heure-là.

Jean-François s'est proposé pour nous raccompagner. Quel gentleman ! Je trouvais cela dommage qu'il retourne au Québec dans trois jours. Je comptais bien profiter de chaque instant… ☺

14

Ohhhhh Ohhh Oh Ouch !

Il était passé onze heures lorsque Carrie a décidé d'être moins lâche que moi. Elle s'est levée et a ouvert les rideaux pour faire pénétrer la lumière du jour.

— MES YEUUUUUX ! ai-je crié en tirant la couverture par-dessus ma tête.

— Arrête de chialer ! Il est déjà onze heures et quart. Allez ! Hop ! Sors de ton lit pour venir apprécier la magnifique vue qu'on a de notre balcon.

— J'ai mal à la tête… Peux-tu parler moins vite et moins fort, s'il te plaît ?

— Mme Lafleur, notre verbomotrice nationale, qui me demande à moi, Carrie, de parler moins vite et moins fort ? Vite, appelez les secours !

— Laisse-moi tranquille ! Je suis *hang over*. Qu'est-ce que t'as pris avant de te coucher pour être *top shape* à matin ?

— Rien, madame ! J'ai juste arrêté de boire au bon moment. C'est ça, le secret ! Je te suggère de l'essayer la prochaine fois…

— Bon, bon, bon…

— J'te niaise pas. Vous en avez viré toute une, Clau et toi, hier soir. Je me demande si les filles sont toujours en vie. J'espère qu'elles ne sont pas allées déjeuner sans nous. J'ai faim !

— Beurkkkkkkk ! Manger ? Je vais passer mon tour. La seule chose qui pourrait me replacer l'estomac, c'est une bonne poutine, mais je doute qu'ils en offrent dans leur menu. Je crois que je vais m'en tenir à l'eau minérale ce matin. Vous viendrez me chercher après avoir mangé.

— *Good*. Je vais me préparer pour aller rejoindre les filles.

— C'est booonnnnnnn… lui ai-je répondu comme si j'étais à l'article de la mort.

— Je te défends de fermer les rideaux ! Je vais ouvrir la porte du balcon pour faire entrer l'air frais. Ça va changer l'odeur de la chambre… Je pourrais tomber en état d'ébriété si je restais enfermée trop longtemps ici avec toi.

— T'as le don d'exagérer… Tu diras à Clau qu'elle peut venir me rejoindre si elle n'est pas en état de vous accompagner au buffet. Juste à y penser, le cœur me lève !

J'ai profité du départ de Carrie pour me reposer en paix. Je voulais être en pleine forme pour le soir. Nous avions réservé des places au restaurant de fruits de mer Surf Side en compagnie de mon ancien prof et sa gang. Jean-François allait aussi être de la partie. ☺

***

Quelques heures plus tard, les filles sont revenues à la chambre.

— Allez… Debout, la belle au bois dormant ! C'est l'heure de te préparer pour le souper, a hurlé Marie en entrant dans la chambre.

— Quoi ? Le souper… Quelle heure est-il au juste ?

— Il est 16 h 30, ma belle. Notre réservation est à 18 heures.

— Quoi ? Carrie, je t'avais dit de venir me chercher après votre *lunch*. Je voulais aller à la plage avec vous. J'avais besoin de me reposer un peu, mais pas de là à dormir toute la journée !

— Si tu t'étais regardée dans le miroir ce matin, tu aurais décidé de dormir toute la journée. Crois-moi…

Claudia, qui avait un peu plus de compassion que les deux autres, m'a demandé :

— Comment te sens-tu, ma cocotte ?

— Beaucoup mieux que ce matin… (*Ce n'était pas difficile à battre.*) Je dirais même que je suis affamée, là !

— Ça tombe bien ! Je t'ai apporté un *ham and cheese* (*grilled cheese* version cubaine) du *snack-bar*. C'est la seule chose que j'ai réussi à avaler aujourd'hui et ça m'a fait du bien.

— Merci, tu es super fine, Clau !

Marie a pris un air sérieux avant de m'annoncer sur un ton solennel :

— Ce soir, ma chère, on te laisse la chambre… Toute seule ! J'en ai discuté avec Clau ce matin. Elle va dormir avec moi et laisser son lit à Carrie, qui viendra dormir dans notre chambre pour la nuit. Comme ça, t'auras cette chambre-ci pour y passer la nuit avec J-F. C'est-y pas une bonne nouvelle, ça ?

Il m'a fallu un moment pour lui répondre le plus naturellement possible. Le temps que je digère la proposition qu'elle venait de me faire…

Ce soir, je vais coucher avec un gars. Tiens, tiens…

— Ah ! Vous êtes fines de penser à moi, les filles, ai-je lancé sur un ton qui manquait décidément de pep.

Claudia s'est tournée dans ma direction :

— T'es chanceuse, toi ! J'ai essayé de négocier la chambre pour demain. Je voulais me divertir avec le beau Mike… Mais Marie ne veut rien savoir d'embarquer dans mon projet.

— Clau, veux-tu bien lâcher mon prof ? T'as un chum qui t'attend au Québec… À moins que tu nous caches quelque chose ?

Claudia était une jolie jeune femme – pour ne pas dire un méchant pétard – qui aimait bien à l'occasion (voire tout le temps) user de son charme pour obtenir l'attention des gars. Mais elle était toujours demeurée fidèle à son copain. Elle était du genre « Regardez-moi, mais ne touchez pas » !

— Oui, je suis en couple, mais je ne suis pas bien depuis un bon moment. Je ne voulais pas vous en parler avant de partir. Je n'avais pas envie que ce soit notre principal sujet de conversation cette semaine. Je veux profiter de nos vacances au maximum. S'il vous plaît, laissez-moi faire mes choses. Je ne veux plus en entendre parler à partir de… maintenant !

Malaise… Je ne m'attendais pas du tout à ce qu'elle nous fasse cette confidence. En revanche, cette diversion avait fait en sorte que les filles n'avaient pas remarqué mon manque d'enthousiasme à l'annonce de leur « bonne nouvelle ».

J'étais très heureuse de renouer avec mon coup de cœur du secondaire. Pourquoi ne pas me réjouir à l'idée de passer une nuit avec lui dans un contexte aussi paradisiaque ? À vrai dire, n'importe quelle fille aurait été au septième ciel d'avoir une telle occasion. Mais pas moi !

J'avais de la difficulté à partager mon intimité avec les gars. Je n'étais jamais « tombée en amour ». C'était probablement pour cette raison que je ne me sentais pas à l'aise dans ces situations. Et surtout je tentais de les éviter.

Pendant quelques secondes, l'image de Karine m'est revenue en tête. Quelle aurait été ma réaction si j'avais eu la possibilité de partager ma chambre avec elle à la place de Jean-François ? Je n'ai pas eu le temps de répondre à cette question, car Carrie m'a sortie de mon nuage.

— Alors, Maxime… Est-ce que tu peux nous assurer que tu ne perdras pas la clé de la chambre cette fois-ci ?

La veille, les filles m'avaient défendu d'avoir en ma possession les clés de nos chambres pour toute la semaine. J'avais réussi à perdre la mienne à trois reprises au cours de la même journée. Nous avions dû retourner à la réception pour en obtenir une nouvelle chaque fois. Au grand « bonheur » de Marie…

— Ne vous en faites pas ! Je ne la perdrai pas… Si ça peut vous rassurer, remettez-la à Jean-François…

Marie, qui trouvait l'idée géniale, a acquiescé sur-le-champ à ma proposition.

Excellente suggestion, Max ! Tu viens de te mettre les pieds dans les plats pour vrai…

Lorsque les filles sont retournées dans leur chambre, je me suis empressée de sauter dans la douche. Le Surf Side était le restaurant le plus chic du *resort*. Je voulais être à mon top pour l'occasion. Opération lissage de cheveux… Bonne chance ! Avec un taux d'humidité qui frôlait les cent pour cent, j'ai dû vider une bouteille entière de produit Redken pour que ma chevelure demeure lisse en sortant de la chambre. Même si je ne voulais pas nécessairement coucher avec Jean-François, j'avais pris la peine de mettre toute la gomme pour qu'il me trouve irrésistible.

***

Depuis l'offre de Marie, Carrie semblait contrariée. Pendant qu'on se préparait, elle avait perdu son sourire et m'adressait à peine la parole. Par le passé, elle avait déjà (et à plusieurs reprises) fait des crisettes de jalousie quand j'avais des copains…

Il n'y avait aucun doute, ça la dérangeait que je passe la nuit avec J-F. Mais pourquoi réagir de la sorte, et surtout maintenant, alors qu'elle était en couple avec Philippe depuis plusieurs mois?

Je ne comprends pas sa réaction. Ce n'est quand même pas moi qui ai eu cette idée de génie!

Avant de nous diriger au restaurant, nous sommes allées prendre un cocktail dans le hall de l'hôtel. Les gars étaient déjà sur place et, à voir leur état, ils semblaient avoir entrepris les festivités depuis un bon moment. Serge, fidèle à lui-même, nous a lancé sur une note plus ou moins fluide:

— Booooonsoirrrr, mesdemoisellllllllles! Wowwwwww… Puis-je vous dire à quel point vous êtes toutes maaaggggnifiques? Vous avez mis de la lumière dans mon ciel ce soir! Et…

Mike a levé les yeux au ciel en entendant cette éloquente remarque. Il lui a coupé la parole et a changé de sujet pour éviter à son ami de s'enfoncer davantage.

— Les filles, vous prenez un apéro avant d'aller au restaurant? Nous avons encore un peu de temps devant nous…

Marie s'est tournée vers le barman et lui a dit:

— *Cuatro margaritas, por favor!*

Pendant que je regardais le jeune Cubain préparer nos verres, j'ai senti deux mains me prendre par la taille et l'odeur d'Acqua Di Gio est venue me chatouiller les narines.

— *Hola, bella!* T'as passé une belle journée?

— Disons qu'elle a filé trop vite… Et toi?

Pas la peine de préciser pourquoi ma journée a été si courte…

— Oui… Mais j'ai eu de la difficulté à me lever. La caféine m'a sauvé la vie ce matin! Mon père voulait qu'on passe la journée au village pour terminer ses achats de cigares et de rhum avant notre départ.

— Il ne voulait pas se joindre à nous pour le repas?

— Non. Il s'est fait des amis cette semaine et c'est leur dernier souper de groupe. Ils vont fêter au resto italien.

— C'est vrai... Vous retournez bientôt au Québec.

Comme si je l'avais oublié...

De l'autre côté du bar, Claudia et Mike semblaient être en grande discussion. Pour une fois, ils avaient tous les deux l'air très sérieux. C'était plus qu'une simple séance de *cruisage*. J'aurais aimé être un petit oiseau et me poser sur le palmier derrière eux pour entendre ce qu'ils avaient tant à se dire, ces deux-là...

15

« Ce soir l'amour est dans tes yeux, mais demain matin m'aimeras-tu un peu ? »

Ce soir l'amour est dans tes yeux, Martine St-Clair

Après notre copieux repas, nous avons assisté au spectacle extérieur offert par le talentueux groupe de « gentils organisateurs mâles ». Les filles en couple se plaignent souvent que leurs chums regardent tout ce qui bouge. Les femmes ne font parfois pas mieux qu'eux. À la fin de la représentation, Marie est montée sur scène pour retrouver l'équipe d'animation. Ils nous ont offert TOUT un spectacle !

Elle n'a pas trompé son chum – en théorie –, mais il faut savoir que la salsa cubaine est une reproduction de baise torride en public sans qu'un seul morceau de vêtement soit enlevé.

Au Québec, sa séance de frotti-frotta avec le G.O. aurait pu être considérée comme une action indécente selon le Code criminel. Mais bon… Étant donné son caractère bouillant et son taux élevé d'alcoolémie ce soir-là, je me suis abstenue de tout commentaire.

Sur le chemin vers la discothèque, Jean-François m'a pris la main. C'était son premier geste de rapprochement si je faisais abstraction des dizaines de compliments à la minute qu'il m'avait lancés tout au long du souper.

Calme-toi, Maxime… Respire… Prendre la main de quelqu'un, il n'y a rien là.

Lorsque les filles ont souligné durant le repas que j'avais la chambre à moi seule ce soir-là, mon niveau d'anxiété a grimpé jusqu'au plafond. Je sentais de la sueur perler le long de ma colonne vertébrale.

Marie avait pris soin de remettre la clé à Jean-François. Elle lui avait précisé que je n'étais pas autorisée à la garder sur moi, et qu'il devait me ramener saine et sauve à ma chambre à la fin de la soirée. Elle se trouvait drôle. Pendant ce temps-là, je riais jaune…

Pour reprendre le dessus sur ma crise d'anxiété aiguë, j'ai choisi de me tourner vers la solution facile : l'alcool ! Mon nouvel *amigo*, le barman pas en âge légal d'en servir, m'a servi plusieurs cocktails en rafale. Et vous savez quoi ? Cette technique s'est avérée plutôt efficace…

Une heure plus tard, je me *shakais* le bonbon au son de la musique latine en compagnie de mon Justin Timberlake québécois. À côté de nos deux danseuses professionnelles – Claudia et Marie –, ça faisait pic pic, mon affaire. Mais c'était le dernier de mes soucis. Je voulais m'amuser et profiter au maximum du moment présent.

Nous avons lâché notre fou pendant près d'une heure sur la piste de danse, puis Jean-François m'a proposé de sortir prendre l'air. Le climat était *mucho caliente* dans la discothèque et un peu d'air frais allait nous faire du bien.

— Que dirais-tu d'aller marcher sur le bord de la mer ? Ça nous donnerait un *break* d'être entassés comme des sardines.

Bien certainement, mon cher J-F. Je suis soûle, pas cruche… Pas très subtile comme tactique pour passer à l'autre étape et terminer la soirée dans mon lit !

Pouvez-vous me dire ce qui clochait avec moi ? Je me retrouvais dans un scénario de Nicholas Sparks[9] et je figeais. Impossible de me laisser aller. Impossible de vivre ce rêve d'adolescente…

J'ai décidé de prendre mon courage à deux mains. Je voulais trouver les réponses à mes questionnements. Je me suis donc tournée vers Jean-François en lui prenant la main et je me suis surprise à répondre :

— C'est une excellente idée !

***

Lorsque nous sommes arrivés sur la plage, il ventait à écorner les bœufs. C'était le début d'une tempête tropicale qui allait nous apporter du temps maussade et des températures ne dépassant pas les quinze degrés Celsius pour le reste de la semaine. Il faisait un froid de canard sur le bord de la mer ce soir-là. Malgré tout, nous avions eu « l'excellente » idée de nous lancer tout habillés dans l'eau glaciale. Par chance, Jean-François avait eu la présence d'esprit de laisser son coton ouaté sur une chaise longue avant de se jeter à la mer.

La noirceur était totale. Nos capacités étaient affaiblies. Pour ceux qui l'ignorent, une tempête tropicale ne se limite pas à des vents violents. C'est aussi une mer déchaînée avec de très fortes vagues. Toutes les conditions étaient réunies pour donner lieu à un titre sensationnel dans *Le Journal de Montréal* : « Deux jeunes touristes québécois portés disparus

9. Nicholas Sparks est un auteur américain qui cumule les succès avec ses romans à l'eau de rose tels que *Les Pages de notre amour*, *Une bouteille à la mer*, *Cher John* et *Le Porte-bonheur*. Chaque fois que je le lis, je braille ma vie et je me dis : « Plus jamais ! » Et quelques années plus tard, je me refais le coup en regardant ses films… Maudite mémoire sélective !

à Cuba… Les autorités cherchent toujours leurs corps ! »

Étant donné que je suis née sous une bonne étoile, et comme vous savez déjà que je me suis fait opérer l'orteil dix ans plus tard, vous pouvez en conclure que nous sommes sortis sains et saufs de ce bain de minuit extrême.

Ce soir-là, nous avons eu la chance de vivre un moment magique : des milliers d'étoiles brillaient dans l'obscurité, les vagues se fracassaient sur la plage et nous avions l'impression d'être seuls au monde… Une fois dans l'eau, Jean-François m'a immédiatement attirée vers lui. Il a pris mon visage entre ses mains et m'a regardée droit dans les yeux. Puis il a doucement glissé ses lèvres sur les miennes. C'était agréable… Mais les papillons n'étaient pas au rendez-vous.

Les circonstances étaient pourtant favorables à leur apparition. Je n'étais pas en train de *frencher* n'importe quel concombre sur la piste de danse du Bourbon. Il faut croire que les papillons ne viennent pas sur demande. Peut-être que les miens étaient en voie d'extinction ? Je me suis tout de même laissé emporter par le moment. Sans me poser de questions. C'était Jean-François Tremblay après tout.

Après avoir passé de longues minutes à nous faire brasser par les vagues, nous avons regagné la plage sans trop de difficulté, malgré la force du courant. En bon gentleman, Jean-François m'a remis son coton ouaté pour que je me débarrasse de mes vêtements mouillés.

— Que dirais-tu d'aller dans le jacuzzi ? Ça va nous permettre de nous réchauffer un peu.

— Excellente idée !

L'avantage de loger dans un hôtel cinq étoiles, c'est que nous avions l'embarras du choix pour ce qui était des installations. Il n'y avait pas moins de six piscines et douze baignoires à remous. Nous avons passé l'autre partie de la soirée – ou plutôt de la nuit – à nous promener d'une baignoire à une autre partout sur le site.

Lentement, mais sûrement, on se rapprochait de ma chambre. Notre séance de *frenchage* s'intensifiait. Ma crise d'anxiété s'est transformée en crise de panique ! Je n'avais pas envie d'aller plus loin avec Jean-François. Si vous avez de la difficulté à me suivre, ne vous inquiétez pas : moi-même j'avais du mal à me comprendre…

Je devais trouver une façon de me sortir de cette situation. Le plus vite possible. Je ne voulais pas le décevoir non plus. Il allait me trouver « agace » et pas à peu près. (Avec raison.)

Un de plus ou de moins, ça ne va pas changer grand-chose dans ma vie…

C'était différent cette fois. Je connaissais Jean-François depuis longtemps. J'avais beaucoup de respect pour lui et je craignais de le blesser. En même temps, je ne pouvais pas me mentir à moi-même et me convaincre que j'avais envie de quelque chose qui ne me tentait pas en réalité.

Je devais penser à un plan B, et vite. Mission : récupérer la clé de ma chambre et y retourner seule sans faire d'histoires. Je ne suis pas une excellente menteuse. Sauf quand vient le temps de *bargainer* des sacoches dans le Chinatown. Compte tenu des circonstances, il était préférable d'utiliser la tactique de la fille qui a trop bu et qui est sur le point de vomir.

S'il a le choix entre s'occuper d'une fille malade toute la nuit parce qu'elle ne sait pas boire et dormir paisiblement dans sa chambre… Le choix est facile. Ce n'est pas mon chum. Il n'a pas à se sentir obligé de s'occuper de moi… BINGO !

J'ai attendu d'être arrivée au jacuzzi situé à proximité de ma chambre pour lui faire part de mon « malaise ». Entre deux baisers, je lui ai lancé :

— J-F… Je ne me sens pas bien du tout. J'ai la tête qui tourne, j'ai mal au cœur. Je pense que je vais être malade…

— Voyons, Maxime, qu'est-ce qui se passe ? Tu avais l'air bien tout à l'heure.

— Je ne sais pas trop. C'est peut-être l'effet des fortes vagues avec le mélange d'alcool. Je ne pourrais pas te dire. Mais je ne me sens pas bien. Je veux retourner à ma chambre maintenant. Toute seule… Je n'ai pas envie que tu me voies en train de vomir !

— Je vais aller te chercher de l'eau minérale au bar. Ça va bien se passer. Ne t'en fais pas, ma belle, tu ne seras pas malade.

Qu'est-ce qu'il en sait, lui, que je ne serai pas malade ? Je viens de lui dire que je pensais vomir… Comprends le message, mon homme… Run, Forrest, run ! *Laisse-moi être malade en paix ! C'est assez* turn off, *une fille qui vomit, me semble…*

— T'es bien gentil, J-F. J'en ai, de l'eau minérale dans ma chambre. Je préfère rentrer seule.

L'air déçu par la tournure des événements (*pauvre petit loup*), il m'a serrée dans ses bras. En sortant de la baignoire à remous, il m'a raccompagnée vers ma chambre en silence. Le malaise était palpable. Je savais que cette soirée était destinée à se terminer en queue de poisson.

Si seulement les filles n'avaient pas eu cette folle idée… Non ! Ce n'est pas vrai que je vais leur mettre ça sur le dos.

Ce n'était pas leur faute, elles avaient voulu bien faire. C'était à moi d'assumer. Dès le départ, j'aurais dû être honnête avec Jean-François. Et surtout l'être envers moi-même.

Quand nous sommes arrivés devant le bloc d'unités où se trouvait ma chambre, il m'a serrée à nouveau dans ses bras.

— Prends soin de toi, ma belle Maxime. Je suis content d'avoir croisé ton chemin.

— Arrête… Tu me parles comme si on allait plus se voir ! On peut remettre ça à demain si tu veux… Je ferai attention à ma consommation de margaritas cette fois-ci.

Bravo, la grande ! Tu réussis à fermer la porte. Et tu en ouvres une autre ! C'est quoi, ton problème ?

— C'est ma dernière journée demain. Je vais aller souper avec mon père.

Le mâle alpha a été blessé dans son orgueil. C'est la dernière fois que j'aurai de ses nouvelles.

— D'accord, prends soin de toi. Je vous souhaite un bon retour au Québec.

— Bonne nuit, ma belle…

Nous nous sommes fait une accolade. Il n'y a pas eu d'échange de baiser cette fois-ci. La magie du moment avait disparu.

— Il ne faut pas que j'oublie de récupérer ma clé avant que tu partes. Elle est dans ta poche droite, si je me rappelle bien… C'est ça ?

— Oui. La droite.

Blottie contre son torse, j'ai allongé le bras pour aller chercher ma clé dans sa poche arrière de jeans.

Vous ai-je déjà mentionné que j'avais des problèmes à discerner ma gauche de ma droite ?

J'ai glissé ma main dans la poche de jeans qui se trouvait à MA droite, donc SA gauche. J'ai pris la clé… Je lui ai donné un baiser sur la joue avant de me retourner et poursuivre mon chemin.

Fantastique !

C'est quand j'ai tenté d'ouvrir la porte de ma chambre sans succès que j'ai compris ce qui venait de se passer. Je n'ai pas pu le rattraper. Sa chambre était située à l'autre bout du *resort*, c'est-à-dire à trente bonnes minutes de marche, et il y avait une dizaine de chemins différents pour s'y rendre. Impossible pour moi de savoir lequel il avait emprunté. J'ai décidé d'aller rejoindre mes amies dans leur chambre.

Je n'avais aucune idée de l'heure qu'il était à ce moment-là. J'espérais qu'elles seraient rentrées.

Une fois arrivée devant la porte, j'ai cogné doucement afin de ne pas les effrayer. Après quelques tentatives, j'ai entendu la voix aiguë de Claudia.

— LES FILLES, LES FILLES ! Réveillez-vous ! Il y a quelqu'un qui cogne…

Ah, merde ! Elle semble paniquée…

J'ai chuchoté :

— Clau. C'est moi, Maxime… Ouvre la porte.

Claudia n'entendait rien de ce que je disais. Elle a alerté les filles une fois de plus, affolée.

— LES FILLES ! LEVEZ-VOUS ! Ça cogne à la porte… Une chance que c'est censé être *safe*, Cuba !

Marie a répliqué :

— Il est quatre heures du matin. Qui ça peut bien être ? Si c'est Serge qui fait son comique, je te jure que je l'étripe !

Isshhh. Elle n'entend pas à rire, la madame !

Carrie, la plus sensée des trois, a émis une hypothèse plus réaliste :

— Les filles, calmez-vous… C'est peut-être Max qui a un problème. Je vais aller vérifier.

Claudia, toujours en état de paranoïa extrême, lui a crié à tue-tête :

— CARRIE ! Je t'interdis d'ouvrir la porte !

— Laissez-moi faire. Je suis persuadée que ce n'est rien.

En l'entendant s'approcher, j'ai tenté ma chance une fois de plus en parlant à voix basse :

— Carrie. C'est Maxime. Ouvre-moi…

— Bon… Les filles, arrêtez de paniquer. J'avais raison. C'est Max !

Elle m'a ouvert sans hésiter.

— Veux-tu bien me dire ce que tu fais ici à cette heure-là et dans cet état ?

Pendant un moment, j'avais oublié que mes vêtements étaient détrempés et que je grelottais de froid.

— Rentre et raconte-nous ce qui s'est passé…

Marie, qui m'avait aperçue dans l'embrasure de la porte, m'a demandé :

— Où est passé Jean-François ?

Claudia, encore sous le choc, s'est tournée dans ma direction et, sans me laisser le temps de répondre, m'a dit :

— Ne me fais plus jamais peur de même. Je pensais mourir ici !

J'ai enlevé mes vêtements pour enfiler un pantalon mou et une camisole que m'avait lancés Carrie. Je me suis enroulée dans les couvertures de son lit pour me réchauffer un peu.

Je leur ai raconté le déroulement de ma soirée. En prenant soin bien sûr d'omettre les détails concernant mes questionnements et ma « soudaine » crise d'angoisse. Je me suis contentée de leur dire que j'avais été malade et que ça avait ruiné le moment.

À la fin de mon histoire, Marie a repris sur un ton sarcastique :

— Maintenant, qu'est-ce qu'on fait ? Ce n'est pas vrai qu'on va retourner à la réception une quatrième fois en deux jours pour leur demander une clé de la chambre. Ils vont finir par nous les faire payer au rythme où on les perd ! On appelle Jean-François pour lui demander de revenir faire l'échange.

— J'opte pour retourner à la réception demain matin. Ce n'est pas l'idée du siècle de réveiller son père à quatre heures du matin !

— C'est vrai… J'avais oublié qu'il voyageait en compagnie de son paternel. Max, c'est toi qui iras la chercher demain matin à la réception, a enchaîné Marie avec frustration.

— Oui, oui. C'est mon erreur, je m'en occupe. Après, je n'y touche plus pour le restant de la semaine ! C'est promis !

16

Attraction à visiter selon le Maxime Advisor *: une clinique cubaine*

Après une fin de nuit mouvementée, j'ai ouvert les yeux de peine et de misère. Un puissant mal de gorge et une grande fatigue m'empêchaient de sortir du lit. Disons que mes vacances n'étaient pas de tout repos !

Je recommençais l'école dans six jours… Juste à y penser, j'avais envie de dormir pour le reste de la semaine. Ça existe, des provisions de sommeil ? Parce que j'allais en avoir besoin pour être en mesure de rivaliser avec ma gang de « fifilles » surmotivées et surcompétitives qui mangeaient, buvaient et respiraient de la crimino. J'étais prête à parier qu'il y en avait plusieurs qui avaient déjà entamé leurs lectures obligatoires pendant le congé des fêtes. J'aurais du rattrapage à faire avant même la première journée.

Lâche prise, Maxime ! T'es en vacances. Refais le plein d'énergie plutôt que de la gaspiller à faire de l'anxiété d'anticipation…

Les filles dormaient encore. En temps normal, je suis la dernière à me lever. Mais les frissons qui me traversaient le corps m'empêchaient de replonger dans un sommeil profond. Mon corps était brûlant.

J'ai pris la bouteille d'eau qui traînait sur la table de chevet et j'en ai avalé une bonne gorgée.

AYOYE !

Des couteaux me transperçaient la gorge. *FUCK !* Je reconnaissais ce type de mal de gorge. J'en avais eu toute ma jeunesse. Un début d'amygdalite… J'ai tenté tant bien que mal de boire quelques gorgées d'eau supplémentaires avant de sauter dans la douche.

Une visite chez le médecin serait de mise. J'allais avoir besoin d'antibiotiques pour me débarrasser de ce foutu microbe. Il nous restait plusieurs jours avant de rentrer au Québec et je n'avais pas du tout envie de visiter une clinique cubaine ! Ce n'était pas dans mon top cinq des activités à faire pendant les vacances…

Ç'a été long, mais les filles ont fini par sortir de leur coma. Mon apparition au beau milieu de la nuit avait perturbé leur cycle de sommeil. Nous nous sommes dirigées vers le buffet pour prendre le petit-déjeuner. J'essayais de trouver des choses qui n'étaient pas trop difficiles à avaler. Même ma salive avait du mal à passer… Je suis revenue à la table avec une omelette et un jus d'orange.

Un jus d'orange, mais quelle bonne idée !

Une simple gorgée a mis le feu à ma gorge. Un bon jus bien acide. Facile d'imaginer la suite… Mon objectif au départ était louable : m'envoyer une dose de vitamine C pour combattre le méchant microbe. Je n'avais pas prévu que j'aurais envie de mourir après en avoir bu.

Après mon crachat de lama, Carrie a dit sur un ton comique :

— C'est parce qu'il n'y a pas de rhum dans ton jus ce matin que tu fais cette face-là ?

— Ha, ha, ha ! Très drôle… Est-ce que tu t'es réveillée transformée en humoriste, toi ?

— On se calme… Tu n'entends pas à rire, toi, ce matin… Est-ce que c'est ta fin de soirée avec Jean-François qui te met dans cet état ? Que s'est-il passé entre vous au juste ? a demandé Carrie, curieuse de connaître les détails.

Ah oui ! C'est vrai… Je suis censée être très déçue… Je l'avais déjà oublié.

— Ç'a bien été avec J-F… J'ai juste très mal à la gorge ce matin. J'ai de la misère à prendre une gorgée d'eau tellement c'est douloureux quand j'avale.

Claudia, qui ne manque jamais l'occasion de faire une *joke* de sexe plate, a enchaîné en se moquant de moi :

— Ahhh… C'est ça qui arrive, Max, quand on met des objets au fond de sa gorge !

— Très drôle… Pour votre info, je n'ai rien mis au fond de ma gorge hier soir ! Je suis incapable d'avaler quoi que ce soit ce matin, un point c'est tout.

Marie, qui avait pris la situation un peu plus sérieusement que les deux autres, s'est tournée vers moi.

— Fais-tu de la fièvre ?

— J'ai de gros frissons… Mais en même temps, il fait froid ce matin ! C'est dur à dire.

— Approche-toi et ouvre ta bouche que j'y jette un coup d'œil.

Je me suis avancée pendant que les deux autres zyeutaient autour pour repérer le beau Mike et sa gang de « mononcles ».

— Ayoye ! Je comprends que tu sois incapable d'avaler quoi que ce soit. Pauvre cocotte… Tes amygdales sont tellement enflées et infectées… Tu dois voir un médecin. Ça va te prendre des antibiotiques au plus vite ! Es-tu en mesure de bien respirer ? Elles sont si grosses qu'elles prennent toute la place au fond de ta gorge.

— Oui… Je respire bien. Et NON pour le médecin ! Je vais prendre des Advil pour la douleur. J'irai voir le doc à mon retour au Québec. Me vois-tu en train de baragouiner en espagnol que j'ai mal à la gorge ? Il ne va rien comprendre et il va me donner n'importe quoi comme médicament. Je ne suis pas trop certaine de faire confiance au système de santé cubain non plus…

Tiens, mon petit côté hypocondriaque refait surface.

— Tu n'as pas le choix. Il faut que tu consultes maintenant. En passant, tu ne le sais peut-être pas, mais les Cubains ont un excellent système de santé. Et crois-moi, tu n'auras pas besoin de lui expliquer en long et en large ton mal de gorge en espagnol. Tu n'auras qu'à ouvrir la bouche. Selon moi, il n'aura pas trop de misère à voir le problème. On finit de manger et on va à la clinique.

Carrie, qui avait écouté notre discussion, a ajouté son grain de sel :

— Ça t'apprendra à te baigner les fesses à l'air, Maxime Lafleur !

Après le petit-déjeuner, les filles m'ont traînée de force jusqu'à la clinique. Le médecin parlait *a little bit English*. Mais Marie avait raison. Quand j'ai ouvert la bouche, il m'a prescrit sur-le-champ une forte dose d'antibiotiques.

Je devais les prendre trois fois par jour pendant une semaine. Et surtout, il me fallait éviter l'air conditionné (par chance, on était en pleine vague de froid à Cuba) et les oranges (la gorgée de jus prise le matin même m'avait fait comprendre le message), m'abstenir de boire de l'eau froide et ne pas consommer d'alcool en prenant ce médicament. (*SUPER !*) Finis les *drinks* pour le reste de la semaine… C'était loin de l'idée que j'avais de ce voyage entre *girls*… Le point positif de cette situation merdique : ça m'a forcée à arrêter de faire la *fiesta* tous les soirs. C'était un signe que mon corps avait besoin de repos… Ou comme disait Carrie, c'était un signe que je devais cesser de me baigner les fesses à l'air.

***

En sortant du bureau du médecin, je suis allée à la pharmacie pour obtenir mes médicaments. J'ai annoncé aux filles que j'allais me reposer dans la chambre pour la journée. J'allais peut-être souper avec elles si je me sentais mieux en début de soirée.

Je me suis retrouvée toute seule dans ma chambre. Avec la télévision pour me divertir. Si je pouvais appeler ça ainsi… C'était un vieux modèle des années 1990 (un hôtel cinq étoiles à Cuba n'est pas gage de luxe technologique…) En plus, mon vocabulaire espagnol se limitait à : *hola, mojito, daiquiri, margarita, gracias, de nada.* (L'essentiel pour survivre à un voyage sous les tropiques.)

J'ai pris la télécommande et j'ai allumé le téléviseur. Je pourrais au moins dire que j'avais fait un effort pour apprendre l'espagnol pendant mon voyage. *OH… MY… GOD…* À ma grande surprise, la mélodie des Rembrandts est sortie de la télévision :

I'll be there for you
When the rain starts to pour
I'll be there for you
Like I've been there before
I'll be there for you
'Cause you're there for me too…

La chanson d'ouverture de ma télésérie préférée de tous les temps : *Friends* ! Cette musique, c'était du réconfort pour mes oreilles. Regarder cette émission est la thérapie la plus efficace lorsque je vis des moments difficiles. J'ai vu au moins une dizaine de fois l'intégralité des épisodes de toutes les saisons.

Vous ne pouvez pas vous imaginer à quel point j'étais heureuse d'entendre cette mélodie sortir en anglais – je tiens à le préciser – de mon téléviseur cubain. Ils ont diffusé quatre épisodes d'affilée. Le bonheur! Compte tenu des circonstances...

Après ce marathon de *Friends*, je me suis retrouvée sans aucune autre source de distraction. J'en ai profité pour m'adonner à mon activité préférée: laisser mon hamster exécuter une séance de cardio dans ma tête. Il était gâté, le petit. Il s'était passé beaucoup de choses durant les derniers mois. Je n'avais pas eu la chance de m'arrêter deux secondes (je ne me le permettais pas) pour prendre du recul et réfléchir à tout ça.

Mon hamster s'est assuré de vite rattraper le temps perdu. Mes pensées déferlaient à la vitesse de l'éclair: ma peine «d'amitié» avec Carrie, mes séances de *frenchage* compulsives avec des gars tout au long de l'été, mon coup de foudre pour la pompière et la fin abrupte de notre brève histoire... Et maintenant, mes retrouvailles avec mon coup de cœur du secondaire et la façon dont je l'avais rejeté. Si la même occasion s'était présentée avec Karine ou Carrie plutôt que Jean-François, est-ce que je serais allée jusqu'au bout?

Il était temps que j'arrête de jouer à l'autruche. J'avais visiblement une attirance pour les filles. Même si j'essayais depuis longtemps de me convaincre du contraire... De quelle façon pouvais-je explorer cette avenue? Personne dans mon entourage était gai.

En fait, comment le savoir? Ce n'est pas écrit sur le front des filles: «Je suis lesbienne!» Quoiqu'il y ait des exceptions... Ce n'était certainement pas non plus dans les endroits que je fréquentais avec mes amies que je serais en mesure d'en rencontrer. De toute manière, je ne me voyais pas du tout aborder une fille dans ce contexte. Je passais mon temps à *frencher* des gars dans les bars. Mes amies ne comprendraient pas ce «soudain» changement de direction. J'en suis donc venue à la conclusion que la meilleure solution était d'en faire abstraction... Solution facile, mais efficace pour demeurer saine d'esprit lorsqu'on se sent déstabilisée.

***

Alors que je me reposais sur le balcon de ma chambre d'hôtel en admirant les fortes vagues qui se fracassaient le long de la plage, Carrie est entrée dans la chambre.

— Comment vas-tu ?

— Ça va bien… Qu'avez-vous fait de bon cet après-midi ?

— Nous avons joué au poker dans le hall de l'hôtel avec Mike et sa gang. Clau est en train de les ruiner. C'est dommage que tu sois malade, mais au moins dis-toi que le temps est moche. Il n'y a pas grand-chose à faire à part jouer aux cartes !

— Ahhh… Tu sais combien j'adore le poker ! Je veux jouer avec vous…

— Tu dois te reposer, là ! T'auras la chance de te reprendre plus tard cette semaine quand tu iras mieux. C'est clair que je débarque si tu viens jouer avec nous ! Tu gagnes tout le temps, espèce de petite merdeuse…

— Ce n'est pas de la chance, on appelle ça de la stratégie !

— Appelle ça comme tu veux. Je n'ai pas d'argent à perdre ! Ce voyage-là m'a coûté assez cher comme ça.

J'ai une légère tendance à *gambler*. C'est la génétique du côté de ma grand-mère maternelle qui en est responsable. Dès mon plus jeune âge, ma mémé m'a initiée aux jeux de cartes et de société. Chaque fois que je vais lui rendre visite, nous jouons jusqu'aux petites heures.

Elle déteste perdre ! Tout comme moi d'ailleurs. Le seul moment où elle accepte la défaite, c'est lorsque mon frère ou moi gagnons la partie. C'est beau, l'amour d'une grand-maman… Ça ne veut pas dire pour autant qu'elle nous laisse des chances. Lorsqu'elle remporte la partie, mon grand-père lui dit qu'elle devrait avoir honte de faire les poches de ses petits-enfants. *Pépé, elle ne tient pas un casino chez elle quand même… On joue aux vingt-cinq cents!*

Ils sont beaux à voir, mes grands-parents. Si j'avais à mettre une photo dans le dictionnaire à côté de l'expression « âme sœur », c'est la leur que je choisirais. Même après avoir fêté leur cinquantième anniversaire de mariage, ils s'aiment toujours autant et ça paraît dans toutes les petites attentions qu'ils ont l'un envers l'autre. Je crois que le succès de la longévité de leur union est qu'ils s'acceptent tels qu'ils sont, et ils se respectent dans leurs différences. Je me considère très choyée qu'ils fassent toujours partie de ma vie. Trouverai-je un jour un amour véritable qui saura traverser le temps et les épreuves comme celui de mes grands-parents?

— Je vais être en mesure de venir souper avec vous ce soir. Je ressens déjà l'effet des antibiotiques. Ça va me faire du bien de sortir de la chambre un peu.

— C'est parfait! Je retourne là-bas voir la fin de la partie de poker. Je vais passer te chercher pour le souper.

— Dis-leur que je veux jouer une partie ce soir!

— Oui, oui! Je leur fais le message, ne t'inquiète pas! Repose-toi d'ici là…

Comme prévu, vers 18 heures, Carrie est passée à la chambre pour venir me chercher. Une fois de plus, nous allions souper avec mon ancien prof et sa gang de joyeux lurons.

Jamais je n'aurais imaginé passer la majeure partie d'un voyage dans le Sud en compagnie de mon prof de techno et ses amis! Même s'ils étaient plus âgés que nous, c'était agréable de passer du temps avec eux. Ils étaient drôles et ils avaient plein d'histoires à nous raconter. Lors de ce souper, Serge m'a donné une excellente idée.

Avant son départ pour Cuba, il s'était inscrit à un site de rencontres. Il était séparé depuis un an. Sa femme l'avait quitté pour sortir avec un autre pompier de sa caserne. *Rien de mieux pour forger l'esprit d'équipe!* Après avoir surmonté sa peine d'amour, il avait décidé qu'il était grand temps qu'il se remette sur le marché des joueurs autonomes. *On reconnaît le grand fan de hockey en lui!*

Pourquoi ne tenterais-je pas ma chance sur Internet pour rencontrer des filles qui se trouvaient dans la même situation que moi? Je n'étais certainement pas la seule à me questionner sur mon orientation et à vouloir explorer cette avenue. Et j'aurais la possibilité de le faire tout en restant dans l'anonymat! Pourquoi n'y avais-je pas pensé avant?

Peut-être parce que je ne sais pas encore si je suis vraiment lesbienne…

***

Le voyage tirait à sa fin. Je n'étais pas triste du tout de rentrer à la maison. Tout comme certaines de mes amies, qui avaient hâte d'être au bercail. Carrie et Marie voulaient retrouver leur copain. Vers la fin de la semaine, elles s'ennuyaient de leur chum à un point tel qu'elles semblaient avoir perdu le plaisir de voyager entre filles. Les trois quarts de leurs phrases commençaient par: « Ahhhh, je suis certaine que Phil et J-P auraient aimé voir, goûter, faire ceci… »

Pathétiques, les filles! Vous êtes en vacances et vous sonnez comme deux dépendantes affectives! Profitez donc du moment présent… Arrêtez de vous demander toutes les deux secondes ce que votre chum est en train de faire et de vous dire combien il aurait aimé goûter à tout ce qui se trouve dans votre assiette. Ils ne sont pas là, un point c'est tout!

En les voyant agir de la sorte, je n'étais plus triste d'être célibataire. Marie et Carrie étaient de jeunes femmes équilibrées et très loin du portrait typique de la dépendante affective. Mais elles semblaient affligées du syndrome Je-ne-peux-pas-m'empêcher-de-parlerde-mon-chum-toutes-les-deux-secondes-lorsqu'il-n'est-pas-avec-moi.

La seule qui avait l'air peinée de quitter le sol cubain, c'était Claudia. Depuis la veille de notre départ – ou plutôt depuis que nous avions fait nos adieux à mon prof et sa gang –, elle paraissait songeuse. La rencontre de Mike l'avait perturbée plus que j'aurais pu l'imaginer. Mais elle avait été très claire. Elle ne voulait pas en parler…

Vers 10 heures du matin, Carrie et moi sommes allées rejoindre les filles pour nous assurer qu'elles ne seraient pas en retard pour prendre l'autobus. Plusieurs valises étaient déjà entassées dans un coin et des voyageurs québécois semblaient contrariés. L'un d'entre eux discutait vigoureusement avec les représentants d'Air Crap. Dans la file, la dame devant nous soulignait son mécontentement auprès de la réceptionniste, les baguettes en l'air :

— CRISSE DE MARDE ! Neuf heures de retard ! Je travaille demain matin, moé, ma GANG D'ESTIIIIIE DE MORONS ! Si le vol n'est pas à l'heure, j'vous jure que vous aurez pas fini d'entendre parler de MOÉ !

Je me suis tournée vers les filles, affichant un air traumatisé par cette « chose » devant moi.

— Je pense qu'il y en a une qui a oublié de prendre ses Valium à matin !

Aucune réaction de la part de mes copines, à l'exception de Marie.

— Vous ne vous souvenez pas d'elle ? a demandé mon amie à voix basse.

— Non…

— C'est la dame qui chialait auprès du *gérant* le jour de notre arrivée. Elle se plaignait d'avoir payé pour une vue sur la mer et ne l'avait pas eue…

— OHHHHH… C'est ce qu'on appelle le K-A-R-M-A, a ajouté Claudia.

— Sauf que... On est sur le même vol qu'elle. Ça veut donc dire que nous autres aussi on est *pognées* ici pendant neuf heures. JOIE! a conclu Carrie.

Nous étions toutes à fleur de peau (moins que l'hystérique quand même). Nous avions hâte de rentrer à la maison. Rien de mieux qu'un ultime tournoi de « trou de cul » pour passer le temps et nous faire oublier que nous allions devoir patienter plusieurs heures encore.

Pendant notre partie de cartes, j'ai repensé à notre dernier souper avec mon prof et sa gang. J'étais de plus en plus excitée par la perspective de mettre mon plan à exécution. J'allais peut-être enfin trouver des réponses à mes questions...

17

Suivre son cœur...

— Au tour de la Rouge, maintenant ! s'exclame le photographe.

Claudia se dirige vers moi avec un grand sourire. Sa robe d'un rouge flamboyant et au décolleté plongeant met en valeur ses atouts.

— Wow ! T'es magnifique, mon amie, me lance-t-elle en me faisant une autre accolade.

— Merciiiiii. Et toi aussi d'ailleurs, t'as l'air d'une *Bond girl* dans cette robe-là !

— Peux-tu croire que tu te maries dans moins de deux heures ?

Je lui retourne son sourire.

— À vrai dire, ce qui me jette à terre aujourd'hui, c'est que mon professeur de techno assiste à mon mariage !

Si quelqu'un m'avait dit pendant que j'étais en train de construire ma cabane à moineaux en troisième secondaire que mon prof, le beau Mike au teint basané, serait invité à mes noces, je ne l'aurais jamais cru!

À notre retour de Cuba, Claudia et mon prof (de vingt ans son aîné!) avaient repris leur histoire là où ils l'avaient laissée. Une dizaine d'années plus tard, leur relation dure toujours et ils filent le parfait bonheur.

Le photographe prend rapidement quelques clichés avant de passer à la suivante:

— Merci, la Rouge. Orange, t'es la prochaine!

Claudia me fait la bise avant de monter dans le kart qui l'attend aux abords de la forêt. C'est maintenant au tour de Marie de prendre place à mes côtés.

— Je suis tellement contente pour toi, mon amie! Tu mérites tout le bonheur du monde!

— Merci, Marie! Et merci d'être revenue au Québec pour mon mariage. Ça n'aurait pas été pareil sans toi.

— Je suis trop contente de vous retrouver. Et je n'aurais pas manqué ce moment pour tout l'or du monde, répond-elle en devenant émotive.

— Arrête, tu vas me faire brailler moi aussi. On va avoir l'air de deux ratons laveurs sur les photos!

Marie, notre meneuse de claque adorée, a fait la rencontre d'un danseur professionnel sur Internet! *Born and raised in California*, le dieu de la danse Owen a réussi à conquérir (à distance) le cœur de ma belle Marie. Après deux ans de fréquentations sur le Web, ponctuées de quelques visites, Marie s'est décidée à faire le grand saut: prendre ses cliques et ses claques pour rejoindre son Roméo à Pasadena en Californie. Depuis ce jour, je n'ai pas assez de doigts (et d'orteils) pour faire le compte du nombre de vidéoclips de superstars dans lesquels on retrouve ces deux tourtereaux. Et le plus important: je n'ai jamais vu mon amie aussi heureuse.

Le moins qu'on puisse dire, c'est qu'il était avant-gardiste, ce cher Serge. La technologie s'avère peut-être la solution. En tout cas, Marie et Owen sont la preuve vivante qu'il est possible de trouver l'amour avec un grand A sur Internet…

18

Être ou ne pas être lesbienne... Là est la question !

J'ai de la difficulté à vivre dans le moment présent. Vers la fin de mon séjour à Cuba, je voulais rentrer à la maison. Et là, je venais à peine de mettre les pieds hors de l'avion que j'avais déjà hâte aux vacances d'été pour repartir à l'aventure.

Ce voyage sous les tropiques ne s'était pas déroulé comme je l'avais anticipé. (En fait, il n'y a pas grand-chose qui se déroule tel que je l'anticipe dans ma vie...) Ce n'était pas en continuant de pratiquer le *shark attack* avec des gars que j'allais trouver ce que je voulais réellement...

Dès le retour en classe, je suis passée en mode « exécution ». Je me suis lancée sur Google... Objet de recherche : sites de rencontres. Je regardais partout autour de moi nerveusement. Je ne voulais pas que quiconque voie sur mon écran de portable ce que j'étais en train de faire. J'avais honte d'aller de l'avant avec cette tactique. Mais en même temps ça me semblait être la meilleure solution. Pour ne pas dire l'unique…

Le premier site à s'afficher sur mon écran a été Réseau Contact. En moins de deux secondes, j'étais sur la page d'accueil. Je devais maintenant sélectionner mes critères de recherche… Femme cherche femme, dix-huit/vingt-quatre ans…

Qu'est-ce qui me prend ? Ce n'est pas brillant de faire ça pendant mon cours…

Ma curiosité l'a emporté sur mon raisonnement. Un simple clic et les résultats sont apparus à mon écran. Il y avait plus d'une cinquantaine de pages. Je ne croyais pas qu'il y en aurait autant.

Pour être plus efficace, j'ai éliminé toutes les filles qui demeuraient hors de la région de Montréal et de ses banlieues. Ensuite, j'ai choisi l'option « fiche avec photo seulement ». Ce n'est pas que je sois superficielle. (OK, peut-être un peu… Mais malgré ce qu'on peut bien dire, l'attirance physique est un critère important. Ça ne sert à rien d'essayer de se convaincre du contraire.)

En regardant les premières photos, je me suis demandé si je ne m'étais pas trompée en faisant une recherche « Femme cherche HOMME »… Au premier coup d'œil, j'ai réalisé que la féminité n'était pas au rendez-vous chez la plupart des candidates proposées.

Cependant, une fiche a capté mon attention : Hippocampe… *Tu parles d'un pseudonyme !* Elle semblait féminine – du moins sur sa photo de 2 × 4 en noir et blanc – et elle venait de Terrebonne. Mon patelin !

Sans plus tarder, j'ai rédigé mon profil pour être en mesure d'entrer en contact avec elle. Je lui ai envoyé un message préfabriqué par le site[10].

10. Seuls les membres « privilège » sont en mesure d'échanger des messages personnalisés. Ce n'était pas vrai que j'allais débourser de l'argent pour ça !

Dans ma description, j'avais fait la mention de mon adresse courriel d'une manière « subtile » pour que les filles soient en mesure de me retrouver sur MSN Messenger, le réseau de *chat* par excellence à cette époque. Je me croisais les doigts en espérant que ma présentation piquerait la curiosité.

Quelques clics plus tard, le tour était joué. Je venais de produire ma première demande officielle à une fille dite « homosexuelle ».

Qu'est-ce que je suis en train de faire là ? Je ne me reconnais plus… Est-ce que je souffre d'un dédoublement de personnalité ?

Trop tard pour me remettre en question. Devant les faits accomplis, je n'avais pas d'autre choix que de laisser les choses aller…

***

Ceux qui prétendaient que la deuxième session universitaire allait être plus facile que la première, selon la théorie que les programmes sont conçus pour faire échouer un pourcentage d'étudiants lors de la première session afin de garder « la crème de la crème » pour la suite, n'avaient pas analysé le programme du baccalauréat en criminologie ! Dès la première journée du retour en classe, je pouvais déjà voir mes trois prochains mois se dessiner devant moi : université : 1, vie sociale : 0.

Je suis arrivée à la maison aux alentours de 18 h 30, même si mon cours s'était terminé à 16 heures ! Ce « délai » fait partie des « avantages » de la vie de banlieue : avoir l'impression de faire le trajet Montréal-Québec sur une distance de trente-cinq kilomètres.

J'ai rapidement englouti le repas que ma mère avait préparé avec amour avant de descendre dans ma chambre. Je retranscrivais tous les soirs mes notes de cours pour bien assimiler la matière. J'étais une perfectionniste pathologique, je m'assume.

Avant de me lancer dans mes notes, je suis allée vérifier mes courriels de la journée par curiosité. J'avais reçu trois nouveaux messages. Le premier était un courriel de bienvenue de la part d'Hotmail. Bien évidemment, je n'avais pas utilisé mon adresse courriel personnelle sur ce site. (Un peu parano, je l'avoue.) J'en avais créé une nouvelle juste pour l'occasion.

Le deuxième message provenait d'un HOMME! *WHAT THE FUCK?* Ma description disait « Femme recherche femme ». Qu'est-ce qui n'était pas clair là-dedans? Il avait épuisé la liste des hétéros et maintenant il tentait sa chance sur le marché des lesbiennes? J'ai rapidement compris pourquoi plusieurs filles inscrivaient en lettres majuscules à la fin de leur message d'accueil: « HOMMES S'ABSTENIR. » Je n'ai même pas pris le temps de lire la suite, je l'ai immédiatement supprimé.

Le troisième provenait de Sophie Granger…

Bonjour Valérie!

Eh oui… Je n'avais pas juste créé un courriel. Je m'étais aussi inventé une nouvelle identité. J'avais vu dans mon cours de psychocriminologie que la majorité des criminels souffraient de troubles de personnalité sévères. J'aurais peut-être dû commencer à m'inquiéter…

J'ai été agréablement surprise par ton message ce matin. Je m'appelle Sophie (alias Hippocampe), j'ai 24 ans et je suis originaire de l'Abitibi. Je demeure depuis quelques années à Terrebonne. Je travaille dans le domaine de l'infographie et je ne suis pas une très grande fan des longs échanges en ligne. Je préfère le direct. Alors je me lance… Je te donne mon numéro de téléphone: 514-555-5555. Lâche-moi un coup de fil si ça te dit…
Passe une belle journée!
Sophie

Comme je terminais de lire son message, j'ai vu une demande d'ajout d'utilisateur à mes contacts MSN : Hippocampe80. Moment d'hésitation… Cette démarche prenait forme trop rapidement à mon goût. Sophie avait même osé me laisser son numéro de téléphone. *Elle est folle ou quoi ? Elle ne me connaît même pas…*

J'étais terrifiée juste à l'idée d'échanger avec une fille sur Internet. Elle ferait mieux d'oublier le projet de l'appel téléphonique.

Quelques instants plus tard, j'ai cliqué sur ACCEPTER. Je l'ai vue apparaître en ligne. Je suis restée figée en fixant mon écran. Comme si j'attendais une illumination soudaine qui m'indiquerait quoi faire… De son côté, elle a été plus rapide que moi sur le clavier. Pas difficile à battre, il faut croire…

> Sophie a dit :
> Salut ☺

Oufffff… Relaxe, Max ! Ça va faire, le niaisage ! Tu n'es pas en train de signer un contrat de mariage ! Ça ne t'engage absolument à rien…

> « Valérie » a dit :
> Salut ☺

Tiens, un copier-coller. C'est original.

> Sophie a dit :
> Moi, c'est Sophie ! Enchantée, virtuellement parlant.

> « Valérie » a dit :
> Moi, c'est Valérie, enchantée !

> Sophie a dit :
> Est-ce que c'est un bon moment pour toi ? Comme je te le disais dans mon courriel, je ne

suis pas une grande fan d'Internet… Tu peux m'appeler pour discuter si ça te dit?

C'est quoi, cette fixation de parler au téléphone?

«Valérie» a dit:
À vrai dire, je préfère commencer sur Internet. J'étudie en même temps et c'est plus facile pour moi de cette façon.

Après avoir échangé quelques banalités sur nos vies respectives, je me sentais un peu plus à l'aise. Je dirais même que la conversation a pris une tournure plutôt agréable. Sophie était sympa et elle me faisait rire à profusion.

Tout allait bien jusqu'à ce que la question fatidique tombe:

Sophie a dit:
Est-ce que tu peux m'envoyer une photo de toi?

Après quelques minutes d'hésitation et de changements de sujet, j'ai décidé de lui en faire parvenir une. L'échange de photos est tout de même une étape importante dans le processus de la rencontre…

Je lui avais mentionné que j'étais une fille féminine et que la féminité comptait beaucoup pour moi.

Sophie a dit:
Tu es très jolie! ☺ Je peux te poser une question indiscrète?

«Valérie» a dit:
Oui…

Sophie a dit:
Es-tu certaine d'être lesbienne?

C'est quoi, cette question-là ?

> « Valérie » a dit :
> Oui…

Pas la réponse la plus honnête de ma part, j'en conviens… Était-ce nécessaire que je me définisse de manière catégorique ? Était-ce possible pour moi de tomber amoureuse d'une fille sans être lesbienne ? Pourquoi pas ? Une chose est certaine, je devais m'abstenir de lui faire part de mon historique de *frencheuse* compulsive. Si elle l'apprenait, c'était clair qu'elle allait me bloquer ou même me supprimer sur-le-champ.

De son côté, elle s'est décrite comme très féminine, la plus féminine de son groupe d'amies. Elle m'a fait parvenir quelques photos additionnelles. C'était bizarre. Je n'avais pas l'impression de voir la même personne d'une photo à l'autre… Elle semblait tout de même jolie. Elle avait un beau sourire. Ce qui m'attirait le plus chez elle, c'était son sens de l'humour ! C'était facile de discuter avec elle.

Après deux heures d'échange sur Messenger, j'ai mis fin à la discussion pour me concentrer sur mes études. Je ne voulais pas prendre du retard après la première journée de classe. Avant de partir, Sophie a pris soin de me préciser à nouveau qu'elle venait très rarement sur MSN. Elle m'a relancée une fois de plus avec son numéro de téléphone. La balle était maintenant dans mon camp…

19

« I kissed a girl... »

I kissed a girl, Katy Perry

La première semaine de la session tirait déjà à sa fin. Je n'avais pas vu le temps passé. Je m'étais mise en ligne tous les soirs sur MSN pendant que j'étudiais. Sophie ne s'y était plus manifestée, mais j'avais envie d'apprendre à la connaître. Je n'avais donc pas d'autre choix que de l'appeler pour aller de l'avant dans ma démarche. *Shit!*

Pendant ce temps, j'avais reçu plusieurs demandes sur ma page de Réseau Contact. Croyez-le ou non, malgré mon inscription « HOMMES S'ABSTENIR », j'avais reçu plus d'une dizaine de demandes de gars au cours de la semaine ! Les autres provenaient de filles pas très féminines. Du moins pas assez à mon goût. Par chance que j'avais pris la peine d'inscrire : « Recherche fille féminine. » Coudonc, les gens ne prenaient pas le temps de lire ma fiche ? Des « tout sauf perspicaces » ont inondé ma boîte de réception, même si je prenais la peine d'envoyer le texte préfabriqué qui expliquait gentiment que je n'étais pas intéressée… Il me semble que ça ne pouvait pas être plus clair ! *Lâche prise et arrête de m'envoyer des messages !*

Après ma première semaine sur ce site, Sophie était l'unique candidate en lice pour une rencontre… En route vers la maison – pendant que j'étais encore prise dans un bouchon de circulation sur l'autoroute 15 –, j'ai pris mon courage à deux mains et j'ai composé son numéro de téléphone[11].

Dès les premiers coups de sonnerie, j'ai songé à raccrocher… Je ne me sentais pas à l'aise de lui parler de vive voix. Cette situation encore inconnue me déstabilisait totalement. J'avais l'impression de faire quelque chose de mal… On s'entend que personne n'a jamais été condamné pour avoir passé un coup de fil ! J'ai le don de dramatiser les choses parfois. *S'il vous plaît, le répondeur, s'il vous plaît, le répondeur…*

Mon vœu fut exaucé. Mais je ne m'attendais pas à ce qui a suivi :

« Bonjour ! Vous avez joint Sophie Granger. Il m'est impossible de vous répondre pour le moment. Alors laissez-moi un message et je vous rappellerai le plus tôt possible. Merci ! »

J'étais sous le choc. À un point tel que j'ai failli foncer dans l'auto devant moi. J'étais incapable de prononcer un mot. Solution facile, j'ai raccroché ! Le problème n'était pas les propos eux-mêmes. Elle m'avait donné son véritable numéro de téléphone et, contrairement à moi, elle ne s'était pas inventé une identité. Mais le timbre et l'intonation de sa voix… Je n'avais jamais entendu une voix aussi rauque depuis Fardoche dans *Passe-Partout* !

La féminité, ce n'est pas seulement une question d'apparence. C'est un tout. Tu as beau porter une

---

11. Avant de me lancer des roches parce que je parlais au cellulaire en conduisant, sachez qu'à cette époque c'était tout à fait légal de le faire !

magnifique robe sexy, si tu parles comme Fardoche, ça s'annule ! J'essayais de me convaincre que je ne devais pas m'arrêter à ça. Mais disons que c'était venu refroidir mes ardeurs nouvelles.

À peine quelques instants plus tard, la sonnerie de mon cellulaire s'est fait entendre. Sophie devait probablement avoir l'afficheur. Dilemme…

Est-ce que je réponds ? Ou je laisse ma boîte vocale prendre le message ? Fuck ! *Elle va se rendre compte que je m'appelle Maxime et non Valérie si elle tombe sur mon répondeur. Ouin… Je n'ai plus trop le choix.*

— Bonjour ! Je viens de recevoir un appel de votre numéro.

— Euh, bonjour, Sophie ! C'est…

Moment d'hésitation, je n'avais pas l'habitude d'avoir un dédoublement de personnalité.

— Valérie, euh… la fille de Réseau Contact.

Elle m'a lancé sur un ton chaleureux :

— Ah oui ! Bonjour, Valérie. Tu t'es finalement décidée à me donner un coup de fil…

Le message sur sa boîte vocale n'était pas trompeur. Elle avait une voix très masculine. Nous avons parlé près d'une heure au téléphone. C'était une fille simple, intelligente. J'avais l'impression de parler à une amie de longue date. À la fin de l'appel, elle m'a offert d'aller prendre un verre chez elle le samedi suivant. Mon cœur s'est mis à tambouriner si fort qu'elle devait l'entendre ! Je ne pensais pas faire une rencontre aussi rapidement. Ma démarche prenait une tournure très concrète. Je n'étais pas certaine d'être prête à cela… L'inconnu, ça fait toujours peur. Du moins, moi, ça me fait peur… Je devais accepter son invitation. Sinon comment faire pour réussir à trouver des réponses aux questions qui me tourmentaient depuis trop longtemps ?

***

Ce samedi après-midi, je me sentais bizarre… J'étais en train de me taper une autre crise de panique. J'allais « officiellement » prendre part à ma première *date* avec une fille… LESBIENNE ! Je me suis fait un *smoothie* aux fraises, mangue et yogourt nature pour avoir quelque chose de nutritif dans le corps. J'avais trop mal au cœur pour manger un repas solide.

Pendant que je me préparais, j'ai reçu un appel d'Isabelle :

— Eille, Max ! Qu'est-ce que tu fais ce soir ? Il y a une soirée spéciale au Red ! Ça te tente de passer la soirée en compagnie de ta super amie ?

— Ouf… J'ai envie de te voir, mais ce n'est pas une bonne idée. Je suis déjà dans le jus pour les trois prochains mois. J'aurais dû commencer mes lectures la veille de Noël pour être à jour. De toute façon, tu n'as jamais le temps de me parler tellement il y a du monde à ton bar les samedis soir.

Isabelle travaillait comme barmaid au bar de son chum. (Le chum en question étant le gars marié ; ils étaient revenus ensemble… malheureusement.) Celui-ci était une armoire à glace à l'air bête qui avait de la difficulté à aligner deux mots en présence de l'espèce humaine.

— Ahhh… Étudie et viens me rejoindre après ! C'est important de prendre des pauses pour être efficace.

— Je ne te dis pas non. Mais je ne te promets rien.

— D'ac. À plus !

En raccrochant avec Isabelle, j'ai réalisé que je venais de lui mentir. Ce n'était pas le mensonge du siècle, mais je ne me sentais pas bien de cacher la vérité à ma très bonne amie. J'irais la voir à son bar après ma soirée avec Sophie, question de me déculpabiliser un peu.

En route vers chez Sophie, j'essayais de chasser les pensées irrationnelles qui déferlaient dans ma tête. Personne dans mon entourage n'était au courant de ma *date* avec une fille.

Sophie est peut-être une tueuse en série qui utilise les sites de rencontres pour dénicher ses victimes ? Elle a une voix très masculine après tout. C'est peut-être un homme qui se fait passer pour une femme ?

Mes cours en crimino commençaient à avoir une trop grande influence sur mon raisonnement. Après avoir suivi le cours « Délinquance et facteurs criminogènes » et avoir entendu des histoires vraiment traumatisantes concernant le *modus operandi* des tueurs en série, j'ai vite conclu que, pour ma survie personnelle ainsi que pour celle de mes proches, il était essentiel de maintenir en tout temps les portes verrouillées ! Au grand désarroi de mon frère et de mes parents, qui se cognaient le nez sur la porte s'ils avaient le malheur d'entrer dans la maison après moi. J'avais tenté tant bien que mal de leur expliquer mes raisons. C'était plus fort que moi, un véritable automatisme de survie !

J'exagère… Mais tout de même, j'admets qu'il n'était pas très prudent de me rendre chez elle sans le dire à qui que ce soit. D'un autre côté, je ne me voyais pas appeler Isabelle ou Carrie pour leur dire : « Eille, les filles ! Ce soir, j'ai une *date* avec une fille. Voici son adresse au cas où vous n'auriez plus de mes nouvelles demain matin ! »

Pour mon rendez-vous, j'avais opté pour un *look* chic, mais confortable. J'avais revêtu mon manteau Kanuk au col de fourrure doré et mes bottes UGG pour me garder au chaud. Il faisait un beau moins trente-cinq degrés Celsius ce soir-là.

Lorsque j'ai garé ma voiture devant chez elle, mon cœur battait à tout rompre. À ce rythme-là, je devais être en train de brûler autant de calories que dans mon cours de cardiomilitaire. J'avais tellement chaud que mes cheveux bien étirés étaient sur le point de friser ! Je n'aime pas ce *rush* d'adrénaline des premières rencontres. Ça me stresse tellement que ça me rend malade ! Aucun plaisir…

Allez, Max! Prends sur toi et sors de ta voiture.

Sans réfléchir davantage, je suis descendue de mon Acura Integra. Je me suis dirigée d'un pas décidé vers la porte principale de l'immeuble. J'ai même appuyé sans hésitation sur le bouton « APP 6 Granger ».

Un instant plus tard, un déclic s'est fait entendre. Sophie (ou mon tueur en série) a déverrouillé la porte. En montant les premières marches de l'escalier, j'ai levé la tête vers le palier supérieur. Au même moment, j'y ai aperçu une petite silhouette qui me fixait, tout sourire. Ça m'a pris quelques secondes avant de sortir de ma torpeur pour lui rendre la pareille.

Sophie n'était pas la tueuse en série que je m'étais imaginée. Première bonne nouvelle! Toutefois, elle était très loin du portrait de la fille féminine que j'avais en tête... Elle portait un jeans délavé. Pas comme ceux qui sont à la mode, mais comme ceux qu'on a TROP lavés! Ils étaient aussi troués avec des franges dans le bas... Horreur! Son t-shirt gris ne contribuait aucunement à mettre en valeur son teint pinte de lait. Elle avait les cheveux longs, couleur cendrée – beaucoup trop longs, pas de coupe, avec une belle séparation au milieu de la tête. De toute beauté! Selon moi, elle avait un lien de parenté avec la famille Adams. Mais la cerise sur le sundae... Elle portait une grosse ceinture aux couleurs arc-en-ciel de la fierté gaie! Formule gagnante pour faire fuir une fille qui en était à ses balbutiements en tant que lesbienne et qui, *by the way*, ne s'affirmait pas du tout!

Pendant une fraction de seconde, j'ai voulu prendre mes jambes à mon cou et déguerpir. Mais je me suis ravisée. Je me suis souvenue de l'agréable discussion que nous avions eue au téléphone. J'essayais de me convaincre qu'il ne fallait pas que je m'arrête à cette première impression.

Note à moi-même pour l'avenir: suis ton intuition, fille...

J'ai continué de gravir les escaliers pour la rejoindre à son appartement. Lors des présentations, elle m'a serré la main si fort que je ne sentais plus mes doigts!

— Entre! Fais comme chez toi.

Première constatation: sa voix n'était pas moins rauque en personne! Une grand-mère qui fume et qui boit du scotch depuis l'âge de douze ans ne lui arriverait pas à la cheville.

Deuxième constatation: en regardant les photos accrochées aux murs de son appartement, j'ai réalisé qu'en fin de compte elle était vraiment la plus féminine de sa gang... C'était la seule qui n'avait pas les cheveux rasés ou de coupe «champignon».

Après m'avoir gentiment offert un verre, elle m'a invitée à passer au salon pour discuter. Son regard sur moi était si intense que j'avais l'impression d'être une extraterrestre venue d'une galaxie lointaine. Elle observait d'une manière peu subtile mes moindres faits et gestes. Même si elle était un peu bizarre, je la trouvais sympathique.

Pendant que je terminais (il serait plus juste de dire *calais*) mon verre, je réfléchissais à la façon la moins brutale de quitter son domicile. Je voulais noyer mon désespoir au Red avec Isabelle. Tout était clair dans ma tête: il n'y avait pas de papillons et je ne ressentirais JAMAIS d'attirance pour elle!

Pendant qu'elle me racontait en long et en large les circonstances de sa dernière séparation, j'étais dans la lune...

Note pour elle-même: ne jamais aborder ce sujet lors d'une première rencontre.

Tout à coup, sans que je m'y attende, elle s'est garrochée sur moi de façon maladroite et s'est mise à m'embrasser!

WHAT THE FUCK? Jamais je ne lui avais envoyé des signaux d'ouverture à un *french*! Faites-moi confiance, je sais reconnaître une ouverture, je suis une pro dans le domaine du *frenchage.* Je l'ai donc repoussée. Sans retourner son baiser…

Après mon intervention, et surtout ma non-participation, elle s'est assise sur une chaise près du sofa. Elle m'a lancé sur un ton plein d'assurance :

— Valérie (*une chance que je ne lui ai pas dit mon vrai nom*), je ne sais pas si tu le réalises… Mais t'es loin d'être lesbienne ! Est-ce que tu t'es vue dans le miroir ? C'est écrit « hétéro » sur ton front ! As-tu vu la réaction que t'as eue quand j'ai tenté de t'embrasser ? C'est là même que j'aurais si un gars s'essayait avec moi. Je ne sais pas ce que tu recherches exactement sur le site de rencontres, mais je doute que tu le trouves en fréquentant des filles.

Qu'est-ce que je réponds à ça ? Elle se prend pour qui ? C'est la première fois qu'on se rencontre et elle prétend me connaître mieux que moi-même ? Ça ne lui a pas traversé l'esprit qu'elle ne m'attire peut-être pas ? C'est quoi, l'affaire ? Elle se pense irrésistible parce qu'elle a les cheveux longs !

— Je ne sais pas quoi te dire… C'est tout nouveau pour moi. Je me cherche un peu dans tout ça. T'es ben sympathique, Sophie, mais je n'ai pas d'attirance pour toi. Je pense que je vais m'en aller.

— OK… Je vais aller chercher ton manteau.

Après que je lui ai donné deux becs sur les joues – ou plutôt près des oreilles, car je voulais à tout prix éviter la proximité de sa bouche, question d'échapper à une attaque soudaine –, elle a refermé la porte derrière moi.

En quittant son domicile, j'ai réfléchi à ce que je venais d'expérimenter. Chez les hétéros, les filles ne vont pas « tripper » à embrasser tous les gars qu'elles croisent sur leur chemin. Ça prend au minimum une attirance et une ouverture des deux côtés pour mener à un baiser. Ce n'est pas parce que tu es lesbienne que systématiquement toutes les filles vont t'attirer et que l'attirance sera mutuelle.

Le courant entre Sophie et moi ne passait pas. C'est tout… Pour une fois que c'était simple et clair dans ma tête. Mais est-ce que ça voulait dire pour autant que je n'étais pas lesbienne ?

20

« Échappé belle, alléluia !
À toutes celles pas faites pour moi… »

Échappé belle, Beau Dommage

La semaine de relâche universitaire commençait ! Communément appelée « semaine de lecture », cette période de répit ne ressemblait en aucun cas au *spring break* américain. Au contraire ! Au retour de ce congé, pas moins de cinq examens intra et deux remises de travaux m'attendaient. Disons que je n'avais pas le temps de participer à des concours de *wet t-shirt* sur le bord d'une plage de Daytona Beach. Je devais profiter de cette « pause » pour faire du rattrapage dans mes études. Tous les jours, je me rendais à la bibliothèque municipale. Chez moi, les sources de distraction étaient trop nombreuses.

Lors d'une journée de tempête hivernale, je suis restée à la maison. Je ne voulais pas me risquer sur les routes par ces mauvaises conditions. C'était le temps parfait pour s'habiller en mouuuu… et s'installer près du feu de foyer que mon père avait préparé ce matin-là.

Après avoir fini trois cas de jurisprudence, je me suis octroyé une pause bien méritée. Question de ne pas trop m'éloigner de la criminologie, j'avais choisi de regarder un autre épisode de *24*.

Le hic avec ce type de récompense, c'est qu'elle est hautement *addictive*. Impossible de regarder un seul épisode. Cette journée-là, je n'ai pas écouté un, mais bien huit épisodes de la deuxième saison. À cinquante-deux minutes par épisode, je venais de passer un total de SEPT heures devant mon téléviseur ! Inutile de vous dire que je me sentais coupable de ne pas avoir utilisé ce précieux temps pour me plonger dans mes livres…

Tant qu'à scrapper *une journée d'étude, aussi bien le faire jusqu'au bout…*

Après mon marathon de *24*, je me suis installée avec un bon café latte devant mon ordinateur. J'avais envie d'aller fouiner sur Réseau Contact. Par simple curiosité… Depuis ma traumatisante expérience avec Fardoche, je n'étais pas retournée sur ce site. Surprise ! J'avais reçu trois nouveaux messages depuis ma dernière connexion.

Le premier provenait de Mélanie. Une jeune professionnelle de vingt-six ans qui demeurait à Laval. Elle occupait un poste de gestionnaire chez Rogers. C'était une grande fan des Canadiens de Montréal. *Yeah ! Go Habs go !* Elle soulignait dans son message qu'elle était féminine et que la féminité était un facteur important dans ses recherches. *Je vais attendre de le voir pour le croire*. Elle adorait voyager. Elle revenait d'un périple en sol européen. *Ça tombe bien, moi aussi !* Elle avait pris soin de joindre une photo à son courriel. Wow ! Une belle grande blonde aux yeux verts et au sourire éblouissant. Elle avait les cheveux longs – une belle coupe stylée en plus. Excellent ! Je l'ai ajoutée sans hésiter à mes contacts MSN.

Le deuxième message était signé Zoé. Une étudiante en techniques d'intervention en délinquance et future étudiante en criminologie. Elle n'avait pas joint de photo à son courriel. Son message était bref et impersonnel. J'ai décidé quand même de l'ajouter à mes contacts puisqu'elle se dirigeait dans mon programme universitaire l'automne suivant. C'était peut-être un signe…

Le dernier message reçu provenait de Florence. Une jeune femme âgée de vingt-trois ans, directrice d'un magasin Telus. Décidément, j'étais vouée à faire la rencontre de filles dans le domaine des télécommunications ! Elle demeurait sur la Rive-Sud de Montréal. *Beurk !* (Soyez sans crainte, je n'ai rien contre ses habitants, c'est uniquement une question de géographie !) Tout comme Mélanie, elle avait joint une photo à son courriel. Elle ressemblait comme deux gouttes d'eau à Drew Barrymore, version brunette. C'était ma journée chanceuse… Au diable la distance ! Je l'ai ajoutée aussi.

C'est ce qu'on appelle une semaine de lecture productive. J'avais terminé le visionnement de la deuxième saison de *24*. Et en boni, j'avais trois nouvelles candidates en vue ! C'était bien mieux qu'un *road trip* à Daytona… ☺

***

L'heure de ma deuxième *date* au féminin avait sonné… Mélanie, la gestionnaire chez Rogers, m'avait invitée à souper dans un resto-bar de Laval pour faire connaissance. Cette fois-ci, je ne ressentais aucune nervosité. Je n'avais aucune attente particulière…

Encore une fois, j'allais à ce rendez-vous en secret. Je n'étais pas prête à en parler avec mon entourage. J'avais dû mentir à Isabelle et annuler à la dernière minute notre traditionnel ciné-samedi.

Durant la session universitaire, nous avions l'habitude d'aller voir un film tous les samedis soir. Ça nous permettait de relaxer un peu. Et surtout, ça nous donnait l'impression de faire autre chose qu'étudier pendant le week-end. Après le film, je rentrais chez moi pour continuer mes lectures. De son côté, Isabelle se rendait au bar pour sa soirée de travail. Je ne sais pas comment elle faisait pour survivre à cette époque… J'aurais été incapable de vivre sur le même *beat* qu'elle. Du jeudi au samedi soir, elle ne se couchait jamais avant 4 heures du matin ! (Je tiens à ajouter qu'elle avait un cours le vendredi matin à 8 heures.)

Pour me libérer de notre traditionnel ciné-samedi, je lui avais dit que j'avais pris du retard dans mes études. Ce qui n'était pas totalement faux, à cause de Jack Bauer… Par contre, je lui avais promis que j'irais faire un tour à son bar en fin de soirée.

C'était Mélanie qui s'était chargée d'effectuer la réservation. À mon arrivée, l'hôtesse m'a dirigée à sa table. Le restaurant était plein à craquer. Au deuxième étage, il y avait six banquettes munies de télévisions murales. Pour bien faire, Mélanie avait réservé une table avec téléviseur pour qu'on soit en mesure de regarder le match du CH. L'idée était bonne… Mais, léger détail, les écrans de télé étaient installés au bout d'immenses banquettes qui pouvaient aisément accueillir cinq personnes de chaque côté.

Résultat : deux filles, seules, en tête à tête, assises sur une banquette pour dix, devant une partie de hockey… Aussi bien passer un message publicitaire sur les écrans pour annoncer : « *Date* de lesbiennes en cours ! »

Pour ajouter à mon élan de paranoïa aiguë, j'avais une peur bleue de tomber sur quelqu'un que je connaissais. Plusieurs étudiants de mon ancien cégep fréquentaient ce resto branché. Avant d'accepter de la rencontrer à cet endroit, je n'avais pas songé à cette possibilité. Toutes les conditions étaient réunies pour me mettre à l'aise… C'était encore plus efficace que la ceinture de la fierté gaie de Fardoche !

Ce n'était pas tout... À mon arrivée au deuxième étage, j'ai aperçu une fille blonde, seule sur sa banquette pour dix. Il n'y avait aucun doute, c'était Mélanie. Elle avait le même sourire resplendissant que sur sa photo.

Mais, une fois de plus, léger détail... Mélanie n'arborait plus ses longs cheveux blonds, couleur foin des prairies. Elle avait plutôt opté pour le style PORC-ÉPIC ALBINOS! Une coupe de cheveux à la Tintin avec une *overdose* de *bleach*. *By the way*, je n'ai rien contre Tintin, les albinos ou les adeptes du *bleach*. Si je prenais place en face d'elle, c'était hors de tout doute raisonnable une D-A-T-E D-E L-E-S-B-I-E-N-N-E-S! C'était ça qui m'effrayait...

J'avais juste envie de me lancer en bas des escaliers. Mais il était trop tard. Je ne pouvais plus faire demi-tour. Je suis restée debout près de la table, silencieuse, le regard figé, lorsque l'hôtesse nous a souhaité de passer une belle soirée avec un sourire en coin.

J'ai pris place de façon maladroite devant Mélanie. La serveuse est venue nous porter les menus. J'essayais du mieux que je pouvais de contenir ma crise d'anxiété. J'étais incapable de la regarder droit dans les yeux. J'avais l'impression d'être une proie vulnérable dans la ligne de tir d'une chasseuse professionnelle. Ça me rendait mal à l'aise.

Le match de hockey venait de se mettre en branle. Pour dissimuler mon malaise, je fixais l'écran de télévision en prenant soin de garder la tête bien droite dans sa direction. J'avais l'air de loucher!

— Qu'est-ce que t'as envie de manger?

RIEN! J'ai juste envie de vomir en ce moment...

— Je vais prendre une entrée de bruschetta.

— Et pour ton plat principal?

— Euh... C'est ce que je pensais commander comme plat...

C'est quoi? Elle pense que je vais partager avec elle un repas cinq services?

— OK. Je meurs de faim ! Je vais prendre les pâtes aux fruits de mer avec la salade du chef en entrée. J'ai envie d'une bonne bouteille de vin ! Tu préfères le vin blanc ou le rouge ?

— Je vais prendre un verre de sangria…

Il serait temps qu'elle capte le message… Je fais des choix simples, rapides, qui me permettront de sortir d'ici le plus vite possible ! Et surtout, il est hors de question que j'abuse de l'alcool en sa compagnie. Des plans pour que je subisse une autre attaque de frenchage… *J'ai besoin d'être alerte pour m'en sortir !*

La serveuse, qui avait la même coupe de cheveux que Mélanie, est venue à notre table prendre nos commandes.

Tiens, elles feraient un beau p'tit couple, ces deux-là !

Pendant qu'on attendait notre repas, Mélanie s'est lancée dans un interminable résumé de sa vie :

— Quel bonheur de revenir en ville, dans la civilisation !

— Dans la civilisation ? Tu travailles chez Rogers, c'est ça ?

— Oui. Mais je viens de commencer. C'est ma troisième semaine.

— Dans ton message, j'avais compris que ça faisait plusieurs années que tu travaillais là-bas…

— J'ai dû me tromper…

Ou t'es juste une menteuse !

— Tu reviens d'où ?

— J'ai travaillé pendant six ans à la pourvoirie Maxime en Abitibi.

Maxime ? Elle me niaise-tu, là ?

— En Abitibi ?

— Oui, madame ! Quand j'avais vingt ans, j'étais en pleine crise existentielle. Je suis allée faire le tour du monde pendant six mois. À mon retour, j'étais incapable de suivre le *beat* de la vie en ville. Je suis allée trouver refuge là-bas.

WOH, MINUTE ! Ai-je affaire à une mythomane ?

— Le tour du monde…

— Ouais. J'ai visité douze pays au total.

OK. Elle a dû couler son cours de géo si elle croit qu'il y a douze pays dans le monde !

— C'est pas mal, douze pays en six mois.

— Mets-en ! C'est ça qui m'a *fuckée.*

Je mettrais plus un cent piastres sur ta consommation de drogue au secondaire…

— Qu'est-ce qui t'a *fuckée* ?

— Voir autant de nouvelles cultures en aussi peu de temps. Je me sentais déboussolée. J'avais l'impression d'être prisonnière de mon monde.

Une autre mise en garde contre les effets néfastes de la drogue…

— Pourtant, je voyage depuis que je suis jeune. Ça m'en prend beaucoup pour me déstabiliser. Mon premier voyage, seule avec mon sac à dos, j'avais treize ans. J'ai pris l'autobus à partir de Montréal pour me rendre à Chicago rejoindre une amie que j'avais connue sur mIRC[12]. Je m'étais perdue dans un quartier peu fréquentable près du terminus. Pis je n'ai même pas paniqué !

Partir seule avec son sac à dos à treize ans, on appelle ça une fugue !

— T'as eu le droit de traverser les douanes sans adulte à cet âge-là ?

— Ben, ma mère m'avait signé un papier.

Ahhh… Une autre explication. En plus du facteur drogue, il y a le facteur parental. Me semble que ma mère m'aurait signé un papier à treize ans pour que j'aille rejoindre une inconnue à Chicago ! Il y en a qui sont moins stressés que d'autres, il faut croire…

— Et pour quelle raison t'es revenue dans la civilisation ?

---

12. Logiciel de *chat* populaire dans les années 1990. Pour les plus jeunes lectrices, c'est un peu comme l'ancêtre de Facebook.

— J'étais en train de virer folle dans le fond du bois, perdue dans la nature ! Pas trop évident non plus de faire des rencontres par là-bas. À moins d'avoir envie de se pogner un orignal ! a-t-elle répondu avec un rire hystérique. Mais ce n'est pas aussi facile que je le pensais, revenir en ville. C'est un monde de fous ! Je ne sais pas ce que je veux. Quand je suis dans la nature, je veux revenir en ville, et quand je suis en ville, je capote.

Il y en a des plus mêlées que moi… Ça me rassure !

— Essaye de te trouver un emploi à Tremblant. Tu seras dans la nature… Mais à la quantité de touristes qu'il y a là-bas, tu vas avoir l'impression d'être à Montréal !

— Bonne idée ! Je n'avais pas pensé à ça. Tu sais, ma belle, je crois que nous apprenons beaucoup à l'aide des gens qui croisent notre chemin…

Elle s'en va où, avec ça ? Est-ce qu'elle lit dans mon regard que je la trouve fucking weird *?*

— Chacune de nos paroles, de nos discussions, même les plus anodines, veulent dire quelque chose. Chaque moment, chaque instant sont importants ! On n'échappe pas à notre destinée. Ce moment qu'on vit présentement…

Justement, je me demande POURQUOI je suis en train de vivre ça !

THANK GOD ! La jumelle cosmique de Mélanie l'a coupée dans son élan de philosophie en nous apportant nos assiettes. J'avais un seul objectif en tête : finir mon entrée le plus rapidement possible pour aller rejoindre Isabelle au bar et noyer mon désarroi avec des *shooters* de *sour puss.* (Ce sont des *shooters* de moumoune, je le sais ! Mais c'est la seule sorte d'alcool fort que je suis capable d'avaler sans avoir envie de vomir[13].)

En un temps record, j'ai englouti mon entrée de bruschetta et calé mon verre de sangria. La première

13. Depuis ma brosse à la tequila avec Karine la pompière.

période du match des Canadiens n'était même pas encore terminée que j'étais déjà prête à lever les feutres ! Pauvre Mélanie… Elle allait devoir se contenter de regarder le reste de la partie seule sur sa banquette pour dix… À moins qu'elle partage ce moment si précieux avec ses amies imaginaires !

***

Dès que la sirène qui marquait la fin de la première période a retenti, j'ai demandé l'addition à notre serveuse.

— Je m'excuse, Mélanie, mais je dois m'en aller. J'ai une grosse semaine d'examens qui s'en vient. J'ai du pain sur la planche ! J'ai été ravie de faire ta connaissance…

— Ah… Dommage ! T'es certaine que tu n'as pas envie de prendre un dessert avec un café avant de partir ? La caféine va t'aider à être productive…

— Non, merci. Je suis Speedy Gonzales au naturel. Si je prends un café à cette heure-là, je ne fermerai pas l'œil de la nuit ! Demain je vais le regretter…

Quand je me suis levée pour enfiler mon manteau, elle s'est dirigée vers moi pour me donner… deux becs au milieu de la foule du restaurant ! *Nooooonnn !* Ça n'en prenait pas plus pour réactiver mon état de paranoïa. J'avais l'impression que tout le monde nous regardait et se disait : « Ces deux-là, elles sont en couple. C'est clair ! »

Pourquoi m'en fais-je autant avec ça ? Même si c'est le cas, ils ne vont pas nous lapider au beau milieu du boulevard Saint-Martin ! Je n'ai jamais été le genre de personne à agir en fonction de ce que les autres pensent. Alors pourquoi ai-je peur que les gens découvrent que j'ai une attirance envers les filles ? Et si je suis lesbienne, est-ce que je mentirai pour éviter que les autres portent un jugement sur moi ? Non… Je ne crois pas. En fait, ce n'est pas ce que les autres pensent qui m'ef-

fraie. Cette réalité à elle seule me fait peur à moi. Juste à moi…

Je lui ai souhaité une bonne fin de soirée avant de me précipiter vers la sortie. Alors que je filais vers le Red, mille et une questions me traversaient l'esprit. Quel moment bizarre je venais de vivre ! *Ça m'apprendra à accepter une invitation sans avoir échangé davantage avec la fille en question.* Que je sois lesbienne ou pas, la seule chose qui était claire, c'est que je n'étais pas attirée par Mélanie. Voilà au moins une question à laquelle je pouvais répondre…

21

Mon hamster d-d-d-danse dans ma tête !

C'était déjà la dernière journée de congé avant le retour en classe. Même si je m'étais couchée au petit matin, je me sentais d'attaque pour une journée complète d'étude à la bibliothèque municipale. J'avais intérêt à me dépêcher pendant que la motivation était au rendez-vous.

Une fois sur place, j'ai pensé aux événements de la veille. Je me revoyais quitter le restaurant comme une sauvage sous le regard rempli de questions de Mélanie…

Pendant la séance de cardio matinale de mon petit hamster, un sentiment de culpabilité m'a envahie. Je m'en voulais d'avoir agi de cette façon. Pour me libérer, j'ai décidé d'envoyer un message à Mélanie pour lui dire qu'elle semblait être une très bonne personne, mais que je ne me sentais pas prête à fréquenter une fille. De cette façon, c'est moi qui aurais l'air d'une bipolaire !

Même si, entre vous et moi, c'était probablement elle, la timbrée… L'hypocondriaque qui sommeille en moi avait maintenant peur de se mettre à éprouver des troubles de santé mentale.

Come on, *Max!* Focusse *sur autre chose!*

Ce matin-là, j'ai cru bon de ne pas commencer ma lecture par les chapitres de mon cours « Criminels et troubles mentaux ». Ce n'était pas le temps de m'autodiagnostiquer vingt-cinq millions de maladies mentales ou troubles de personnalité. Après mon premier cours de psycho à l'université, Isabelle avait passé trois heures au téléphone avec moi pour me convaincre que j'étais saine d'esprit. Bon, j'exagère un peu, mais à peine…

Lorsque je me suis connectée à ma page du site de rencontres, j'avais trois nouveaux messages dans ma boîte de réception, dont deux en provenance de Mélanie (!). Tous écrits dans la soirée de samedi…

Premier courriel:

> Bonsoir Maxime (*j'avais arrêté d'utiliser mon autre identité, Valérie, ça devenait trop mélangeant*), je veux prendre quelques instants pour te dire que j'ai beaucoup apprécié notre soirée! La chimie entre nous était palpable et j'espère avoir la chance de te revoir bientôt. Tu as une grosse semaine d'examens devant toi. Mais que dirais-tu si on allait déjeuner ensemble demain? Je connais un endroit dans le Vieux-Terrebonne très sympa, tout près de chez toi. J'attends impatiemment de tes nouvelles!
> Tourlou, Mélanie xxx

What the fuck? Elle était où hier, elle, coudonc? J'étais persuadée que tous les clients du resto avaient pu sentir le malaise qui régnait à notre table. Impossible qu'elle ne se soit rendu compte de rien.

Deuxième courriel :

> Coucou, c'est encore moi ! ☺
> Je ne me souviens plus si je t'avais laissé mon numéro de téléphone. Le voici : 514-555-5555. De mon côté, je te confirme que je n'ai pas le tien…
> J'attends de tes nouvelles ! J'ai déjà hâte à demain…
> Love, Mélanie xxx

Noooonnnn ! Elle était folle ou quoi ? Intense, son affaire… C'est tout juste si je ne m'étais pas *pitchée* en bas des marches tellement j'avais hâte de m'en aller ! Comment pouvait-elle être convaincue que j'irais déjeuner avec elle le dimanche matin ? C'était ça, sa définition d'une *date* réussie ? Par chance qu'elle n'avait pas mon numéro de téléphone. Un *feeling* me disait que ma boîte vocale serait déjà remplie…

Après la lecture de son dernier courriel, j'ai décidé de ne pas lui donner de nouvelles. Elle allait comprendre le message. Réaction pas très mature de ma part, je l'admets, mais j'avais l'impression qu'elle n'aurait pas lâché le morceau facilement, celle-là.

Troisième courriel :

Thank God ! Il ne provenait pas de Mélanie…

> Salut !
> Désolée de ne pas avoir répondu plus tôt à ton message, mais j'étais en stage à Donnacona la semaine dernière. J'aimerais en apprendre davantage sur toi. Mais avant tout, j'aimerais savoir si c'est possible que tu m'envoies quelques photos. Tu vas me trouver directe, mais j'ai un horaire très chargé et je ne veux pas perdre mon temps. Il y a tellement de filles qui se croient « féminines » sur ce site et qui ne le sont pas du tout… Je veux être certaine qu'il y a une attirance avant d'échanger davantage. Si tu m'intéresses, tu recevras des photos de moi.
> Zoé

Elle ne niaisait pas avec le *puck*, comme dirait mon Ron[14]. En même temps, je comprenais son raisonnement. On m'avait déjà fait le coup deux fois. J'ai répondu à son message en lui envoyant deux photos de moi…

Advienne que pourra !

***

En ce lundi matin du mois de mars, nous avions droit à une belle journée de pluie verglaçante. Quoi de mieux pour aider la cause de notre cher réseau routier montréalais ? Résultat : je suis arrivée à mon premier cours en retard de plus de quarante-cinq minutes, et ce, même si j'étais partie de la maison une heure en avance ! J'avais attendu à la pause avant de faire mon entrée en classe. Mon professeur de psychocriminologie n'aimait pas être interrompu pendant son monologue sur le schéma de pensée des criminels.

Il manquait plusieurs étudiantes à l'appel ce matin-là, même si une grande majorité d'entre elles demeuraient sur le campus. Pathétique ! Elles profitaient des caprices de la météo pour ne pas se présenter en classe. Pendant que moi je me tapais trois heures de route dans des conditions périlleuses pour y être…

J'étais arrivée juste à temps pour la séance de vidéos. Ma partie préférée ! À tous les cours, nous visionnions trois entrevues réalisées avec des criminels emprisonnés à l'Institut Pinel (la plupart pour des crimes sexuels). Notre mission était d'interpréter et d'analyser en profondeur le contenu de l'entrevue afin d'être en mesure d'établir un diagnostic sur l'individu selon les diverses typologies de personnalités criminelles.

14. Pour les non-initiées, Ron Fournier est le populaire animateur de l'émission de radio *Bonsoir les sportifs* et un ancien arbitre de la LNH.

Ce matin-là, la séance ne s'était pas déroulée comme d'habitude. Pendant que je prenais des notes, une fille assise quelques bancs plus loin me dévisageait… J'ai essayé de regarder dans sa direction d'une manière certainement plus subtile que la sienne, mais je ne la reconnaissais pas. Ce n'était pas une étudiante du programme.

C'est qui, elle ? Et pourquoi me dévisage-t-elle de la sorte ? Est-ce que je suis allée au cégep avec elle ? C'est gênant quand ça arrive… Est-ce que c'est bien moi qu'elle regarde ? J'ai pogné la pluie. Je sais que j'ai l'air d'avoir un afro sur la tête ! Mais quand même… C'est bon, tu peux regarder ailleurs. Allez, Max ! Concentre-toi sur l'entrevue de ce chic type. Sans farce, il a l'air de tout sauf d'un criminel.

Le cours tirait déjà à sa fin. *Ça passe vite quand t'en manques la moitié !* Je suis restée assise avec les notes d'une amie pour rattraper la matière du début.

J'avais la tête penchée sur mon cahier quand j'ai senti une présence dans la rangée devant moi. J'ai relevé la tête. L'ombrage sur ma feuille m'empêchait de lire les notes. Devant moi se trouvait la fille qui m'avait dévisagée tout au long de la vidéo.

— Salut, Maxime ! m'a-t-elle dit.

Ahhh merde ! Elle connaît mon nom et je ne la replace toujours pas.

— Salut ! lui ai-je répondu avec un ton confiant, question de camoufler mon incertitude.

Elle restait debout devant moi en me regardant d'un air amusé. Elle a repris du tac au tac :

— Tu n'as aucune idée de qui je suis… Est-ce que je me trompe ?

— Ben… J'ai un peu de difficulté à te replacer… Est-ce qu'on a eu des cours ensemble au cégep ?

— Non, pas du tout ! Je termine mon DEC cette année. J'accompagne une amie aujourd'hui pour avoir une idée de comment ça se passe dans le programme de criminologie.

— C'est une bonne idée ! Tu comptes faire ton inscription dans ce programme ?

— Je suis déjà acceptée. Je fais mon entrée l'automne prochain… Je m'appelle Zoé !

Z-O-É ! La fille de Réseau Contact…

— Ça va, Maxime ? On dirait que tu viens de voir un fantôme.

— Oui, oui… Ça va. Je ne m'attendais pas à te croiser dans mon cours ce matin.

— À voir l'air que t'as, j'imagine que tu n'as pas encore vu le courriel que je t'ai envoyé hier soir, m'a-t-elle dit en riant.

C'est vrai ! Je lui ai fait parvenir des photos de moi hier. Je ne lui ai pas dit que j'étudiais en criminologie, par contre… Elle doit être surprise de tomber sur moi aujourd'hui… Ça va m'apprendre d'envoyer des photos à n'importe qui !

— Pas trop déçue, j'espère ? En ce qui me concerne, je ne le suis pas du tout !

J'étais sans mots ! Elle avait osé me lancer ce commentaire dans la salle de cours… Devant les autres étudiantes de mon programme en plus ! Évidemment, aucune de mes compagnes de crimino n'était au courant de mon penchant pour les filles. Et encore moins des démarches que j'avais entreprises sur Internet…

À première vue, elle était plus féminine que les deux autres que j'avais rencontrées. Mais il n'y avait pas d'étincelles dans l'air pour autant. Elle avait beau s'habiller comme une fille et avoir les cheveux longs, je trouvais son attitude et son approche très masculines (*turn off* total). Je consacrais toutes mes énergies à demeurer zen pour ne pas devenir rouge bourgogne. J'ai enfin réussi à sortir un son de ma bouche :

— Qui accompagnes-tu aujourd'hui ?

Changement de sujet pas très subtil de ma part. J'espérais qu'elle saisirait le message. Ce n'était pas le moment ni le lieu idéal pour entretenir ce genre de discussion.

— Geneviève. Une amie de longue date.

Elle avait bien dit Geneviève !? Ce n'était pas ma grande amie, mais une bonne connaissance... Je souhaitais de tout mon cœur qu'elle ne lui avait rien dit à mon sujet.

— J'ai été ravie de te rencontrer, Maxime ! Je dois y aller. Gen m'attend à la coop.

— Ravie (*pour ne pas dire traumatisée*) de t'avoir rencontrée également. On va se croiser cet après-midi en justice criminelle ?

— Non... Je l'accompagnais seulement pour la matinée. Je travaille au centre jeunesse cet après-midi.

Fiouuuuuu... Je vais pouvoir aller à mon cours. J'étais déjà en train de considérer l'option de le manquer si elle allait y être.

— Zoé ! Avant que tu partes, j'ai une question pour toi... Est-ce que, à tout hasard, tu as dit à Geneviève qu'on se connaît ? Et d'où on se connaît ?

Elle m'a regardée droit dans les yeux, avant de me lancer sur une voix beaucoup plus douce que le ton qu'elle avait emprunté pour m'aborder au départ :

— Ne t'inquiète pas, Maxime, *your secret is safe with me*... Ça se sent à des milles à la ronde que tu n'es pas une lesbienne affirmée. Du moins, si tu es vraiment lesbienne... J'ai un bon pif pour ça en général. En tout cas, si ça te dit d'aller prendre un verre pour jaser, fais-moi signe. Tu n'as pas à avoir peur, tu n'es pas mon genre de fille de toute façon. T'es jolie, mais trop féminine à mon goût... Et j'ai déjà trop donné aux filles en phase d'acception. Ma contribution est faite. Je passe mon tour !

— Je te remercie, Zoé. Je dois avouer que j'ai été surprise de tomber sur toi... Mais d'une bonne façon. J'apprécie ton honnêteté. Et t'as visé droit dans le mille. Je n'ai aucune idée de ce que je veux ou de ce que je recherche exactement... J'irais volontiers boire un verre avec toi à un moment donné.

L'impression que j'avais eue de Zoé à la lecture de son courriel était la bonne. C'était une fille très directe – à la limite, trop pour moi –, mais j'étais sincère quand je lui ai dit que j'irais prendre un verre avec elle… Même si ce n'était pas mon genre de fille non plus, j'avais envie de la revoir. Peut-être le fait de savoir qu'elle n'attendait rien de moi aidait-il un peu ?

— *Good !* Et surtout, ne t'en fais pas. Quand ce sera le bon moment et la bonne personne, tu vas le savoir, un point c'est tout… Tu vas cesser de te chercher et de te poser des questions. Crois-moi, on passe toutes par là.

— Merci pour le conseil…

— À bientôt, Maxime ! N'hésite pas à m'appeler si tu as besoin de jaser.

Elle a pris mon crayon et a inscrit son numéro dans mon cahier de notes.

— À la prochaine !

Dans le temps de le dire, elle gravissait les marches vers la sortie. La classe s'était vidée pendant qu'on discutait. Ça me faisait du bien de me retrouver seule dans cet immense auditorium dans le silence total. Ça m'a amenée à réfléchir…

Dans la vie, rien n'arrive pour rien… Je suis persuadée que cette Zoé a croisé mon chemin pour une raison. Laquelle ? Je n'en sais rien encore… Mais une chose est certaine, un jour ou l'autre, je vais comprendre…

22

Roum-dum-dum-wa-la-dou, c'est le printemps !

L'arrivée du printemps rime avec les vacances. Je comptais en profiter au maximum, même si je n'avais pas de grands projets en vue pour l'été à venir. Je venais d'apprendre une excellente nouvelle… Isabelle était de retour sur le marché des joueurs autonomes ! Son histoire avec son homme marié était chose du passé… Elle avait aussi tiré sa révérence au Red (conséquence de sortir avec son boss) pour se tourner vers la vie nocturne urbaine de Montréal. Elle s'était déniché un emploi au Syndrome, un bar rock alternatif du boulevard Saint-Laurent. L'été s'annonçait *hot* ! Mais avant de songer à faire la fête, je devais survivre à mes examens finaux.

Au cours des prochains jours, j'avais cinq évaluations à effectuer. Pourquoi une session à temps plein en criminologie doit-elle absolument contenir cinq cours ? Mon cerveau finissait toujours par en choisir un au hasard où j'étais incapable d'assimiler la matière.

Cette session-là, il avait opté pour la justice criminelle. Pourtant, j'avais de grandes attentes relativement à ce cours au début de la session. J'allais enfin apprendre les astuces pour jeter les méchants criminels en prison ! Mais le professeur titulaire avait vite pété ma bulle... C'était un juge à la retraite qui avait choisi l'enseignement pour meubler ses temps libres.

Il demeurait assis sur sa chaise devant l'auditorium. Il lisait, ligne par ligne, mot par mot, des cas de jurisprudence, sans donner aucune explication. Il n'était pas à l'aise devant une classe et ça se sentait. Être un bon juge n'est pas gage de succès en pédagogie ! Ce que j'ai retenu de ce cours : pas grand-chose ! À part savoir comment chercher de l'information dans un recueil de jurisprudence. J'en ai appris davantage quelques années plus tard en écoutant *Toute la vérité* à TVA, pour vous donner une idée !

J'étais contente que le beau temps soit au rendez-vous en avril cette année-là. Pour bien assimiler la matière, je récitais mes notes de cours à voix haute en marchant à l'extérieur, autour de ma piscine. Au grand plaisir de Noukie, qui courait derrière moi. J'admets que ma technique d'étude n'était pas très orthodoxe. Je soupçonnais mes nouveaux voisins de penser que j'étais schizophrène...

Côté amour, c'était le *statu quo*. Toujours aussi mêlée... Je n'avais pas donné de nouvelles à Mélanie, alias porc-épic albinos. Elle non plus, d'ailleurs. Il faut croire que mon silence avait été efficace.

J'étais allée prendre un verre avec Zoé, la future étudiante en criminologie. Ma première impression était la bonne. Ce n'était pas du tout mon genre de fille. J'avais passé une agréable soirée en sa compagnie et nous nous entendions à merveille. Mais elle était beaucoup trop vulgaire à mon goût. Elle évoquait sans gêne ses multiples aventures. À l'entendre parler, j'avais l'impression qu'elle avait *daté* la moitié des filles sur Réseau Contact. Un véritable Casanova emprisonné dans le corps d'une femme ! Elle avait couché avec autant de filles que j'avais *frenché* de gars ! En revanche, ça m'avait fait du bien de passer une soirée avec une lesbienne qui s'assumait depuis plusieurs années et qui n'avait aucune attente envers moi. Ça m'avait permis de dédramatiser beaucoup de choses…

Ces dernières semaines, j'avais discuté tous les jours (ou presque) avec Florence, la fille de chez Telus. (Oui, oui, celle de la Rive-Sud.) Elle avait une voix sensuelle au téléphone. Impossible qu'elle ait un look masculin avec une voix comme celle-là. Nous avions également échangé quelques photos sur le Net. Elle était très jolie, mais je préférais ne pas me faire trop d'illusions avant de l'avoir rencontrée en personne.

J'étais très occupée avec ma fin de session. Nous avions convenu de patienter à la fin de ma période d'examens avant de planifier notre première rencontre. (Sage décision de ma part, même si la patience n'est pas l'une de mes principales vertus !)

***

Au cours des derniers jours, j'avais appris une nouvelle importante… Carrie et Philippe allaient emménager ensemble au mois de juillet ! Emménager, comme dans VIVRE ENSEMBLE ! Partager un lieu commun de résidence. Dormir dans le même lit tous les soirs… (Je pourrais continuer d'énumérer les choses qu'ils feraient dorénavant ensemble. Mais ça risque d'être long et ennuyeux.) J'ai agi comme si cette nouvelle me réjouissait. J'ai même offert de leur donner un coup de pouce avec leur déménagement.

Même si j'étais passée à autre chose depuis un bon moment, j'ai eu un pincement au cœur lorsque

Carrie m'a fait cette annonce. Je devais me rendre à l'évidence : Philippe la rendait heureuse et ça paraissait. C'était l'essentiel…

***

J'avais officiellement survécu à ma première année universitaire. J'en étais fière. J'avais fait de nombreux sacrifices pour y arriver. Pour célébrer cet accomplissement, Florence m'avait invitée à venir la rejoindre sur la Rive-Sud. Ça faisait plusieurs semaines qu'on discutait au téléphone. J'ai accepté sa proposition volontiers !

Je l'attendais dans le stationnement des Promenades Saint-Bruno. Vers 21 heures, j'ai reçu un message texte :

Désolée pour le retard ! Je suis seule pour fermer le magasin… Je te rejoins le plus vite possible à la porte B du Simons ! Flo xxx

Pas de trouble ! Je suis là. À +

À peine quelques minutes plus tard, j'ai aperçu une grande brune se diriger vers ma voiture. C'était Florence ! Cinq minutes avant, tout allait comme sur des roulettes. Et là, mon cœur battait à tout rompre… C'est fou à quel point l'anxiété peut prendre le dessus en un rien de temps. J'ai ouvert ma vitre du côté passager pendant qu'elle s'approchait de la voiture. Elle m'a lancé sur un ton enjoué avec un grand sourire :

— Salut, Maxime ! Je suis enchantée d'ENFIN faire ta connaissance.

— Enchantée, Florence ! Merci d'avoir été patiente… Le dernier mois n'a pas été de tout repos.

— Es-tu prête pour ta soirée mystère?

— Soirée mystère? Ça dépend de ce que t'entends par là...

— Ne t'inquiète pas... Fais-moi confiance!

— OK! Je te suis...

J'ai plus ou moins le choix.

Après avoir suivi ses indications, on s'est retrouvées dans un autre stationnement. La noirceur était totale. Je n'avais aucune idée de l'endroit où nous étions. Pendant une fraction de seconde, j'ai paniqué...

C'est l'emplacement idéal pour commettre le crime parfait! Pourquoi ai-je choisi la criminologie? Depuis que j'ai commencé à étudier dans ce programme, j'hallucine des criminels partout! Come on, *Max, Florence est loin d'avoir le* look *d'une criminelle chevronnée...*

— Tes yeux parlent beaucoup, ma chère Maxime! T'es en train de te demander ce qu'on fait ici, pas vrai?

— Euh... non, non. Tout va bien... Il fait très noir et je ne vois pas grand-chose. C'est tout...

Au même moment, Florence a sorti une lampe de poche. Elle m'a regardée en souriant:

— Allez! Suis-moi. Tu ne le regretteras pas!

Et elle a mis un sac à dos sur ses épaules.

Qu'est-ce qu'on s'en va faire dans le bois? Les scouts, ce n'est pas mon fort! Ça ne lui aurait pas tenté de m'inviter à prendre un verre sur une terrasse à la place?

***

Lorsque nous nous sommes arrêtées, il faisait toujours très noir. On pouvait entendre le bruit de l'eau à proximité. J'ai levé la tête. C'était magnifique. Le ciel était rempli d'étoiles. Pendant ce temps, Florence installait une grande couverture sur le sol. De son sac à dos, elle a sorti une bouteille de vin rouge (*mmm, du bon* vino tinto), des raisins, du fromage, une baguette de pain, des verres à pied en plastique et une autre couverture. Puis elle a allumé quelques lampes de poche autour de nous.

C'est la première fois que je vois ça... Une date *à la* flashlight*!*

Elle s'est tournée vers moi et m'a dit à voix basse:

— Allez! Viens t'installer. Je te présente mon petit coin de paradis... Le quai devant nous appartient à mon oncle. Il donne directement sur le Richelieu. Que dirais-tu de célébrer la fin de ta première année universitaire avec une bonne bouteille de vin rouge?

— Oh que oui! C'est une excellente idée! T'es chanceuse d'avoir accès à un endroit comme celui-là aussi près de chez toi.

Pour la première fois, je me sentais à l'aise en compagnie d'une fille qui aimait les filles dans le cadre d'une *date*... Nous avions plusieurs points en commun. C'était facile de discuter avec elle. Si je l'avais croisée dans la rue, jamais je ne me serais doutée qu'elle était lesbienne. Et son histoire ressemblait drôlement à la mienne...

— Ma première expérience avec une fille, c'était avec ma meilleure amie d'enfance... Durant notre adolescence, on était inséparables. Notre amitié était à la limite fusionnelle! (*Je connais ça...*) À mes dix-huit ans, j'ai pris conscience de l'attirance que j'avais envers elle. Ou plutôt c'est à ce moment-là que j'ai accepté de le reconnaître. Quelque part au fond de moi, j'ai toujours su que je ressentais quelque chose de spécial pour elle. Mais je n'étais pas prête à y faire face. Je continuais de fréquenter des gars, mais mes relations ne duraient jamais plus de trois mois!

J'ai éclaté de rire.

— Tu parles ici à une *frencheuse* de carrière. Mes relations avec les gars ne vont jamais plus loin qu'un *french* sur une piste de danse! Je suis encore à la recherche DU GARS qui me fera sentir des papillons.

— Et laisse-moi deviner… La seule fois où tu as ressenti ces fameux papillons, c'était le jour où t'as embrassé une fille?

— En plein dans le mille! Mais je ne sais pas trop… C'était peut-être aussi un concours de circonstances…

— Je te comprends. C'est normal de se questionner. Mais fie-toi à moi, le jour où tu vas être prête à l'accepter, tu vas te sentir libérée. À cette époque, ma mère était découragée. Elle disait que j'étais comme mon père: instable! Il était et sera toujours un coureur de jupons. Pas moi… Le jour où j'ai été en relation avec une fille pour la première fois, ç'a duré un an. Et c'est elle qui m'a laissée. Pour retourner avec son ex, un gars…

— Je suis désolée… Ça n'a pas dû être facile.

— Peu importent les circonstances, une séparation, c'est une séparation. Ce n'est jamais évident. Mais c'est grâce à cette fille que j'ai réalisé et surtout que j'ai accepté que je suis lesbienne. Dans la vie, rien n'arrive pour rien…

— C'est mon expression favorite! J'ai besoin de trouver un sens à tout. J'ai peut-être même tendance à faire des liens où il n'y en a pas… Étais-tu attirée par d'autres filles ou seulement par ta meilleure amie?

— La première fois où j'ai eu conscience de mon attirance envers les filles, c'était à l'âge de seize ans… Quand j'ai vu le film *Pari cruel*[15] au cinéma.

— C'était un de mes films préférés au secondaire!

— Moi aussi! C'était la première fois que je voyais deux filles s'embrasser et ç'a m'avait allumée.

— Moi aussi j'avais aimé cette scène. Mais en même temps, j'étais pâmée sur le beau Ryan Phillippe!

Au fur et à mesure que la soirée avançait, la bouteille de vin se vidait. Il y avait de l'électricité

15. Film dans lequel le personnage joué par l'actrice Sarah Michelle Gellar donne une leçon de *frenchage* 101 au personnage joué par Selma Blair.

dans l'air. Le contexte y était favorable. Le bord de l'eau, le ciel étoilé. Formule gagnante pour mener à des rapprochements...

La température commençait à chuter. Nous étions au mois d'avril, pas en plein milieu de juillet. Elle m'a invitée à regarder un film chez elle pour terminer la soirée. J'ai accepté sans hésiter. Merci au *vino tinto* pour cet élan de spontanéité !

***

À notre arrivée chez elle, Florence et moi étions incapables de nous lâcher du regard. Les effets de ma consommation d'alcool se faisaient toujours sentir. Ma gêne était en train de prendre le bord. On s'est allongées dans son lit pour regarder un film.

À peine quelques instants plus tard, elle s'est approchée si près de moi que je pouvais sentir sa respiration dans mon cou. Sa main a frôlé la mienne. Sa tentative de rapprochement ne passait pas inaperçue. Mais j'hésitais à me laisser aller. Détrompez-vous, je la trouvais attirante. J'avais seulement peur de franchir cette étape.

Puis Florence a eu plus de *guts* que moi et a fait une Sarah Michelle Gellar d'elle-même. Elle m'a embrassée doucement. Elle avait de belles lèvres pulpeuses. Cette séance de *frenchage* avec cette jolie demoiselle était tout sauf déplaisant.

À la fin du film, elle m'a offert de dormir chez elle, car il était rendu 2 heures du matin. J'ai préféré rentrer chez moi. Ce que je venais de vivre était une expérience agréable, mais particulièrement déroutante. J'avais besoin de prendre du recul et me retrouver seule pour réfléchir à ce qui venait de se passer... Ça tombait bien, j'avais une longue route à faire.

***

Dans moins d'une semaine, ce serait mon anniversaire ! Mais j'avais le *feeling* que j'allais être fêtée avant le jour J… Carrie m'avait annoncé, un mois à l'avance (alors qu'elle est la reine de la dernière minute), qu'elle voulait aller souper dans un restaurant de sushis qui venait juste d'ouvrir. J'avais accepté son invitation sans poser de questions. Elle allait être contente de réussir son coup. Et surtout, c'était gentil de sa part d'organiser une soirée pour souligner mon anniversaire. La seule grande absente serait Isabelle…

À cette époque, ce n'était pas l'amour fou entre Carrie et Isabelle. Pour résumer, disons que Carrie n'aimait pas que j'entretienne des amitiés avec d'autres filles. Des connaissances, ça allait, mais Isabelle faisait trop partie de mon quotidien pour que Carrie l'accepte. Vous pensez que je blague ? Pas du tout.

La première fois qu'elles se sont rencontrées, ç'a été un vrai fiasco ! C'était à mon retour d'Europe. Nous avions prévu une sortie au Fuzzy. Isabelle était venue souper chez moi et Carrie devait nous rejoindre en début de soirée.

Je discutais avec Isa dans la cuisine lorsque Carrie a fait son entrée. L'expression sur son visage voulait tout dire : elle était en furie qu'Isa soit chez moi avant elle !

À son arrivée, je suis allée dans ma chambre pour me préparer. Carrie et Isabelle sont restées seules dans la cuisine. Je me disais que c'était l'occasion idéale pour qu'elles fassent connaissance. Toutefois, j'avais très mal évalué la situation… À mon retour dans la cuisine, Isabelle était assise seule à la table, traumatisée par ce qu'elle venait de vivre.

Pendant mon absence, Isabelle avait tenté de faire la conversation. Sans succès. Carrie l'avait ignorée et n'avait pas répondu à ses questions. Sans prévenir, elle s'était levée de sa chaise et elle était sortie en s'assurant de claquer la porte bien fort derrière elle.

Avant de prendre la direction du Fuzzy, je suis allée chez Carrie pour tenter de comprendre ce qui s'était passé. J'ai voulu la convaincre de sortir avec nous, mais elle ne voulait rien entendre. Isabelle l'avait trouvée pas mal *weird*. Et avec raison.

Depuis cette soirée, je n'avais jamais réessayé d'organiser d'activités réunissant ces deux-là. Vous comprenez mieux pourquoi j'ai toujours cru qu'il y avait quelque chose de spécial entre Carrie et moi, hein ? Selon moi, une simple amie n'aurait pas réagi de la sorte.

Florence, la fille que j'avais embrassée, ne serait pas de la partie non plus. D'abord, les gens de mon entourage ne connaissaient pas son existence, et surtout, les choses ne se déroulaient pas comme je l'aurais souhaité avec elle…

C'était une jolie fille dotée de belles qualités. Mais j'avais un blocage avec elle. Je ne savais pas pourquoi… Nous nous étions revues à quelques reprises depuis notre première rencontre. Mais il n'y avait pas eu d'autres rapprochements. Et ce n'était pas faute d'occasions qui se présentent. Je n'en avais pas envie. C'est tout. J'ai été honnête avec elle. Je lui ai dit que je voulais prendre mon temps. C'était nouveau pour moi et je ne savais pas comment gérer la situation.

J'avais encore l'impression que les gens autour de moi nous observaient et se disaient : « Tiens, un couple de lesbiennes ! » lorsqu'on faisait des activités dans un lieu public. Pourtant, ni Florence ni moi n'avions le mot « lesbienne » inscrit sur le front.

Je continuais de lui parler tous les jours, mais je ne voulais pas qu'elle s'empêche de rencontrer d'autres filles. Je sentais que ça pouvait être long, mon affaire… Ça n'avait pas été facile d'avoir cette discussion avec elle. De son côté, elle m'avait avoué éprouver des sentiments pour moi. Elle était prête à faire preuve de patience pour me permettre de vivre les choses étape par étape. J'avais beaucoup de respect pour elle. Beaucoup trop pour jouer avec ses sentiments. J'avais de la difficulté à me comprendre moi-même. Je n'avais pas envie qu'elle soit la victime collatérale de mes tourments.

***

Il était près de 19 heures lorsque la voiture de Philippe s'est stationnée devant chez moi. Carrie avait proposé de venir me chercher pour aller au restaurant. Je suis montée dans l'auto en faisant comme si je ne me doutais de rien.

À mon grand étonnement, lorsque j'ai fait mon entrée dans le restaurant, la première personne que j'ai aperçue a été… Isabelle ! C'était toute une surprise ! Et une belle en plus. Quand je me suis approchée de la table, mes amis m'ont souhaité tous en chœur : « BONNE FÊTE, MAXIIIIIIIME ! » Je me suis tournée vers Carrie. Je l'ai serrée dans mes bras et je l'ai remerciée d'avoir organisé ce souper pour ma fête. Et surtout de ne pas avoir oublié d'inviter ma très bonne amie, Isabelle. C'est ce jour-là que l'amitié entre Carrie et Isabelle a pris naissance. Ce fut sans aucun doute mon plus beau cadeau de fête cette année-là !

23

One, two, one, two, testing : *Maxime appelle l'univers !*

Un an s'était écoulé depuis ce voyage qui avait changé ma vie. Le temps passait beaucoup trop vite ! Je me demandais où je serais rendue si je n'avais pas participé à cette aventure. Une chose est certaine, je n'aurais jamais fait la connaissance d'Isabelle, mais est-ce que Carrie serait en couple avec Phil ? Je ne sais pas. Si j'avais été là le fameux soir de leur rencontre, je doute qu'elle serait allée lui parler puisque, lorsque nous sortions ensemble dans les bars, elle et moi, nous étions dans notre bulle. Les gens autour de nous étaient des figurants. À l'exception des gars que je *frenchais*, bien évidemment !

De plus, est-ce que j'aurais eu cette illumination qui m'a fait réaliser que j'avais une attirance envers Carrie si je ne m'étais pas éloignée d'elle en partant un mois de l'autre côté de l'océan ? Peut-être pas... Bref, serions-nous là où nous en sommes si je n'étais pas partie ? Je ne le sais pas. Et je ne le saurai jamais...

Dans la vie, rien n'arrive pour rien! Il n'y a rien d'aléatoire. Les gens entrent et sortent de notre existence pour des raisons bien précises… Même si nous ne sommes pas en mesure d'en calculer la portée dans le moment présent, nous finissons toujours un jour ou l'autre par le comprendre… Et comme le sage Ted Mosby, personnage principal d'une de mes séries favorites, *How I Met Your Mother*, le dit: « L'univers a un plan pour chacun de nous. Et ce plan est toujours en action. Il se met en place par une multitude de détails, pour être certain qu'on se trouve à l'endroit où l'on doit être et au bon moment. » *The right place, at the right time…*

J'étais tannée de faire des recherches sur un site de rencontres afin d'essayer de trouver ce que je n'étais même pas certaine de vouloir. J'ai décidé sur un coup de tête d'ajouter une photo sur ma page de profil de Réseau Contact. Légèrement contradictoire, mon affaire…

J'ai dû passer au moins deux heures à trier des photos avant de trouver la bonne. Léger problème, j'étais photographiée avec un ex. J'ai rogné l'image à l'ordinateur pour le faire disparaître. On ne voyait plus qu'une partie de son bras sur mon épaule, mais ce n'était qu'un détail.

À force de chercher la perle rare, je ne la trouvais pas! J'ai décidé de faire une Ted Mosby de moi-même en laissant les choses aller et en faisant confiance au destin. Lorsque les étoiles seraient alignées, la bonne personne cognerait à ma porte. J'étais consciente que c'était idéaliste. Mais je n'avais rien à perdre… Finies les recherches, c'était à elle de me trouver!

***

Comme je m'apprêtais à verrouiller la porte de la maison, j'ai entendu mon voisin Vincent me lâcher un cri:

— Oublie pas ta crème solaire !

Mais de quoi j'me mêle ?

Je me suis contentée de le saluer en agitant la main.

Comme je montais dans ma voiture, mon cher voisin s'est immiscé à nouveau dans ma bulle en cognant cette fois dans la vitre, côté conducteur. J'ai baissé ma fenêtre en le fixant avec des yeux de « tu-vois-bien-que-tu-me-déranges ». Qu'il n'a pas dû remarquer d'ailleurs puisque mes verres fumés de style aviateur étaient trop foncés.

— J'embarque avec toi ? Ou tu veux te faire conduire ?

De quessé ?

— À voir ta réaction, j'imagine que tu n'es pas au courant que j'ai été invité à me joindre à vous aujourd'hui…

Effectivement…

Quand je dis que le monde est petit, j'exagère à peine. Imaginez-vous donc que mon voisin Vincent, pompier de profession, travaillait à la même caserne (et dans la même équipe) que Philippe, le copain de Carrie… Et ce n'était pas la première fois que je me faisais faire le coup « on-invite-Vincent-sans-te-le-dire » !

Mon voisin était beau bonhomme. Six pieds trois, bien bâti, il avait de beaux grands yeux verts et un sourire chaleureux. Ses cheveux blonds n'étaient jamais peignés de la même façon. C'était comme s'il se battait tous les matins avec sa bouteille de gel et n'en sortait jamais vainqueur… Je me dois d'admettre que ça lui donnait un charme.

Tout comme Phil, Vincent était loin du stéréotype du pompier aux gros bras, qui s'entraîne chaque semaine dans l'espoir de faire la une du calendrier annuel. Comme plusieurs d'entre eux, il avait un *side line*. (Je le comprends : à travailler treize jours par mois !) La plupart occupaient des emplois à temps partiel dans la construction ou s'adonnaient à « je-me-bâtis-une-maison-et-je-déménage-chaque-année ». Mais pas

Vincent. Durant ses temps libres, il était magicien ! Oui, oui. Vous avez bien lu. Le grand gaillard qui, treize jours par mois, mettait sa vie en danger pour sauver celle des autres sortait des lapins de son chapeau lors des journées pédagogiques dans les écoles des environs pour divertir les jeunes. Bref, il était le bon p'tit gars *next door* que toutes les mamans rêvaient d'avoir comme gendre.

Philippe n'arrêtait pas de me casser les oreilles en me disant que Vincent était le gars parfait pour moi. Je ne partageais pas son opinion. Je le voyais encore comme le p'tit crisse qui faisait disparaître mes jouets quand j'étais jeune. (Magicien un jour, magicien toujours !) Et avec les démarches que j'entreprenais sur Internet pour rencontrer des filles, je n'avais pas du tout la tête à me faire *matcher* avec un gars à ce moment-là !

— Embarqueeeeee ! lui ai-je répondu en remontant ma fenêtre.

***

Après avoir garé ma voiture dans le stationnement du parc national des Îles-de-Boucherville, je me suis dirigée avec mon passager vers notre point de rencontre, près de la cabane de location de kayaks.

Philippe est un gars de plein air. Un vrai de vrai ! Et pour Carrie, la pratique d'une activité physique se limite à se promener de boutique en boutique. Au-delà de ça, c'est hors de son champ de compétences. C'était moi qui l'avais convaincue de participer à cette journée de kayak en misant sur le fait qu'elle serait assise au soleil toute la journée et pourrait se faire un bon fond de bronzage pour l'été à venir.

À notre arrivée, Carrie et Phil y étaient déjà.

— Salut, les amoureux ! a lancé Vincent avec sa bonne humeur habituelle.

Philippe s'est approché de son ami pour lui serrer la main. Je me suis dirigée vers Carrie.

— Peux-tu croire qu'on est obligés de mettre ça ?

Elle parlait de la veste de flottaison qu'elle portait, deux fois trop grande pour elle et jaune fluo.

— À moins que ça te tente de te noyer dans les eaux du Saint-Laurent si ton kayak chavire, je te suggère de la garder !

— On va bronzer comme des habitantes !

— T'as juste à te mettre de la crème. Pis le soleil n'est pas si fort que ça à cette période de l'année.

Rectification : le soleil à la fin du mois de mai n'est pas à négliger. Et il allait bientôt me faire ravaler mes paroles...

***

Vogue, vogue, petit bateau...

Carrie a brisé le silence avec sa voix « mélodieuse » :

— Ça fait une heure qu'on fait du surplace !

— Ben non, mon amour... Je t'assure qu'on avance, a répondu Phil, en lançant un regard tendre à sa blonde.

Ce qui devait inévitablement arriver arriva. Carrie a pété les plombs...

— Arrête de me prendre pour une cruche, PHILIPPE LECLERC ! Ça fait plus d'une heure qu'on pagaye contre le courant pis qu'on est toujours aussi loin de l'estiiiiiie de phare !

Pour permettre à sa douce (qui a zéro patience dans la vie en général) de garder le fil de notre trajectoire, il lui avait donné le phare comme point de référence de la moitié du trajet qu'on avait à parcourir.

En jetant un coup d'œil à l'horizon, j'ai constaté que mon amie n'avait pas tort. On était toujours aussi loin de « l'estie » de phare ! Cette escapade en kayak ne se déroulait pas comme je l'avais prévu. J'ai vite fait de réaliser que ce n'est pas parce que ça s'appelle les Îles-de-Boucherville qu'on peut s'arrêter où bon nous semble pour faire un pique-nique. Je devais plutôt pagayer pour ma survie dans les eaux mouvementées du Saint-Laurent… Sans pour autant perdre « la pagaie », je dois avouer que, moi aussi, j'étais de moins en moins zen.

Tout comme Carrie, je ne suis pas une professionnelle du kayak. Mon expérience se limitait à une sortie l'été précédent sur la rivière Rouge à La Conception. À cet endroit, il y avait des dizaines de plages sablonneuses où l'on pouvait s'arrêter à tout moment pour prendre une pause, profiter du soleil, se baigner… Et quand ça ne nous tentait plus de pagayer, on avait l'option de se laisser voguer doucement, emporté par le courant.

Le soleil plombait sur nos têtes. Il faisait une chaleur suffocante pour le mois de mai, mais il fallait oublier la solution de se lancer à l'eau pour se rafraîchir. C'était dangereux, et l'idée de me baigner dans les eaux nauséabondes du fleuve me levait le cœur… Mes pauvres petits bras n'en pouvaient plus de ramer contre le courant. Et comme je pensais que la situation ne pouvait pas être pire, un malencontreux incident s'est produit.

Pendant que je consacrais toutes mes énergies à garder mon équilibre dans l'embarcation, une bande de mouettes sont passées au-dessus de nos têtes. L'une d'entre elles a décidé de se soulager… sur moi ! Et devinez où j'ai reçu sa fiente. Dans les YEUX ! D-É-G-U-E-U-L-A-S-S-E !!

À partir de cet instant, je ne voyais plus clair. Et pas seulement parce que mes yeux étaient obstrués par de la merde de mouette. Mon cerveau s'est mis à faire des *free games*… L'hypocondriaque en moi avait beaucoup de difficulté à garder son calme. Des oiseaux, les mouettes en particulier, sont des porteurs de microbes ambulants. Et je n'avais pas besoin d'un doctorat en médecine pour arriver à la conclusion que, les microbes, ça se propage par le sang, la salive et les EXCRÉMENTS ! En moins de dix secondes, je m'étais autodiagnostiquée une hépatite A-B-C-D-E-F-G, une grippe aviaire, le tétanos… Alouette ! Ou dans ce cas-ci : à la MOUETTE !

Je capotais ! J'étais prise dans cette foutue embarcation, bien loin de la rive ou d'une douche ! Je me suis versé trois bouteilles complètes d'eau dans les yeux (ma réserve d'hydratation pour la journée). Mais ce n'était pas assez. Je voulais rentrer chez moi !

Pour me rassurer, Vincent, qui avait son cellulaire dans un Ziploc à bord de son kayak, a téléphoné à Info-Santé afin de savoir quelles étaient les précautions à prendre après cet incident. La gentille infirmière à l'autre bout du fil – qui devait être morte de rire – ne savait pas trop quoi lui dire à part, au besoin, d'aller consulter un V-É-T-É-R-I-N-A-I-R-E !

***

Sur le chemin du retour (parce que, oui, on a tous survécu à cette journée), j'ai pris place sur le siège du côté passager. Vincent était aux commandes.

— On a vraiment passé une belle journée ! a-t-il dit en empruntant la voie menant au tunnel Louis-H.

Quoi ? Ai-je bien entendu ? Je l'ai regardé avec des yeux de « tu-me-*fuckin'*-niaises ? »…

— Qu'est-ce que tu penserais d'aller prendre une bouchée sur une terrasse à Montréal avant de rentrer à Terrebonne ?

— M'as-tu vu la face ?

Quand je prends du soleil (raisonnablement), j'ai tendance à rougir pour après brunir. Mais cette fois-ci, j'étais bourgogne !

— T'es magnifique ! Comme toujours…

Sérieusement, je n'étais pas présentable. Je venais de suer ma vie, mes cheveux, tout ébouriffés, étaient remontés en couette, je puais, et j'avais probablement encore des résidus de caca de mouette dans la face… Je ne me sentais pas à mon meilleur pour aller déambuler dans les rues de Montréal et souper sur une terrasse. Tout ce dont je rêvais, c'était prendre une douche!

— Pas ce soir! Je suis tout croche. J'ai mal au cœur en plus.

— Ouin… T'es pas mal rouge. Tu fais peut-être une petite insolation…

Oh que non! Une insolation, j'en ai déjà fait une, et une bonne à part ça… Je ne veux plus jamais revivre ça!

C'était lors de mon voyage en Europe l'année précédente. On venait de terminer l'escale en Grèce. Isabelle et moi trouvions que nous n'avions pas assez pris de soleil. Nous ne voulions pas revenir au Québec à la fin du mois de juin blêmes comme des cadavres! Alors nous avons eu la « brillante idée », sur le traversier qui relie l'île de Mykonos à Athènes, de nous installer au dernier étage, sur un plancher MÉTALLIQUE, et de faire le bacon pendant quatre heures (soit, je tiens à le préciser, de 11 heures à 15 heures) en nous tournant aux quinze minutes!

Quand on a fait le *check-in* à notre hôtel au centre-ville d'Athènes, il y avait un groupe d'Asiatiques à la réception. Je vous jure, il y en a un qui a sorti son appareil pour nous prendre en photo! On n'était pas rouges… mais MAUVES! Je n'ai jamais aussi mal *feelé* de toute ma vie. Et avec le méchant coup de soleil qu'on a pris, on a eu le temps de voir notre beau bronzage peler avant de revenir au Québec, à nouveau blêmes comme des cadavres!

— Je t'avais dit de te mettre de la crème!

Bon, bon, bon. Le voilà encore qu'il se prend pour ma mère.

— On se reprendra une autre fois. J'te l'promets.

Il m'a fixée avec un drôle d'air, sans ajouter un mot.

— Qu'est-ce que t'as à me regarder comme ça?

— Rien…

Il avait beau me dire qu'il n'y avait rien. Je le voyais dans la façon qu'il avait de me fixer qu'il y avait tout… sauf rien…

24

Ô Canadaaaaa !

Puisque pour les Québécois le 1er juillet est synonyme de déménagement et non de « fête du Canada », j'ai tenu ma parole en donnant un coup de pouce à Carrie pour l'emménagement dans son nouvel appartement à Laval avec son beau Philippe.

Ce matin-là, *miss* Météo y allait de ses prévisions pour la journée : quatre-vingt-dix pour cent de probabilité d'averses ! Dame nature a tenu à souligner la fête de notre « plusse meilleur pays du monde[16] » en envoyant des records de précipitations sur l'ensemble des régions du Québec.

La pluie torrentielle qui déferlait sur la région de Laval rendait notre tâche plus difficile. Pour ajouter au plaisir, nous avions « la chance » d'avoir Carrie sur nos talons chaque fois que nous entrions dans l'appartement. Elle nous rappelait avec sa voix

---

16. Citation de M. Jean Chrétien, ancien premier ministre du Canada.

« douce » d'essuyer nos pieds sur le tapis d'entrée avant de déposer les boîtes dans le salon pour ne pas salir SON plancher… Ça paraissait que ce n'était pas elle qui se mouillait les fesses à l'extérieur et qui montait trois étages pour transporter ces boîtes-là ! Madame se contentait de gérer le déménagement de l'intérieur. Quoique… je pense que ça aurait été encore plus désagréable de l'entendre chialer en charriant des boîtes sous la pluie.

Ça me faisait drôle de savoir que Carrie ne demeurerait plus à côté de chez moi. Finie l'époque des marches nocturnes ! Lorsqu'on n'arrivait pas à s'endormir, on s'appelait et on allait jusqu'au parc pour jaser un peu. Depuis qu'elle sortait avec Philippe, je passais beaucoup moins de temps seule avec elle. Est-ce que j'étais en train de devenir aussi possessive qu'elle ? Non… C'était le temps pluvieux qui me rendait mélancolique. Elle a le dos large, la météo !

En arrivant à la maison, j'ai pris quelques minutes pour vérifier mes courriels. C'était la première fois que je me connectais à mon compte de Réseau Contact depuis l'ajout de ma photo. J'avais plusieurs messages non lus. Le trois quarts provenaient de gars ou de filles hétéros, qui me proposaient un trip à trois avec leur copain.

Coudonc, est-ce que c'est écrit dans mon front : « Fille à la recherche d'un trip à trois » ? À moins que ce soit à cause du bras de mon ex autour de mon épaule… Est-ce que ça laisse présager que je suis bisexuelle ? Supprimer, supprimer, supprimer !

J'ai changé ma photo de profil sur-le-champ. Comme je m'apprêtais à me déconnecter du site, j'ai reçu un nouveau message. Il provenait d'Alex383 :

Un autre attardé qui ne sait pas lire… Je cherche à rencontrer des F-I-L-L-E-S ! Pas des G-A-R-S ! Mon message d'intro ne peut pas être plus clair que ça.

En voulant supprimer son invitation, j'ai cliqué sur la mauvaise touche. Son message est apparu à mon écran :

Bonsoir, chère inconnue!
Par cette journée pluvieuse, quoi de mieux que de fouiner sur Internet pour passer le temps?

Tu pourrais commencer par apprendre à lire comme du monde!

Je suis tombée sur ta fiche et ton message d'accueil a capté mon attention...

Vraiment?

Si je peux me permettre, tu es une très jolie fille!

Arrête avec tes compliments. Je ne veux rien savoir de faire un trip à trois avec toi pis ta blonde...

Je me présente: je m'appelle Alexe et j'ai vingt et un ans. J'ai fait des études en commercialisation de la mode.

GAY ALERT! *Mais pourquoi m'écrit-il? Il se cherche une amie lesbienne pour sortir dans le Village?*

Je travaille depuis un an comme acheteuse pour une boutique à Trois-Rivières. Je suis une fille très féminine, contrairement à la majorité de celles qu'on trouve sur ce site. J'imagine que tu l'as probablement déjà réalisé...

QUOI? Alexe n'est pas un gars! Tu parles d'un nom à donner à ta fille! Ouin... Je suis mal placée pour commenter. Maxime ne remporte pas la palme du prénom le plus féminin non plus!

Je suis une Yamachichoise.

Hein? Quessé ça? Une secte?

J'habite un petit village en Mauricie près de Trois-Rivières… Tu dois te demander pourquoi je t'écris. Je suis consciente que Terrebonne-Yamachiche, ce n'est pas à la porte… Mais la distance, ça ne me fait pas peur !

Tant mieux pour toi, parce que moi, oui, ça me fait peur !

Je serais enchantée de faire ta connaissance. J'espère que ce sera réciproque !
À bientôt. ☺
Alexe

Je suis restée figée devant mon écran pendant un moment. Perplexe… J'étais intriguée par cette fille sans trop savoir pourquoi. Au lieu de lui répondre, j'ai choisi de fermer mon écran. Malgré ma journée chargée en émotions, je suis allée au lit ce soir-là en ayant la tête un peu plus légère…

***

Le lendemain matin, la première chose que j'ai faite a été de répondre au message de cette mystérieuse Alexe :

Salut Alexe !
Je me présente à mon tour… Je m'appelle Maxime et j'ai vingt et un ans. Je suis née à Montréal, mais j'ai grandi à Terrebonne. J'étudie à l'Université de Montréal en criminologie. Je viens tout juste de terminer ma première année. J'ai une passion pour les voyages, mais je n'ai pas encore eu l'occasion de visiter la Mauricie. ☺ Je vais t'ajouter à mes contacts MSN, ce sera plus facile d'échanger de cette façon. Afin que je puisse mettre une image sur ton nom,

est-ce possible de me faire parvenir une photo de toi?
Bonne journée!
Maxime

Je venais de faire une Zoé de moi-même! J'étais allée droit au but sans passer par quatre chemins. Ce n'était pas la première fois qu'une fille se présentait à moi comme étant TRÈS féminine... Et vous connaissez la suite.

Une fois mon message envoyé, j'ai ajouté Alexe à mes contacts MSN. À peine quelques secondes plus tard, j'ai reçu un courriel de sa part avec une pièce jointe. En ouvrant le message, j'ai aperçu sa photo. J'étais *flabbergastée*... La beauté de cette fille me laissait sans mots.

C'était un magnifique portrait en noir et blanc. Alexe avait les cheveux pâles, longs, lissés jusqu'à la poitrine. Elle portait un chemisier noir décolleté, mais rien de vulgaire. C'était une beauté naturelle, elle était à peine maquillée, elle avait une toute petite bouche – pour ne pas dire minuscule –, mais parfaite! Son regard était perçant et elle portait bien son nom de famille: Beauregard... J'étais hypnotisée. En dessous de la photo apparaissait un court message:

Salut Maxime,
Je suis contente d'avoir eu de tes nouvelles! Je t'ajoute à l'instant à mon MSN.
Au plaisir de bientôt discuter avec toi!
Alexe xxx

Jamais dans cent ans je n'aurais pu me douter que cette fille-là était lesbienne. Elle était même beaucoup plus féminine que moi! Du moins par ce qu'elle dégageait sur sa photo.

J'ai passé plusieurs minutes devant mon écran à contempler son portrait. J'avais hâte de la croiser en ligne pour en apprendre davantage sur elle. Dire que j'avais failli effacer son message parce que je pensais que c'était un gars ! Alexe au féminin… J'aime ça ! Deux filles ayant des prénoms de garçons. Était-ce le dénominateur commun d'une vie empreinte d'ambiguïté ?

25

Une date *presque parfaite*

C'était un 17 juillet. Je ne suis pas une adepte de la numérologie, mais je prends soin de souligner ce détail. Vous comprendrez plus tard pourquoi mon karma entretient une relation très particulière avec cette date.

Le soleil était resplendissant. Une magnifique journée d'été : chaude et humide. J'étais en pleine forme, mais très fébrile à l'idée de rencontrer Alexe pour la toute première fois.

Au cours des trois dernières semaines, nous avions échangé à plusieurs reprises sur MSN. Malgré nos goûts et nos intérêts plutôt différents, voire à l'opposé, j'avais eu beaucoup de plaisir à discuter avec elle. Nous avions parlé au téléphone la veille de notre rendez-vous. J'étais tombée sous le charme de son accent de la Mauricie. Il ne faudrait surtout pas que Carrie m'entende dire ça… J'ai longtemps critiqué Phil et son accent de bûcheron de Saint-Clinclin.

Ah ! C'est fou ce que la jalousie peut nous faire dire…

On s'était donné rendez-vous à 13 heures dans le stationnement d'une station-service de Lachenaie. J'avais pris soin de bien lui expliquer comment me retrouver au point de rencontre. Elle n'avait pas de téléphone cellulaire ni de GPS.

Je suis arrivée à destination à 12 h 55. Je me suis garée dans le stationnement arrière. Et j'ai attendu, attendu et attendu…

Vingt-cinq minutes plus tard, toujours pas d'Alexe à l'horizon. Mon optimisme de la matinée était en train de s'évaporer. Elle avait peut-être changé d'avis à la dernière minute. C'est une longue route, Yamachiche-Terrebonne ! C'était trop beau pour être vrai. Je n'avais jamais été aussi emballée de faire une rencontre depuis mon inscription sur Réseau Contact. Quelle déception…

J'ai décidé tout de même de patienter encore quelques minutes. Elle avait peut-être eu un contretemps. Mais je n'allais pas perdre tout mon après-midi à l'attendre !

Peu de temps après, une Honda grise a fait son entrée dans le stationnement à vive allure et est venue se garer à côté de ma voiture. J'ai tourné la tête du côté passager pour savoir qui c'était. J'ai aperçu une jolie blondinette, tout sourire : c'était ALEXE ! WOW ! Elle était encore plus belle en personne que sur les photos qu'elle m'avait envoyées. Elle a ouvert sa fenêtre pour me saluer, puis pour me lancer sur un ton essoufflé, comme si elle venait de terminer un marathon :

— Je suis vraiment désolée d'être en retard ! Ce n'est pas dans mes habitudes.

Elle a poursuivi en reprenant son souffle et en riant cette fois-ci :

— J'ai passé bien proche de ne jamais te trouver ! Les directions que tu m'as données, ça ne mène pas ici… J'ai abouti un peu plus loin.

— NOONNNN ! Tu n'es pas sérieuse ? Comment ça ? Je ne comprends pas...

— Tu m'avais dit que la station-service se trouverait à ma droite en sortant de l'autoroute. Mais il y avait seulement un dépanneur. Je me suis dit que tu t'étais trompée. Je suis allée me stationner quand même. Je t'ai attendue une quinzaine de minutes. Mais j'avais des doutes. Je suis entrée dans le commerce et j'ai demandé au commis s'il y avait une station-service pas loin de là...

Pendant qu'elle me racontait ces péripéties, je refaisais dans ma tête l'itinéraire que je lui avais donné la veille au téléphone.

Merde !

— Je m'excuse, Alexe. Je t'ai expliqué le chemin comme si tu arrivais de Montréal... On a failli ne jamais se croiser.

Après avoir ri de cette anecdote – par chance, qui s'est bien terminée –, nous avons convenu d'aller chez moi garer sa voiture. C'était plus pratique de prendre une seule auto pour nos déplacements. Et en plus, elle venait de faire beaucoup de route.

Avec tout cela, je ne crois pas qu'elle avait remarqué que j'étais obnubilée par sa beauté. En route vers chez moi, je ne pouvais m'empêcher de la regarder dans mon rétroviseur (de façon pas très subtile). Je n'arrivais pas à y croire... J'allais avoir une *date* avec cette fille-là ! J'avais du mal à concevoir qu'elle pouvait être lesbienne. Si je me fiais aux rencontres que j'avais faites jusqu'alors, elle n'avait certainement pas le profil...

Allez, Maxime... Arrête de suranalyser la situation et profite un peu du moment présent.

***

Quand Alexe a stationné sa voiture devant ma maison, j'ai paniqué. Pour faire changement...

Qu'est-ce qui m'est passé par la tête de l'inviter chez moi ? Ma mère est là… J'aurais dû lui dire de laisser sa voiture au McDo pas loin d'ici… Je dois vite trouver un mensonge pour justifier sa présence à ma mère…

Au moment où Alexe est sortie de sa voiture, j'ai eu envie de rester dans la mienne… Elle portait une jupe en jeans avec une camisole Roxy aux rayures turquoise et blanches qui lui allait à merveille. Quand je me suis décidée à sortir, Alexe a pouffé de rire :

— C'est *cute*, notre affaire !

Tout comme elle, j'avais choisi pour l'occasion de porter une jupe en jeans avec une camisole Roxy aux rayures mauves et blanches…

— Elle est très belle, ta camisole en version mauve !

— En tout cas, on peut dire qu'on a les mêmes goûts vestimentaires.

— Au moins, on peut s'entendre là-dessus !

Drôle de coïncidence… Pourtant, j'avais acheté cette camisole lors d'un voyage à New York. C'était la première fois que je voyais une fille portant la même. C'était de toute beauté ! On avait l'air de faire de la promo pour cette marque populaire.

Quand j'ai ouvert la porte, ma mère était en train de faire du ménage dans la cuisine. Lorsqu'elle a remarqué la présence d'Alexe dans l'entrée, j'ai vu dans son regard qu'elle se demandait : « C'est qui, elle ? » J'ai pris les devants :

— Maman… Je te présente Alexe ! C'est une amie de l'université… Elle vient de Trois-Rivières, mais elle a fait une session l'hiver dernier à Montréal. Elle passait dans le coin aujourd'hui. On va aller faire un peu de magasinage au Carrefour Laval.

Alexe s'est approchée de ma mère pour lui serrer la main.

— Enchantée, madame Lafleur ! Je suis ravie de faire votre connaissance.

Alexe va penser que je suis complètement folle !

Je n'ai jamais réussi à comprendre la bulle qui m'était passée au cerveau ce jour-là. J'étais en train de présenter ma *date* à ma mère avant même d'avoir eu ma *date*!

Une fois les présentations terminées, je suis descendue avec Alexe dans ma chambre *rapido presto*. Je me suis empressée de lui donner des explications concernant les mensonges que je venais d'enchaîner là-haut, tout en changeant de chandail.

— Je m'excuse de t'avoir présentée de cette façon à ma mère. Ces démarches que je fais sur Internet… C'est nouveau pour moi. Il n'y a personne dans mon entourage qui le sait.

— Ne t'en fais surtout pas. Je suis persuadée que ta mère ne s'est rendu compte de rien.

— Pour être honnête avec toi, je n'ai jamais fréquenté de filles. J'ai toujours eu des chums. J'ai réalisé l'année dernière que j'éprouvais une attirance envers certaines filles. Je veux explorer cette avenue sans pour autant faire une croix sur les gars.

— Je te comprends. Je suis dans le même bateau que toi. J'ai eu quelques relations sérieuses avec des gars. Mais j'ai l'impression qu'il me manque quelque chose. J'ai eu ma première expérience avec une fille. Mais de mon côté, cette expérience m'a menée à me poser des questions. Sans pour autant me convaincre que je devais oublier les gars, moi non plus…

Quel soulagement! On était sur la même longueur d'onde. Ça me faisait du bien de savoir que je n'étais pas seule au monde à être mélangée.

Elle a repris sur un ton enjoué:

— Ma chère Maxime, qu'as-tu prévu pour nous aujourd'hui?

Merde! Avec tout ça, je n'ai pas réfléchi à notre activité de la journée…

— Euhhh… Je ne sais pas trop. Qu'as-tu envie de faire?

— Tu sais quoi ? Le mensonge que t'as inventé pour ta mère, ça m'a donné le goût d'aller faire du *shopping* au Carrefour Laval. Je ne viens pas souvent dans la région de Montréal... Et à Trois-Rivières, je ne trouve jamais rien !

The perfect woman ! Elle voulait aller magasiner...

— Je suis partante ! *Let's go !*

***

À notre arrivée au Carrefour Laval, nous avons commencé à faire les boutiques sans porter attention à ce qui se passait autour de nous. On jasait de tout et de rien, question de faire connaissance. Nous avons passé un beau moment. La chimie était au rendez-vous. Pour ma part, du moins...

Après trois heures de magasinage, on avait fait le tour. J'ai proposé à Alexe d'aller prendre une bouchée à Montréal pour changer de décor. Et surtout, pour que les vendeuses cessent d'être dans nos culottes. Quand c'est la troisième fois que les deux mêmes filles se présentent dans ta boutique en marchant de long en large sans rien essayer ni acheter, c'est louche ! Je les comprenais de garder l'œil ouvert... Pouvez-vous croire qu'après trois heures passées au Carrefour Laval je suis sortie de là les mains vides ? Une première dans mon cas. C'est fou l'effet que cette fille avait sur moi.

Nous avons donc pris la route en direction de Montréal. Je me suis dirigée vers la rue Saint-Denis, un choix sûr pour dénicher un bon petit resto.

Nous nous sommes retrouvées en plein cœur du Festival Juste pour rire. C'était bondé dans ce secteur. Nous avons été chanceuses de trouver une place de stationnement rapidement. À sa sortie de voiture, Alexe affichait un énorme sourire :

— Ça fait des années que je ne suis pas venue ici pendant le festival ! Crois-tu qu'il reste des billets pour les spectacles présentés ce soir ?

— Il y a une billetterie tout près. On pourrait aller y jeter un œil avant de trouver un resto. On ne sait jamais…

— OUIIIII ! m'a répondu Alexe avec le sourire d'une gamine de dix ans à qui on vient de donner la permission de manger des bonbons avant le souper.

Lorsque nous sommes arrivées à la billetterie, il restait encore quelques places pour les spectacles présentés en soirée. Celui qui nous intéressait toutes les deux était le nouveau *one man show* de Maxim Martin à 23 heures ! Un peu tard, considérant la longue route qu'Alexe aurait à faire pour rentrer chez elle après le spectacle. Elle m'a surprise en demandant au commis de faire la transaction.

— Je suis contente d'aller voir son spectacle ! On est chanceuses qu'il reste des billets.

— Mets-en ! On va être de retour sur la Rive-Nord assez tard merci, par exemple. Tu peux rester à dormir chez moi si t'es fatiguée après le *show*.

Je n'avais AUCUNE arrière-pensée… POUR VRAI !

— Je verrai. Merci pour l'offre.

***

C'est avec deux billets en poche – et surtout la certitude de passer encore quelques heures ensemble – que nous sommes parties à la recherche d'un restaurant. Notre choix s'est arrêté sur un charmant petit resto italien « Apportez votre vin ».

Pendant qu'on attendait notre tour dans la file devant l'entrée, j'ai aperçu dans mon angle mort une fille en train de nous observer. J'ai tourné la tête pour mieux voir son visage… Comble de misère, c'était Fardoche ! La fille de Terrebonne qui m'avait sauté dessus lors de notre première rencontre. Elle était dans la même file que nous, mais accompagnée d'une fille « aussi féminine » qu'elle. Sa nouvelle victime ?

Je me suis retournée rapidement. Je n'avais pas envie de lui piquer une jasette. Parmi tout ce beau monde présent sur Saint-Denis à l'occasion du festival, il fallait que je tombe sur elle !

Notre souper en tête à tête se déroulait à merveille. Nous avions toutes les deux mille et une histoires à raconter. Ce qui attirait le plus mon attention chez Alexe, c'était son regard. Ses magnifiques yeux verts perçants. Elle avait un regard franc et direct, et pour une fois ça ne déclenchait pas de crise de panique chez moi. Même si nous étions dans un lieu public. Je me foutais de ce qui se passait autour de nous. J'étais dans notre bulle et je n'avais pas envie d'en sortir. Il arrivait qu'on se regarde sans dire un mot. C'était intense et bizarre à la fois. Je ressentais des papillons sans même l'avoir embrassée…

Le temps a passé tellement vite en si bonne compagnie. Nous devions déjà prendre la direction de la salle où se donnait le spectacle. Dans ce cabaret, il n'y avait pas de sièges assignés. On était entassés comme des sardines. Ce qui a mené à notre premier rapprochement de la soirée… Rapprochement est un bien grand mot ! Un « moment de proximité » serait plus approprié. OK. En réalité, ce ne sont que nos genoux qui se sont touchés.

Elle était assise de biais devant moi. Tout au long du spectacle, je ne pouvais pas m'empêcher de l'observer. Sa beauté me coupait le souffle. Quand son regard croisait le mien, mon cœur battait à tout rompre.

Qu'est-ce qui me prend ? Est-ce que ça se peut, faire une crise cardiaque à vingt et un ans ? Mon grand-père est mort du cœur à quarante-deux, c'est héréditaire, ça ! Ahhhhh… Maudite hypocondrie, fous-moi la paix ! Tout va bien, Max. Un, deux, trois… Prends une grande respiration et concentre-toi sur le spectacle.

Est-ce que Maxim Martin vient de se pogner les gosses ? C'est ben vulgaire ! Alexe a l'air de trouver ça drôle. Je n'ai pas catché *sa* joke. *Difficile de rester concentrée avec cette beauté à mes côtés.*

Alexe, ma belle Alexe… Les choses n'iront probablement nulle part avec toi. T'es hétéro (à la limite peut-être bi). J'habite Terrebonne, et toi, Yamachiche. Le facteur géographique ne joue pas en notre faveur. Mais je donnerais n'importe quoi pour t'embrasser juste une petite fois…

Le spectacle s'est terminé trop vite. La soirée tirait à sa fin, mais je n'avais pas envie que ça finisse. Il était deux heures du matin lorsque j'ai garé ma voiture devant chez moi.

— Tu veux rester à dormir ? J'ai un matelas rangé en dessous de mon lit pour quand j'ai des amies qui viennent coucher.

Je ne voulais surtout pas qu'elle pense qu'on dormirait dans le même lit. Quoique j'aurais donné à peu près n'importe quoi à cet instant pour blottir mon nez dans ses doux cheveux blonds.

— Je te remercie, Max… Mais je préfère rentrer chez moi.

— C'est comme tu veux. Sois prudente sur la route pour ne pas t'endormir au volant.

— Ne t'inquiète pas. L'expresso que j'ai bu fait encore effet ! Je te remercie pour la belle journée. Je me suis bien amusée…

— Merci à toi d'avoir fait tout ce chemin pour venir me rencontrer. J'ai passé un beau moment.

Elle s'est approchée de moi pour me donner deux becs sur les joues. J'ai failli faire une Fardoche de moi-même et l'embrasser sans l'avertir. Mais je me suis ravisée. Je ne voulais surtout pas la traumatiser ! Je l'ai regardée sortir de ma voiture et entrer dans la sienne. Dans le temps de le dire, elle avait tourné le coin de la rue.

Je ne savais pas si j'allais la revoir. Nous avions discuté de beaucoup de choses au cours de la journée, mais n'avions pas abordé l'idée d'une deuxième rencontre…

Pour la toute première fois depuis trop longtemps, j'avais vécu l'instant présent sans me poser de questions. C'est ainsi que ma *date* presque parfaite s'est terminée. Je dis « presque parfaite » parce que je n'avais qu'un seul regret : ne pas l'avoir embrassée…

26

L'art de se mettre les pieds dans les plats, version Maxime Lafleur

La sonnerie de mon cellulaire m'a réveillée en sursaut. Quand je me suis décidée à prendre l'appel, il était trop tard… C'était Carrie.

Déjà 11 heures ! Je devais sortir du lit et me préparer. J'avais prévu une journée à la plage en sa compagnie. Elle devait déjà être en route vers chez moi. À ma sortie de la douche, je pouvais l'entendre discuter avec ma mère. Je me suis dépêchée d'enfiler mon maillot et ma robe soleil avant de monter la rejoindre.

— Bonjour, la belle au bois dormant ! Tu parles d'une heure pour te lever, m'a lancé Carrie.

— Eille ! Arrête de m'achaler à matin ou sinon je retourne me coucher.

Ma mère a ajouté son grain de sel :

— Si elle se couchait à une heure raisonnable aussi, elle aurait moins de difficulté à se lever le matin.

Je me suis empressée de changer de sujet :

— Bon… Je suis prête à partir ! Si on veut profiter du soleil, on n'a pas de temps à perdre.

Mère poule s'en est mêlée encore :

— Tu dois au moins prendre le temps de déjeuner, Max… Ce n'est pas bon de commencer sa journée sans rien avoir dans l'estomac.

— Ça va, maman, merci. Je vais arrêter chez Tim Hortons m'acheter un bagel et un café.

***

Peu après, nous étions en route vers la plage d'Oka. Ce que j'aime avec Carrie, c'est que nous nous connaissons depuis si longtemps que nous ne ressentons pas le besoin de meubler les silences. Je sirotais mon café en regardant le paysage – magnifique vue sur les champs qui bordent l'autoroute 640 – et en écoutant la musique de Shakira, la *bomba latina*, qui jouait à tue-tête…

Whenever, wherever
We're meant to be together
I'll be there and you'll be near
And that's the deal my dear

Sur le rythme endiablé de cette chanson, je me repassais en boucle les moments de ma soirée avec Alexe. C'était difficile pour moi de ne pas sourire quand j'y repensais. Je brûlais d'envie de me confier à Carrie, mais je ne savais pas par où commencer…

Ma chère Carrie, attache ta tuque avec de la broche ! Les révélations que je m'apprête à te faire vont te jeter par terre. Tout a débuté sur la route entre Avignon et Nice. Le jour où j'ai réalisé que j'avais des sentiments pour toi…

Pour je ne sais quelle raison, mon subconscient a pris le contrôle de la situation :

— Carrie, il faut que je te parle de quelque chose d'important tantôt…

Je n'avais même pas terminé ma phrase que mon cerveau était déjà en train de paniquer:

Es-tu certaine de vouloir aborder ce sujet aujourd'hui?

Carrie, surprise par mon commentaire, a baissé le volume de la radio et a enchaîné:

— Qu'est-ce qui se passe? Tu peux m'en parler tout de suite…

— Ah… Rien d'important. Je vais t'en parler tantôt.

Soudainement, mon estomac s'est noué. Pour la première fois, j'étais sur le point de faire cette révélation-choc à une personne de mon entourage. Et pas n'importe laquelle: ma meilleure amie! Celle avec qui mes questionnements avaient commencé… J'essayais d'anticiper sa réaction et ça me rendait anxieuse. À vrai dire, si j'avais pu, j'aurais fait marche arrière pour ravaler mes paroles…

Carrie a insisté:

— Tu viens de me dire que c'est quelque chose d'important… Je te connais, Maxime Lafleur. Peux-tu me dire quelle niaiserie t'as encore faite?

Quoi?! Elle saute à la conclusion que j'ai fait une connerie…

— Je n'ai rien fait de mal! Ne t'en fais pas pour moi, je vais très bien…

Carrie, fidèle à elle-même, s'est impatientée davantage:

— Tu ne peux pas m'annoncer que tu as quelque chose d'important à me dire et t'arrêter comme ça. Allez! Crache le morceau!

Quand c'est demandé aussi gentiment, qu'est-ce qui me prend de ne pas tout lui raconter à l'instant?

— NOONNNN! J'te l'ai dit et j'te le répète. Je vais t'en parler T-A-N-T-Ô-T. Arrête de me gosser, sinon j'te dirai rien pantoute!

***

Une fois à la plage, Carrie ne cessait de m'achaler pour que je lui raconte mon histoire. J'esquivais ses questions du mieux que je pouvais, mais elle était tenace. J'ai fini par lui répondre du tac au tac, en présumant qu'elle allait tout comprendre sur-le-champ :

— Tu veux la savoir, mon histoire ? Hier soir, j'ai rencontré une fille que j'ai connue sur Internet. On est allées souper ensemble et voir un spectacle au Festival Juste pour rire. On a passé une très belle soirée !

Et voilà ! Aussi bref et direct que ça. Pour moi, c'était clair, mais pour Carrie, un peu moins… Son regard laissait entendre qu'elle ne comprenait pas trop ce qu'il y avait d'important dans ce que je venais de lui dire. Elle a répliqué :

— Je suis consciente, Maxime, qu'au cours de la dernière année j'ai été moins présente pour toi…

Une minute… Elle s'en va où, avec ça ?

— Je m'en excuse… Tu me manques aussi. Mais t'as plein d'autres d'amies. Je ne comprends pas pourquoi tu te tournes vers Internet. J'te juge pas. C'est une manière comme une autre de se faire des amies…

WHAT THE FUCK ? *Elle pense que je me cherche des amies sur Internet ! Je pense que je n'ai pas été assez claire…*

— Ben non ! Je ne me cherche pas des amies sur Internet. J'ai R-E-N-C-O-N-T-R-É une fille hier !

Elle avait toujours l'air de ne rien comprendre…

— Je ne suis pas sourde ! T'as passé la soirée avec une fille que t'as rencontrée sur Internet. Je ne vois pas en quoi c'est un *big deal* !

Ça ne se passait pas comme je le voulais. J'étais sur le point de vomir mon bagel. Je ne savais plus quoi lui dire. Je regrettais de m'être lancée dans ce sujet avec elle. Je me suis impatientée à mon tour. Même si je comprenais qu'elle n'arrivait pas à décoder ce que j'étais en train de lui dire.

— Pour être plus claire, j'ai eu une *date* avec une fille hier ! Est-ce que c'est un *big deal*, ça, pour toi ?!

— …

Moment de silence commandité par Maxime Lafleur…

Après cette déclaration, je m'attendais à ce qu'elle me serre dans ses bras, qu'elle me dise qu'elle allait toujours m'aimer *no matter what*. Qu'elle comprenait pourquoi c'était difficile pour moi de lui en parler…

À la place, j'ai eu droit au regard froid et désapprobateur de ma chère amie. Je me suis mise à pleurer. Quelques curieux sur la plage nous observaient. (Tout pour me mettre à l'aise.) Elle a fini par briser le silence :

— Peux-tu bien me dire pourquoi tu pleures ?

Merci de ta compréhension. Et surtout de ta délicatesse.

— Je ne pleure pas !

— Maxime, je te connais. Je ne suis pas stupide… Je vois bien que tu pleures. T'as une blonde ? C'est ça que t'es en train de me dire ?

— Non ! Pas du tout…

Alexe était loin d'être ma copine. Je n'étais même pas certaine de la revoir un jour.

— Tu ne fréquenteras plus de gars ?!

— Ce n'est pas ça que j'ai dit !

— Ce n'est pas clair, là ! J'ai de la misère à te suivre. Depuis combien de temps fais-tu ce genre de rencontres ?

— C'est récent… Après mon histoire avec Karine.

— Karine ?

— L'amie de Philippe… La pompière.

— Quoi ? Il s'est passé quelque chose entre toi et Karine ? s'est écriée Carrie sous le choc de cette révélation.

— Pas tout à fait… Rien de sérieux. C'est à ce moment que j'ai réalisé avoir une attirance envers les filles.

« L'agréable » conversation s'est poursuivie de la sorte pendant près d'une heure. J'avais l'impression de me faire interroger par la police. J'ai pris soin de ne pas lui mentionner que j'avais commencé à me remettre en question après avoir pris conscience des sentiments que j'avais éprouvés pour elle.

Je ne comprenais pas du tout sa réaction. Carrie était une fille ouverte d'esprit. Elle avait un ami gai qui étudiait dans le même programme qu'elle et avec qui elle s'entendait à merveille. Ça n'avait jamais été un problème pour elle. Pourtant, j'avais l'impression qu'elle était fâchée contre moi. Pourquoi ?

J'ai clos le sujet sans lui donner de détails sur ma rencontre avec Alexe. Mon élan d'optimisme de la veille s'était éteint. Je n'étais pas prête à révéler de sitôt mon secret à qui que ce soit…

Le malaise persistant, nous avons quitté la plage avant la fin de la journée. De retour à la voiture, je me suis précipitée sur mon cellulaire afin de voir si j'avais des messages. À ma grande déception, je n'avais aucun appel manqué. Pas de nouvelles d'Alexe…

Nous avons repris la route de la même façon que nous avions fait l'aller. Sans se dire un mot. Pour masquer le silence, Carrie a allumé la radio. Le succès des Black Eyed Peas s'est mis à jouer :

Shut up
Just shut up
Shut up, shut up, shut up
Shut it up, just shut up

Est-ce que la radio m'envoyait un message?

C'est ce matin que j'aurais dû l'entendre! Quand j'ai eu la « brillante » idée d'aborder ce sujet avec ma meilleure amie.

Carrie m'a déposée devant chez moi. Avant de descendre de sa voiture, je lui ai fait jurer de ne rien dire à personne. Mais mon petit doigt me disait qu'elle ne pourrait pas s'empêcher d'en parler à son beau Phil...

***

À mon arrivée à la maison, je me suis précipitée dans ma chambre. Je n'avais envie de parler à personne. Mon frère organisait un *pool party* ce soir-là. Ça grouillait en masse dans la cour arrière. Il y avait de la testostérone dans l'air! Il avait invité tous les membres de son équipe de hockey. C'était la tradition. Chaque année, mon frère organisait une fête avec tous ses coéquipiers. Des chics types. Mais je voulais être seule. Question de déprimer en paix!

Pour me changer les idées, j'ai allumé mon ordinateur pour faire des recherches sur le site de l'université. Les plans de cours avaient été mis en ligne. Je faisais honneur à ma gang de filles de crimino trop motivées. Au même instant, j'ai aperçu l'icône d'un nouveau message dans le bas de mon écran. C'était Alexe!

Salut Maxime!
Je tenais à te remercier encore une fois pour la belle journée d'hier. J'aurais aimé dormir chez toi... Mais c'était plus sage de rentrer à la maison pour ne pas commettre d'erreur...

Une erreur?

Je sais que c'est à la dernière minute, mais je tente ma chance quand même... Es-tu disponible

aujourd'hui pour venir passer la journée dans mon patelin ? Ça s'annonce encore une fois comme une journée splendide. Nous pourrions aller nous faire bronzer aux chutes près de chez moi.
J'attends de tes nouvelles…
Alexe xxx

J'aurais tellement voulu voir ce message avant ! À cette époque, les téléphones intelligents n'existaient pas. Le seul moyen de voir ses courriels, c'était de se connecter à un ordinateur. J'avais le cœur qui battait à cent milles à l'heure. Alexe voulait me revoir !

J'étais incapable de m'arrêter de sourire. On peut dire que j'étais passée par toute une gamme d'émotions ce jour-là. (Ça y est, j'étais à nouveau bipolaire.) Avant de me mettre à divaguer, j'ai cru qu'il était préférable d'aller rejoindre mon frère et ses amis dans la piscine. Tout d'un coup, je ne sais pas pourquoi, j'avais envie de faire la fête…

27

« Si j'avais les ailes d'un ange, je partirais pour... Trois-Rivières ! »

Librement inspiré de *Les Ailes d'un ange* de Robert Charlebois

La semaine suivante, mon niveau d'anxiété venait d'atteindre un nouveau sommet. Je m'en allais rejoindre Alexe en fin d'après-midi pour notre deuxième *date* dans sa Mauricie natale.

Notre plan pour la soirée : un souper en tête à tête dans le centre-ville de Trois-Rivières, suivi d'un arrêt à la terrasse d'un bar populaire de la région. Elle m'avait invitée à dormir chez elle. Contrairement à elle, je ne m'étais pas fait prier pour accepter son invitation.

On s'était donné rendez-vous à 17 heures à la halte routière de la sortie de Yamachiche. À mon arrivée dans le stationnement, j'ai aperçu la Honda grise d'Alexe garée près du restaurant. Je me suis arrêtée à côté d'elle. Lorsqu'elle s'est aperçue de ma présence, elle m'a fait signe de monter à bord de sa voiture. Une fois de plus, son sourire me faisait craquer.

Nous avons rapidement pris la route vers le centre-ville de Trois-Rivières pour ne pas arriver en retard pour notre réservation. Elle avait décidé de me faire découvrir un restaurant italien. Je m'imaginais déjà en train de siroter un bon verre de vin rouge en dégustant de délicieuses pâtes maison en bonne compagnie. C'était prometteur comme soirée…

Mais la route vers notre destination ne s'est pas déroulée comme je l'avais anticipé. Lors de notre première rencontre, nous n'avions pas arrêté de parler deux secondes du début à la fin. Cette fois-ci, c'était tout le contraire… Alexe était concentrée sur la route et ne me parlait pas. Ou à peine. Elle répondait à mes questions par un maximum de trois mots consécutifs.

Quand je suis en voiture, c'est habituellement mon moment de répit. Celui où je me perds dans mes pensées en écoutant de la musique sans dire un mot. Mais je ne connaissais pas encore assez bien Alexe pour être à l'aise dans un silence prolongé en sa compagnie. Si au moins elle avait mis de la musique pour camoufler ce quasi malaise, ça aurait été moins pire.

J'essayais tant bien que mal de trouver des sujets de conversation, mais j'avais l'impression de monologuer. Quand Alexe est sortie de sa voiture, elle a retrouvé l'usage de la parole. Heureusement !

À notre arrivée au restaurant, j'ai été surprise par le charme de l'endroit. Le décor antique nous transportait en plein cœur de l'Italie. Nous avions une table dans un coin intime. Tout était parfait. L'ambiance, l'excellent repas, le bon vin, la discussion et nos interminables fous rires. Pour la toute première fois, nous avons abordé le sujet de nos relations passées.

— Je suis célibataire depuis près d'un an et demi. J'ai été en couple avec Lucas pendant deux ans.

— DEUX ANS ! C'est ce qu'on appelle du sérieux…

Surtout pour une fille comme moi qui était incapable de rester en couple avec un gars plus de trois mois !

— Oui… On peut dire ça. On s'est laissés quand il a déménagé dans le bas du fleuve pour son travail. J'ai failli le suivre, mais j'ai changé d'idée à la dernière minute.

— Et pourquoi?

— Je ne l'aimais pas…

— C'est une bonne raison.

— Non, ce n'est pas tout à fait vrai. Je l'aimais beaucoup, mais comme ami… En plus, il me trompait à tour de bras.

— Et t'as du respect pour lui malgré tout?

— Ben… Je le comprends d'être allé voir ailleurs. Je ne couchais pas avec lui. Je le revirais de bord tout le temps… Un gars finit par se tanner! Et toi?

— Je suis une éternelle célibataire. Je fais des rencontres, mais ça ne mène jamais nulle part…

— Ça remonte à quand, ta dernière relation sérieuse?

— Si on peut appeler ça ainsi… C'était l'année dernière.

— Et pourquoi ça s'est terminé?

— C'est une longue histoire…

— J'ai tout mon temps! a répondu Alexe, amusée.

— On se fréquentait depuis environ un mois.

— UN M-O-I-S! C'est ce que t'appelles une relation?

— Ben… C'est ma dernière la plus sérieuse, lui ai-je dit en rougissant.

— OK…

— C'était l'ami de mon frère. Un petit jeunot, beau bonhomme et très mature.

— Ah ouin… T'aimes ça, les petits jeunes, toi? a ajouté Alexe en se fichant de moi.

— Tu veux l'entendre, mon histoire, ou pas?

— Oui, oui. Continue.

— Pendant que je le fréquentais, j'ai rencontré un autre gars… Un policier. Tout un charmeur. Il m'a abordée chez Starbucks pendant que je commandais un café. Je lui ai donné mon numéro de téléphone pour le *fun*. Mais je ne pensais pas qu'il allait me donner des nouvelles. Il avait l'air d'un fendant qui prenait plaisir à *cruiser* des filles pour impressionner son *partner*.

— Je vois ce que tu veux dire…

— Finalement, quelques jours plus tard, j'ai reçu un coup de fil du policier en question. Pendant son congé, il partait pour Québec, aller-retour, pour livrer des meubles à son frère. Il m'a invitée à me joindre à lui.

— Bizarre comme première *date*…

— Effectivement. Mais j'ai accepté son invitation quand même. Il avait l'air sympathique, je n'avais rien de prévu et j'aime aller à Québec !

— Et là, t'es tombée sous son charme ?

— Pas tout à fait… Nous sommes allés à Québec. Et j'ai fait la tournée de TOUTE sa famille !

— Attends… Il t'a présentée à ses parents ?

— Pas juste ses parents : sa grand-mère, son frère, sa tante et son cousin ! Il me présentait comme sa copine ! « Woh minute, le grand », que je lui ai dit ! On venait de faire deux heures et demie de char pis il pensait qu'on sortait ensemble ? C'est quoi qui m'attendait sur le chemin du retour : une demande en mariage ?

Alexe s'est esclaffée.

— Il y en a qui sont intenses !

— J'appelle pus ça intense. Je me trouvais conne d'avoir accepté de partir comme ça avec un pur étranger. On ne sait jamais sur qui on peut tomber.

— Mais pourquoi ça s'est terminé avec ton jeunot ?

— J'y arrive… Quand le policier m'a ramenée chez moi, il était rendu 8 heures. C'étaient les séries au hockey, et mon frère avait invité ses chums à venir regarder le match sur l'écran géant dans le sous-sol.

— Et ton jeunot était là ?!

— Je ne le savais pas… Il m'avait appelée pendant que j'étais à Québec. Je lui avais dit que j'étais montée aller-retour avec UNE AMIE et que je ne savais pas vers quelle heure j'allais être de retour à Terrebonne.

— OK…

— Quand le policier est arrivé devant chez moi, le con, il a débarqué de sa voiture sans attendre que je l'invite à entrer.

— Ben voyons !

— Mais bon, je me voyais mal lui dire : « Eille, le grand, rembarque dans ton char, ce n'est pas à soir que j'vais te présenter mes parents ! », alors que je venais de rencontrer sa famille au grand complet !

— Il était effronté quand même. Et ton jeunot, il était chez toi ou pas ?

— À ce moment-là, je ne savais pas qu'il était chez nous. Je suis entrée avec mon policier. J'étais mal à l'aise. La gang de gars était au sous-sol. Je ne voulais pas qu'il s'éternise. Je ne voulais rien savoir de lui. Mais je ne pouvais pas non plus le foutre à la porte après trente secondes.

— Qu'est-ce que t'as fait ?

— On a regardé le reste du match avec mes parents dans le salon. J'étais stressée de me faire pogner dans mes menteries.

— Ce n'est pas bien de mentir, Maxime…

— Je le sais ! Je ne suis pas fière de moi. Je regrettais d'avoir accepté son invitation. En même temps, je réalisais que je ne tenais pas tant que ça à mon jeunot.

— Et après ?

— Ce qui devait arriver arriva. Mon frère est monté à l'étage pour faire une *batch* de pop-corn. Quand il m'a aperçue avec le policier, il m'a regardée avec des gros yeux. Mon jeunot le suivait avec des bouteilles de bière vides dans les mains…

— Ohhhh ! Pauvre coco…

— Ouais. MALAISE. Le policier s'en est rendu compte. Il est parti pas longtemps après. Je n'ai plus jamais eu de ses nouvelles.

— Et ton jeunot ?

— Il m'a laissée pendant l'entracte. Je lui ai dit la vérité. Je me sentais poche d'avoir agi de la sorte, mais d'un autre côté j'étais soulagée que ce soit terminé…

— Donc, si je comprends bien, tu n'as jamais eu de relation sérieuse avec un gars ?

— Non…

— Et avec une fille ?

— Non plus…

— …

À plusieurs occasions durant la soirée, Alexe m'a fixée avec son regard perçant, sans dire un mot. J'avais envie de fondre sur place.

— C'est une belle découverte, ce restaurant. Merci de m'avoir emmenée ici.

— J'aime bien ce resto. Je suis contente que tu l'aimes aussi ! Mais j'ai trop mangé…

— Mets-en ! Je pense qu'on va laisser faire pour le dessert.

— C'est clair ! Que dirais-tu d'aller faire une promenade dans le Vieux-Port ? Question de digérer un peu avant d'aller au Temple.

— Je te suis !

J'avais plus ou moins le choix. Je n'avais pas ma voiture et je n'avais aucune idée de l'endroit où nous étions.

***

La température avait chuté à notre sortie du restaurant. Nous avons marché quelques minutes près des cargos dans le Vieux-Port. Le vent au bord de l'eau était insupportable ! Nous avions de la difficulté à nous entendre parler.

— Ce n'est pas chaud, hein ? On se croirait au mois d'octobre ! ai-je dit à Alexe afin de sonder son intérêt à poursuivre la marche.

— On fait demi-tour ?

— Excellente idée !

Avant de regagner la rue piétonnière, Alexe s'est arrêtée devant moi. Nous étions seules dans l'obscurité. Elle s'est rapprochée de moi en me fixant droit dans les yeux avec un regard si intense qu'il m'a fait perdre la tête. Sans dire un mot, elle a pris mon visage entre ses mains et a posé ses lèvres sur les miennes.

C'est comme si autour de moi tout s'était arrêté pendant un instant – ses douces petites lèvres, l'odeur enivrante de son parfum et ses mains qui s'étaient déplacées sur mes hanches en me serrant de plus en plus fort contre elle –, alors que nous prolongions le plaisir de ce premier baiser. J'avais des papillons dans le ventre et les jambes molles.

Alexe s'est éloignée pour reprendre son souffle. Elle me regardait avec un petit sourire taquin :

— Qu'est-ce que tu penserais de poursuivre notre soirée à l'intérieur ?

— Bonne idée ! On gèle ici…

Malgré le coup de chaleur que m'a procuré ce baiser.

Cette tactique de marcher pour mieux digérer, c'était plutôt dans le but de m'emmener dans un lieu tranquille pour mieux m'embrasser… Je ne m'attendais pas du tout à cela. Mais j'étais heureuse de son initiative. Je ne suis pas certaine que j'aurais osé être l'instigatrice de ce premier baiser. Quoique avec quelques verres de plus…

Nous avons poursuivi notre soirée au Temple en compagnie de la gang d'amies d'Alexe qui se trouvaient déjà là-bas. Des amies hétéros, je tiens à le préciser, qui ne savaient rien de l'attirance d'Alexe envers les filles.

L'endroit était plein à craquer : de la piste de danse jusqu'à la terrasse située sur le toit, mais la clientèle était très diversifiée. Il y avait des jeunes de vingt ans tout autant que des « cougars » de cinquante ans.

Je me suis dirigée vers les toilettes pendant qu'Alexe était allée nous commander des verres au bar. Lorsque je l'ai rejointe avec ses amies, je me suis empressée de la prendre à part afin de vérifier une information auprès d'elle :

— Je pense que je viens de croiser ta sœur !

— C'est possible, elle sort souvent ici les vendredis soir…

— Tu m'avais dit que vous étiez des jumelles NON identiques.

— Ben oui. Elle a un grain de beauté en dessous de son œil gauche et pas moi.

— Tu te fous de ma gueule ?

— Ben là. Pourquoi tu paniques avec ça ?

— Quand je suis sortie des toilettes, je t'ai aperçue au bar en train de nous commander des verres. Je me suis installée à côté de toi. Ben, en fait, ce n'était pas toi, c'était ta sœur ! Mais je ne le savais pas à ce moment-là. Et je lui ai pogné une fesse ! M-A-L-A-I-S-E…

Alexe, qui était en train de prendre une gorgée de bière, a failli s'étouffer en éclatant de rire.

— T'es pas sérieuse ! T'as pogné une fesse à ma sœur ! Pouahaha !

— C'est pas drôle. Demain matin au déjeuner, elle va trouver ça *weird* de se retrouver en face de la folle qui l'a agressée au bar la veille.

— Arrête de capoter. Elle ne s'en souviendra même pas.

— En tout cas, elle m'a regardée vraiment bizarrement. J'ai besoin de me *watcher* ce soir ! Il fait assez noir ici. Je ne suis pas certaine d'être capable de le voir, son grain de beauté. C'est fou comme vous vous ressemblez.

La chimie entre Alexe et moi s'intensifiait alors que la soirée avançait. Depuis ce premier baiser dans le Vieux-Port, on multipliait les escapades vers les toilettes pour s'embrasser en cachette comme des adolescentes qui ne voulaient pas se faire prendre en train de faire un mauvais coup. Et surtout, c'était le seul endroit où il y avait de la lumière. Au moins j'étais certaine de *frencher* la bonne !

Pour une fois, je n'accordais aucune importance à ce que les gens autour de moi pouvaient penser. J'avais du plaisir avec elle et c'est tout ce qui comptait. Je ne sais pas si c'était le fait de me retrouver à plus de cent kilomètres de la maison ou si c'était l'effet qu'elle avait sur moi qui me faisait réagir de la sorte. Une combinaison des deux peut-être... La soirée s'est terminée au petit matin. Cette deuxième *date* s'était avérée plus que parfaite.

28

Une fille à la mer...

C'était le mois d'août et déjà on sentait que l'été tirait à sa fin. Il fallait se mettre une petite laine pour veiller le soir à l'extérieur. Alexe était sur le point d'entamer ses vacances. Elle n'avait aucun projet précis, à son plus grand désarroi.

L'été précédent, j'avais été invitée chez Carrie pour souligner l'anniversaire de sa mère. Son oncle revenait d'un séjour à Long Beach Island, dans l'état du New Jersey. Les photos de la villa qu'il avait louée m'avaient impressionnée : je ne croyais pas qu'un endroit aussi paradisiaque pouvait exister pas trop loin de chez nous !

J'ai eu un flash. Alexe n'avait rien prévu pour ses vacances et j'avais quelques jours de congé en banque... Elle adorait voyager et découvrir de nouveaux endroits – tout comme moi. On s'entendait à merveille. Du moins, jusque-là... J'ai alors décidé de lui proposer de partir avec moi. Ce serait, du même coup, une belle occasion d'apprendre à se connaître davantage. Je ne savais pas comment Alexe allait réagir à mon idée. On se connaissait depuis tout juste un mois… Et cette proposition était sérieuse dans le cadre d'une troisième *date* ! Mais ça n'a pas été difficile de la convaincre. Elle a accepté mon invitation avec enthousiasme.

Pour notre périple, nous n'avions pas réservé de chambres d'hôtel. Alexe et moi étions parties à l'aventure avec rien d'autre que quelques cartes routières en main. Au moins, nous étions toutes les deux majeures et vaccinées…

***

Après plusieurs heures de route, nous avons fait un arrêt aux Woodbury Premium Outlets, le paradis du magasinage. Nous avons ensuite choisi de nous arrêter dans un Hilton pour y passer la nuit. La seule chambre disponible à la dernière minute dans cet hôtel était munie d'un lit *queen*. C'était la première fois qu'Alexe et moi allions dormir ensemble ! J'étais nerveuse et en même temps excitée à l'idée de partager mon lit avec elle.

À notre arrivée dans la chambre, nous avons pris une douche chacune notre tour avant de nous retrouver dans le lit devant un épisode de *Friends*. Bonheur total ! J'avais initié Alexe à cette série. Elle était devenue aussi accro que moi. Et ce qui devait arriver arriva… Mais cette fois, c'est moi qui ai pris les devants. Je ne pouvais plus résister… Elle portait un short court assez moulant et une camisole grise légèrement décolletée avec une bordure en dentelle. Elle avait attaché ses cheveux en queue de cheval. L'odeur de son parfum, la douceur de sa peau qui frôlait la mienne… Ça ne m'en prenait pas plus pour perdre le contrôle…

C'est donc dans cet hôtel sur le bord de l'autoroute 87, à Tinton Falls, que pour la toute première fois je suis allée jusqu'au bout avec une fille. C'était incroyable... La passion était au rendez-vous. Le *rush* d'adrénaline, les papillons qui volaient dans tous les sens... J'expérimentais pour la première fois toute une gamme d'émotions et de sensations.

Cette fois-ci, je n'avais eu aucune hésitation. Je me sentais bien et j'avais envie de partager ce moment d'intimité avec elle. Nous étions incapables de nous lâcher l'une et l'autre ! Disons que la nuit a été plutôt courte.

Le lendemain matin, nous avons commandé deux *grandes* lattes au Starbucks de l'hôtel avant de prendre la route vers Long Beach Island. Je ne savais pas comment me comporter après ce qui venait de se passer. Idem de son côté. Je n'avais pourtant pas d'attentes envers elle. Avant de partir, je me doutais qu'il y aurait des rapprochements à un moment ou un autre du voyage, mais pas la première nuit...

Vers midi, nous nous sommes arrêtées à Point Pleasant Beach pour faire une pause. Il y avait un long *boardwalk* et nous avons mangé une bouchée sur le bord de la mer en toute tranquillité. C'était magnifique. Les vagues étaient immenses – beaucoup plus fortes que dans le Sud – et j'avais hâte de m'y lancer. Mon expérience de tempête tropicale à Cuba ne m'avait pas assez traumatisée, faut croire...

Résultat : en moins de cinq minutes, je me suis retrouvée prise dans un tourbillon. Je me faisais brasser dans tous les sens. Je n'avais plus aucune idée d'où se trouvait la rive ou le large ! J'avais l'impression de faire un tour de manège dans une machine à laver !

Quand j'ai réussi, de peine et de misère, à sortir la tête de l'eau pour reprendre mon souffle, une autre vague m'a emportée dans son bouillon. Pendant un moment, j'ai pensé que j'allais y rester ! La puissance de cette deuxième vague m'a propulsée vers la plage. Heureusement, car ça m'a permis de ne pas me noyer ! Malheureusement, quand la vague m'a entraînée jusqu'au bord, mon haut de maillot a remonté jusque dans mon cou et je me suis râpé le ventre sur le sable granuleux.

Je me suis levée, les « boules » à l'air, les cheveux dans le visage et le ventre plein de sang ! OK, ce n'était pas l'hémorragie du siècle. Mais quand même… J'étais tellement étourdie que j'avais l'impression de faire du slalom en titubant pour regagner la plage. De toute beauté !

J'ai replacé mon maillot avant de retourner auprès d'Alexe en tentant de ne pas retomber face première dans le sable ! Une chance que les téléphones intelligents n'existaient pas à cette époque. Sinon c'est clair que je me serais retrouvée dans le *top* des visionnements sur YouTube !

— Maxime ! Est-ce que t'es correcte ?!

Si par « correcte » tu entends « toujours en vie », eh bien oui…

— Oui, oui. Ça va…

Je viens presque de me noyer. J'ai mal partout ! Je viens de m'humilier devant toi et de faire un show *de boules à une centaine de personnes, mais à part ça, je suis* top shape *!*

Quand Alexe a réalisé que je respirais toujours, elle a éclaté de rire. Elle n'était plus capable de s'arrêter. Moi, je riais jaune ! J'étais couchée sur ma serviette de plage. Je tentais de retrouver mes esprits. J'ai été chanceuse dans ma malchance. Ce n'était pas la première fois que je me mettais dans des conditions périlleuses contre les forces de la nature… mais j'avais encore survécu ! Le pointage jusqu'à maintenant : Maxime : 2, océan : 0. Ne vous inquiétez pas, je ne songeais pas à en faire une série quatre de sept.

Deux sauveteurs, qui avaient l'air d'être sortis tout droit de la série *Baywatch*, sont venus à ma rencontre pour me demander si tout allait bien. Il faut croire que mon petit manège dans la mer n'était pas passé inaperçu. À moins que ce soit mes seins ? Mais leur intérêt pour ma cascade n'était en fait qu'un prétexte pour nous inviter à un *party* dans un bar sur la plage en soirée…

Je n'en avais pas envie. Je me voyais davantage déguster une bonne bouteille de vin sur le bord de la mer en regardant les étoiles en compagnie d'Alexe que de faire la *fiesta* sur la plage avec une gang de *lifeguards* !

Qu'est-ce qui est en train de m'arriver ? Dans un passé pas très lointain, j'aurais donné n'importe quoi pour lâcher mon fou avec ce groupe d'apollons !

Alexe a répondu avant moi que nous allions être de la partie.

Quoi ?

Mr. Pecs lui a laissé son numéro de téléphone avant de retourner s'installer *watcher* les pitounes de sa cabane blanche.

— Excellente tactique pour t'en débarrasser, ma chère. Ce fut rapide et efficace !

— De quoi tu parles ?

— Leur dire que nous allions être présentes ce soir… Comme ça, ils n'ont pas passé la demi-heure suivante à essayer de nous convaincre d'y aller !

— Ça serait bien d'y aller, non ?

Re-quoi ?

— Je n'y tiens pas plus qu'il faut…

— Ils ont l'air d'être des gars corrects. Deux méchants pétards. Bien *shapés* en plus ! Je suis certaine qu'on va s'amuser.

Pardon ??? Elle veut aller au party *pour* cruiser *ces deux insignifiants ? J'ai de la misère à la suivre…*

— Tu veux qu'on aille là-bas pour se pogner des *lifeguards* ?!

— Pourquoi pas ?

OK… Je saisis bien ton message. Mais je ne le comprends pas. Est-ce que j'ai halluciné ce qui s'est passé entre nous deux hier ?

— Eh bien, oui ! Pourquoi pas ?

N'importe quoi ! Ça va faire... Affirme-toi, Maxime !

— Tu sais, Max, j'ai aimé ma soirée avec toi hier...

C'est bon à savoir ! Je ne suis pas complètement à côté de la track...

— Et il y a un malaise qu'on tente toutes les deux d'ignorer depuis ce matin. Je t'apprécie beaucoup et je suis contente de faire ce voyage avec toi, mais...

Ah non ! Pas un « mais »...

— Comme je te l'ai dit lors de notre première rencontre, je ne suis pas prête à faire une croix définitive sur les gars...

Et v'lan dans les dents ! Ses propos m'ont ramené les pieds sur terre. Même si ce n'était pas ce que je voulais entendre, son élan d'honnêteté me plaisait.

— Si tu tiens à y aller, on ira. Je ne sais pas où l'on est par rapport à Long Beach Island, par exemple. On a peut-être beaucoup de route à faire encore... Préfères-tu qu'on se loue une chambre près d'ici pour la nuit ?

— C'est vrai, je n'avais pas pensé à ça... T'as raison. On est mieux de faire la route en plein jour. On va laisser faire le *party* ce soir.

Bonne idée !

Alexe a mis ses lunettes de soleil avant de se coucher sur sa serviette de plage pour se faire bronzer. Pendant ce temps, je fixais l'océan... Perdue dans mes pensées.

On a dit toutes les deux qu'on n'était pas prêtes à faire une croix sur les gars. Dans ce cas, pourquoi ça me dérange autant qu'elle tienne à aller faire la fête avec M. Muscle ? Est-ce que je suis jalouse ? Est-ce que mes intentions ont changé en cours de route ? Est-ce que j'ai envie de renoncer complètement aux gars ? Ouf... Je ne sais pas... Mais une chose est claire, j'ai envie de passer du temps avec Alexe. Seule. Je veux profiter au maximum de chaque instant de cette aventure. Un jour à la fois...

***

Nous avons roulé sur le Garden State Parkway dans le silence total. Cette fois-ci, je ne tentais pas de trouver mille et un sujets pour le contrer.

Lorsque nous sommes arrivées près de notre destination, le paysage était à couper le souffle. Pour rejoindre l'île, nous devions emprunter un long pont bordé d'un côté par une marina et de l'autre par l'océan à perte de vue. C'était magnifique!

L'odeur saline que dégageait cet endroit me rappelait de beaux souvenirs d'enfance. Quand j'étais jeune, mes parents louaient tous les hivers une maison sur le bord de la mer à Indian Rocks en Floride. Je passais mes journées à jouer dans les vagues et à ramasser des coquillages. Je les ai encore aujourd'hui, dans une boîte rangée quelque part dans mon placard du bordel. Ça ne m'en prenait pas plus pour que j'oublie la conversation plus ou moins agréable que j'avais eue avec Alexe et pour retrouver mon enthousiasme.

Après avoir franchi le pont, nous sommes arrivées à Long Beach Island. Cette île porte bien son nom. En longueur, on peut parcourir une distance de vingt-huit kilomètres. Et elle fait environ un kilomètre en largeur. À certains endroits, on peut voir l'océan des deux côtés. L'eau n'est pas turquoise comme celle de Cuba, mais les plages sablonneuses à perte de vue de LBI sont exceptionnelles et n'ont rien à envier à celles des Caraïbes.

Sur cette île, on ne trouve aucune grande chaîne hôtelière. Il y a d'immenses maisons sur pilotis à louer un peu partout sur le bord de la mer ainsi que quelques petits motels locaux. Nous avons eu la chance de dénicher une chambre dans le premier endroit que nous avons visité. C'était charmant, le propriétaire était sympathique. Et surtout, on apercevait l'océan de notre balcon!

Autre point positif de cette merveilleuse île: les *surf shops*. Nous en avons repéré des dizaines sur la route principale. Pour deux filles dans la vingtaine qui trippaient à fond sur les marques Billabong et Roxy, c'était le paradis !

Après avoir dévalisé la boutique Ron Jon Surf Shop, nous avons décidé de nous offrir une bonne bouffe de fruits de mer sur une terrasse avec vue sur la mer pour souligner notre arrivée à destination. Le décor était enchanteur. Nous avions l'impression de manger sur un bateau de pêcheurs. Le repas était délicieux et le vin était bon. Nous avons eu droit à un superbe coucher de soleil pour agrémenter ce souper, mais le romantisme n'y était pas. Lorsque nous sommes rentrées au motel, nous avons pris une douche chacune notre tour. Mais, cette fois-ci, nous n'avons pas partagé le même lit… Il y en avait deux dans la chambre. Même si j'avais encore envie de dormir avec Alexe, j'ai respecté son choix de s'installer dans le deuxième…

***

Le lendemain matin, les rayons du soleil m'ont sortie de mon sommeil profond. Je me suis dirigée vers le balcon. Le temps était splendide ! Le ciel était bleu. Aucun nuage en vue. La température chaude et humide ne me donnait qu'une seule envie : aller me baigner dans la mer ! Était-ce en raison de ma jeune vingtaine ou de ma mémoire sélective, apparemment, mes culbutes de la veille ne m'avaient pas assez traumatisée pour me convaincre de me tenir loin des vagues. En attendant, je me suis assise sur le balcon.

Quand je suis revenue dans la chambre, Alexe était en train de préparer du café. Nous nous sommes installées à l'extérieur pour prendre le petit-déjeuner.

— As-tu bien dormi, Maxime ?

— Super !

J'aurais préféré dormir avec toi… Mais c'est un détail.

— Il fait beau et chaud ! J'ai hâte d'aller me baigner.

— Moi aussi ! On devrait s'arrêter au magasin général en face pour s'acheter des planches de surf.

Rectification : des mini planches pour les enfants de cinq ans et moins.

— Excellente idée !

Après avoir mangé, nous nous sommes empressées d'enfiler nos maillots avant de prendre la direction de la plage, où nous avons passé la journée à nous amuser dans les vagues. Cette fois-ci, personne n'a frôlé la mort ! Et je n'ai montré mes boules à personne !

Pour le souper, nous avons décidé de mettre le cap sur Atlantic City. C'était à une quarantaine de minutes en voiture. Aussi bien en profiter pendant que nous étions dans la région.

À notre arrivée, nous avons déniché un stationnement dans un hôtel casino à proximité du restaurant asiatique renommé que nous voulions essayer. Malheureusement, c'était plein à craquer. Il y avait une attente de quatre-vingt-dix minutes pour une table de deux personnes !

— Qu'est-ce qu'on fait, Alexe ? Est-ce qu'on va manger ailleurs ?

— Je n'ai pas super faim. Je peux attendre.

— Pour qu'il y ait autant de monde, c'est signe que ça doit être bon… Ça ne me dérange pas de patienter non plus.

— Parfait ! On va laisser notre nom.

— On pourrait aller visiter l'hôtel casino Tropicana à côté en attendant.

— Bonne idée !

À l'entrée de l'hôtel, dans un passage tranquille, j'ai mis un billet de cinq dollars dans une machine à sous pendant qu'Alexe était aux toilettes. Après le deuxième tour, la machine s'est mise à faire de la musique : trois diamants se côtoyaient sur la ligne principale.

— Alexe ! Alexe ! Je pense que je viens de gagner le gros lot !

— Hein ?! T'es sérieuse ?

— Je ne sais pas trop… Mais les crédits n'arrêtent pus de monter !

— *My God !*

— On va se payer la traite ce soir…

Ce n'était pas le million… Mais mille cinq cents dollars américains, ça se prend plutôt bien… ☺ Il n'y avait pas de meilleure façon pour entamer la soirée.

À notre arrivée au restaurant, nous avons commandé une bonne bouteille de vin pour accompagner nos plats de fruits de mer cuisinés à l'asiatique. Alexe a été la première à porter un *toast* :

— Merci de m'avoir invitée à faire ce voyage. J'ai l'impression qu'on va passer une belle semaine.

— Merci à toi d'avoir accepté. J'avais vu des photos de l'endroit, mais c'est encore plus beau en vrai. Alexe ! *Check* sur le panneau derrière toi… Pearl Jam est en concert demain soir à l'hôtel Borgota.

— Arrête ! C'est mon groupe préféré ! a-t-elle répondu avec enthousiasme.

— On ira voir après le souper s'il reste des billets. Je t'invite !

Malheureusement, notre chance est restée au casino. Le spectacle était *sold out*. Néanmoins, je n'étais pas inquiète : nous allions trouver d'autres activités pour meubler nos temps libres…

***

Après avoir profité des jours qui ont suivi à relaxer à la plage, il était temps de rentrer au bercail. Nous avons quitté l'île vers 17 heures. Une longue route nous attendait…

Une fois engagée sur la portion la moins achalandée de l'autoroute qui traverse l'État de New York, j'ai appuyé sur l'accélérateur afin de gagner quelques minutes sur le cadran. À la hauteur du village fantôme de Pottersville (oui, ça existe vraiment !), le ciel a été illuminé… par les gyrophares d'une voiture de police.

— Merde!

— Qu'est-ce qui se passe? a demandé Alexe, tout endormie.

— J'ai la police qui me suit avec ses lumières allumées.

— Ben, arrête-toi!

— C'est ce que je veux faire, mais je ne vois rien. Ils ont manqué de budget pour la pose de lampadaires par ici!

— Tu n'as pas le choix! Ralentis et arrête-toi sur l'accotement. Tu roulais à combien?

— Je ne sais pas trop. Cent trente. Cent quarante…

— Merde! C'est au-dessus de la limite, ça!

Ouin, pis? C'est pas toi qui es en train de te taper huit heures de route! C'est facile à dire quand on dort à côté…

— On verra… Je pense que la limite maximum est fixée à cent dix par ici.

— Quand même… T'es vingt à trente kilomètres au-dessus.

Merci pour la leçon de math… Mais je sais compter!

— Chut… Le policier approche.

— Fais comme si tu ne savais pas parler anglais… Ça va peut-être aider. Pis mets en évidence ta *crackès dès boùlezzs* et sors ton plus beau sourire. Ça risque d'être plus efficace!

— Oublie ça. Je pense que c'est une fille qui s'approche avec un énorme chapeau sur la tête.

À peine ai-je eu le temps de terminer ma phrase que j'ai entendu cogner dans ma fenêtre. Je me suis empressée de l'ouvrir:

— *Good evening*… ai-je dit en essayant d'avoir un accent plus ou moins crédible qui, au bout du compte, ressemblait plus à un accent japonais que français.

***

Finalement, on s'était énervées pour rien. La shérif ne m'a donné qu'un avertissement : j'avais un phare arrière brûlé. C'est tout. Et pour celles qui se poseraient la question, il ne s'est rien passé du reste du voyage entre Alexe et moi. Nous avons échangé quelques baisers complices à l'occasion sur le bord de la mer, mais sans plus. Sur le chemin du retour, j'étais silencieuse. De nouveau plongée dans mes pensées…

Est-ce que le voyage aurait pris une tournure différente si nous n'avions pas couché ensemble la première nuit ? Est-ce qu'elle regrette d'avoir manqué le fameux party *de* lifeguards *? Pourquoi avait-elle envie d'y aller ? Qu'est-ce qui nous attend à notre retour au Québec ? Est-ce que je vais la revoir ?*

Beaucoup trop de questions pour bien peu de réponses… Nous avions évité d'aborder ces sujets durant nos vacances. Peu importe ce que l'avenir me réservait, une chose était certaine : je reviendrais un jour à Long Beach Island. Accompagnée d'Alexe ou non…

29

Qui se ressemble s'assemble

Quelques semaines après le voyage à Long Beach Island, je me retrouvais sur les bancs d'école. Retour en mode hibernation…

Est-ce que je voyais toujours Alexe ? Eh bien, oui ! Est-ce que les choses entre nous étaient devenues plus claires pour autant ? Eh bien, non ! Depuis le début, notre relation, si je peux l'appeler ainsi, était tout sauf claire…

La distance qui nous séparait ne nous facilitait pas la tâche. De mon côté, j'avais des cours toute la semaine à Montréal, pendant qu'Alexe travaillait du lundi au vendredi en Mauricie. Elle venait me rendre visite tous les week-ends à Terrebonne. Mes parents ne se posaient pas trop de questions. On prenait soin de préparer un lit à côté du mien. De cette façon, ils ne se doutaient pas qu'on dormait ensemble. Quand on les entendait descendre, Alexe faisait un vol plané pour atterrir sur le matelas par terre. Une vraie cascadeuse professionnelle !

Oui, vous avez bien lu… Alexe et moi dormions à nouveau dans le même lit ! Évidemment, il y avait eu des rapprochements. Et ce, à plusieurs reprises… Même si notre « relation » avait en quelque sorte évolué, nous étions loin d'avoir le statut de couple. En fait, nous évitions le sujet et nous nous contentions de vivre le moment présent.

Il me semble que je répétais souvent cette phrase depuis que je connaissais Alexe…

Un matin d'octobre, une fille est venue s'asseoir à ma gauche dans l'auditorium du cours de méthodologie. Bizarre, je ne l'avais jamais vue avant… Elle portait des lunettes de secrétaire cochonne Dolce & Gabbana, des talons hauts noirs d'au moins cinq pouces (comment avait-elle fait pour monter les marches sans bêcher ?) avec une jupe noire ajustée et un chemisier rose qui *matchait* avec la couleur de son *gloss*. Elle s'est assise à côté de moi sans me regarder. Elle était dans sa bulle. (Pour ne pas dire qu'elle avait l'air bête.) J'ai vu dépasser de son agenda des billets pour le match d'ouverture des Canadiens.

Tous ceux qui me connaissent peuvent vous confirmer que je suis LA PLUS GRANDE PARTISANE DES CANADIENS DE MONTRÉAL !

— T'es chanceuse d'avoir des billets pour aller voir les Canadiens. As-tu espoir que le lock-out se règle rapidement ?

Elle m'a regardée comme si je venais de débarquer de la planète Mars, en se disant probablement : « Mais pourquoi elle me parle, elle ? » Après un silence de quelques secondes, elle m'a répondu :

— Oui.

C'est tout ? J'ai quand même fait un effort pour tenir une conversation. Une de plus sur ma *blacklist* de crimino !

Quelques instants plus tard, elle a finalement ajouté :

— Mon père a un abonnement de saison. T'aimes le hockey?

OMG! C'est ma nouvelle meilleure amie!

— Oh que oui! Je ne sais pas comment je vais faire pour survivre à l'hiver sans hockey… J'espère que le conflit va vite se régler!

Si j'avais su à ce moment-là que la saison complète tomberait à l'eau, je me serais tapé une dépression nerveuse.

— Il le faut! Après avoir perdu en quatre matchs contre Tampa Bay aux dernières séries et vu ce club de Mickey Mouse soulever la coupe quelques semaines plus tard, ça fait chier! Ils doivent se reprendre cette année.

Enfin! Une fille qui peut parler d'autre chose que des lectures obligatoires…

— La coupe Stanley à Tampa… Ça, c'était n'importe quoi! Je suis persuadée que si on faisait un vox pop auprès des gens de là-bas, à part les Québécois qui y vivent, ils diraient que la coupe Stanley est un trophée de natation. Ils ne connaissent rien au hockey. Ce sont les Canadiens qui auraient dû se rendre en grande finale!

Oui, c'est moi la partisane « crinquée », celle qui est convaincue que son équipe favorite est la meilleure du monde, qui explique les déboires des joueurs en jetant le blâme sur l'arbitrage merdique et qui croit que les villes où il n'y a pas de neige en hiver ne sont pas dignes d'avoir un club de hockey!

Bonjour, je m'appelle Maxime et je fais partie des Fans finis anonymes…

— Je suis d'accord avec toi!

— Moi, c'est Maxime.

— Lyvia.

— Est-ce que tu demeures sur le campus?

— Non, je viens de la Rive-Nord. Et toi?

— Pour vrai? J'habite à Terrebonne.

— Moi, Mascouche! On habite proche… Tu voyages en transport en commun ou en auto?

— Es-tu malade ? Le transport en commun, non merci ! Je préfère me taper le trafic tous les matins.

— Moi aussi, j'utilise ma voiture. J'ai ma passe de stationnement à Jean-Brillant.

— Si ça te dit, on pourrait faire du covoiturage de temps en temps ? lui ai-je proposé.

— C'est certain ! Laisse-moi tes coordonnées et on s'organise ça.

— Génial !

Drôle de coïncidence…

***

Le lendemain matin, Lyvia est passée me chercher pour qu'on voyage ensemble jusqu'à l'université. Lorsque nous sommes arrivées en classe, le professeur n'y était pas…

— J'espère qu'on n'est pas venues à Montréal pour rien ce matin ! a dit Lyvia.

— Ben non ! Il est tout le temps en retard, ce prof-là. Il va arriver d'une minute à l'autre. C'est un jeune. Il doit sortir les jeudis soir pour se taper des étudiantes de première année. C'est pour ça qu'il a de la misère à se lever le vendredi matin…

— C'est vrai ! Je l'ai vu au *party* de la rentrée… Tu fais quoi, ce week-end ?

— Euh… Mon copain descend de Trois-Rivières…

WHAT THE FUCK ? *Qu'est-ce que je viens de dire là, moi ? Mon copain ?*

— Ah ! Ça fait longtemps que vous êtes ensemble ?

Fuck ! Fuck ! Fuck !

— C'est récent. J'ai rencontré Éric l'été dernier…

Éric ?

— Trois-Rivières… Ce n'est pas à la porte…

— Je sais. Il est pompier à Shawinigan. C'est le copain d'une de mes amies qui me l'a présenté. C'est grâce à lui qu'on s'est rencontrés.

Quessé ça ? Éric, le pompier ? Je ne suis pus juste en train de m'inventer un chum. C'est ma vie au grand complet que je refais… Est-ce que je suis rendue mythomane ? À force de baigner dans l'univers tordu des criminels, peut-être que je deviens comme eux ? OK. Calme-toi, Max ! Ce n'est pas contagieux… Mais pourquoi me suis-je embarquée là-dedans ?

— Mon chum aussi est pompier ! Il travaille à la caserne de Boisbriand à temps partiel en terminant ses études à l'IPIQ.

Si ce n'est pas WONDERFUL *! C'est fou, ces coïncidences que la vie nous réserve parfois…*

— Pour vrai ?

J'ai été sauvée par mon professeur qui est arrivé en classe à la course. Je me suis penchée vers Lyvia et je lui ai dit à voix basse :

— Je te l'avais dit qu'il était sorti hier. On peut encore voir l'étampe sur sa main gauche.

— Ha ! Dégueu… Je suis même certaine qu'il n'a pas pris sa douche !

Durant la première moitié du cours, j'étais incapable de me concentrer. Je repassais en boucle la série de mensonges que je venais d'enchaîner. À la pause, nous sommes sorties prendre l'air. Il faisait un temps splendide à l'extérieur. Quand j'ai regardé l'heure sur mon cellulaire, j'ai vu qu'il y avait un icône de nouveau message vocal, bien que je n'aie pas manqué d'appel. Les ondes de cellulaire n'étaient pas toujours excellentes dans l'auditorium.

C'était Alexe. Ses plans avaient changé à la dernière minute pour le week-end. Plutôt que de venir me rendre visite, elle partait quelques jours dans le bas du fleuve chez… SON EX ! Ils étaient restés en bons termes et elle allait le visiter à l'occasion en « amis »… L'amitié entre gars et filles, surtout avec un ex, je n'y crois pas ! Les gars pensent toujours en fonction du sexe… Je généralise, mais il y a dans ce préjugé une part de vérité.

J'étais déçue, mais je ne pouvais pas le lui dire... Je devais avaler la pilule, un point c'est tout. Je m'étais embarquée dans cette « relation » nébuleuse en connaissance de cause. Il n'en revenait qu'à moi d'y mettre un terme si ça ne me convenait plus.

Au moment où je prenais ce message, j'ai entendu Lyvia discuter au téléphone à côté de moi :

— T'es pas sérieux, Pat ? Une autre *game* de hockey ce soir ?! Tu m'avais promis qu'on irait souper ensemble... Oui, je comprends qu'il manque un joueur. Mais ce n'est pas ton problème ! C'est le L-E-U-R !... Oui, c'est bon... On s'en reparle... Je dois raccrocher... Je termine ma pause... BYE !

Sans réfléchir, j'ai proposé à Lyvia :

— Ce n'est pas que je voulais écouter ta conversation... Mais je pense que je ne suis pas la seule à s'être fait *flusher* par son chum à soir ! En tout cas, si ça te dit, je t'invite chez moi pour un souper à la bonne franquette : *vino*, baguette de pain, fromages et pâtés...

Toutes des bonnes choses pour la santé ! ☺

Elle m'a répondu avec enthousiasme :

— Bien sûr que je suis partante ! Merci pour l'invitation ! S'il pense que je vais rester comme une dinde à l'attendre à la maison...

***

À la fin des classes, nous nous sommes arrêtées pour faire nos achats avant de rentrer chez moi. Mes parents étaient au chalet à Tremblant pour le week-end et mon frère était parti jouer au hockey.

C'était une bonne chose que Lyvia ait accepté mon invitation. Ça me permettait de me changer les idées. Et surtout d'arrêter d'imaginer Alexe en train de coucher avec son ex.

Au fur et à mesure que la soirée avançait, la consommation de vin augmentait, et comme cela arrive à l'occasion – pour ne pas dire toujours –, certaines inhibitions tombaient… On se lance parfois dans des sujets de discussion que l'on n'aurait pas abordés à jeun.

Après que Lyvia m'a dévoilé un secret très personnel – je ne vous dirai certainement pas de quoi il s'agit… c'est un SECRET –, je me suis lancée dans les grandes confidences à mon tour… Avec la fluidité verbale d'une alcoolique finie!

— Lyvia, je n'ai pas été correcte avec toi…

Maudite BOISSON! Ça joue sur notre conscience et ça déclenche les remords…

— Comment ça? a-t-elle répliqué, la mine confuse.

Ouin… J'avoue que ça sonne grave, mon affaire… Venant d'une fille qu'elle connaît à peine, elle doit se demander ce que j'ai bien pu lui faire. Ne t'inquiète pas, je n'ai pas eu le temps de frencher *ton chum!*

— Je t'ai menti!

Good job, *Max! Excellente tactique pour dédramatiser la situation!*

— À quel sujet?

Estiiie! Qu'est-ce que j'ai d'affaires à m'ouvrir la grande trappe encore?!

La *toune* des Black Eyed Peas s'est mise à jouer dans ma tête: « Shut up, just shut up, shut up… »

— Mon chum…

Max, ça va faire, les niaiseries! Te souviens-tu de la dernière fois que t'as abordé ce sujet avec ta meilleure amie? T'as oublié sa réaction ou quoi? Depuis cette révélation, Carrie « semble » avoir un emploi du temps plutôt chargé.

C'est peut-être mon imagination qui me joue des tours, mais c'est quand même une drôle de coïncidence…

Comment penses-tu qu'une pure étrangère va réagir? C'est la première fille avec qui t'as un minimum d'affinités en crimino… Tu préfères passer les deux prochaines années de ton bac à broyer du noir et regretter ce que tu es sur le point de lui dire?

— Qu'est-ce qui se passe avec ton chum?

— Éric... Mon chum...

— Oui...

— En réalité, il ne s'appelle pas É-R-I-C... Il s'appelle Alexe!

— OK? a répondu Lyvia, plus ou moins certaine de comprendre la gravité de ma déclaration – car avec le temps j'en étais venue à considérer qu'Alexe n'était qu'un prénom de fille.

— Ce que je veux dire... c'est qu'E-L-L-E s'appelle Alexe.

Au moment de faire cette révélation, j'ai éclaté en sanglots... Pourquoi?

a) À cause de ma surconsommation d'alcool?

b) À cause du souvenir cauchemardesque de la première fois où j'avais abordé le sujet avec Carrie et de son absence dans ma vie depuis?

c) Parce que je me disais que si je faisais pitié ça allait mieux passer?

d) Parce que j'étais triste qu'Alexe ait préféré rendre visite à son ex plutôt que de passer du temps avec moi?

e) Toutes ces réponses.

À ma grande surprise, Lyvia s'est approchée de moi et m'a prise dans ses bras:

— Tu sais, Maxime... L'important, ce n'est pas avec qui tu sors, mais que tu sois bien avec la personne avec qui tu choisis de sortir. Peu importe que ça soit une fille ou un gars, je ne te vois pas différemment! Je suis contente d'avoir fait ta connaissance. Enfin une fille avec qui je vais avoir du *fun* en crimino! Je te réserve pour tous les travaux d'équipe des deux prochaines années...

— *Deal!* lui ai-je répondu en pleurant et en riant en même temps, soulagée.

— Est-ce que t'as toujours fréquenté des filles?

— Non! Pas du tout! Si tu savais... C'est la première fois.

— Ça fait longtemps que vous sortez ensemble?

— Pour être franche avec toi, on se voit... Mais je ne peux pas dire qu'on forme un couple.

— Ah non?

— On apprend à se connaître… Malgré que je suis en train de battre un record. Ça va faire trois mois qu'on se « fréquente ». Si elle était un gars, je serais à la veille de la sacrer là!

— Est-ce que t'es en amour avec elle?

— C'est une bonne question… Si par amour tu veux dire que je pense souvent à elle, que j'ai toujours envie de la voir, que j'ai les jambes molles quand elle me regarde, que je fonds sur place quand elle m'embrasse… je pense que oui…

— Est-ce qu'il y a des gens dans ton entourage qui sont au courant?

— *Nope!* C'est nouveau pour moi… Je ne sais pas comment gérer ça. Même avec Alexe, j'ai de la difficulté à aborder le sujet. On a beaucoup de plaisir ensemble. Je suis bien avec elle et je suis convaincue que c'est réciproque. Mais ça nous fait peur à toutes les deux. C'est plus facile d'éviter d'en parler et de laisser les choses aller.

— De nos jours, ce n'est plus comme dans le temps de nos parents. Crois-tu vraiment que tes amies et ta famille réagiraient mal face à ça?

— La première fois que j'ai essayé d'en parler à ma meilleure amie, ça ne s'est pas très bien passé, disons…

— C'est plate… Mais il ne faut pas que tu t'arrêtes à ça. Si t'es en amour avec cette fille-là, tu ne devrais pas avoir peur de le vivre avec ton entourage.

— C'est plus facile à dire qu'à faire, mettons…

— J'imagine. Je ne suis pas dans ta situation.

— Même pour moi, ce n'est pas clair. En t'en parlant, je réalise que je suis en train de tomber en amour avec elle… Sinon je ne me donnerais pas le droit de penser à elle de cette façon. Mais plus je passe du temps avec elle, plus j'apprends à la connaître et plus j'ai envie d'être à ses côtés…

— C'est pas mal ça, l'amour, ma belle…

— Déjà que les relations tout court, c'est compliqué. Pense à ce que ça implique quand c'est deux filles mêlées. Toute une partie de plaisir !

— Laisse les choses aller… Si vous êtes faites pour être ensemble, les morceaux du puzzle vont se mettre en place, étape par étape.

— Ouais… T'as raison. En tout cas, je peux te dire une chose, ça me fait du bien de t'en parler. J'ai l'impression que je suis folle des fois. C'est comme si je vivais une double vie…

— T'es loin d'être folle ! N'importe quand, si t'as besoin d'en parler, fais-moi signe. Ça ne doit pas être évident de garder tout ça pour toi.

— Je te remercie, Lyv.

— Je suis contente que mon chum m'ait *flushée* pour son hockey ce soir. C'est une belle soirée de filles.

— *Let's drink to that !*

Encore une fois, le destin a bien joué ses cartes… Si Alexe n'avait pas changé ses plans à la dernière minute pour aller rendre visite à son ex, je n'aurais peut-être jamais eu l'occasion de vivre ce moment en compagnie de Lyvia. Je venais de m'ouvrir à quelqu'un pour une deuxième fois concernant mon attirance envers les filles et, cette fois-ci, la réaction de cette confidente m'avait fait le plus grand bien…

Un an après mon entrée dans le programme du bac en criminologie, j'ai rencontré ma première véritable amie d'université. Cette blondinette au sourire sorti tout droit d'une pub de Colgate était une bombe d'énergie sur deux pattes et une *entertainer* hors pair. Il ne fallait surtout pas se fier à son air angélique et à sa petite taille… Du haut de ses cinq pieds, elle n'avait pas la langue dans sa poche ! Cette fille pouvait mettre le grappin sur n'importe quel gars qui lui plaisait. Avec son *look* de starlette hollywoodienne combiné à sa personnalité et son sens de l'humour à la Cathy Gauthier, aucun gars ne pouvait lui résister !

À cette époque, j'étais loin de me douter que ce « vins et fromages » improvisé allait être un tournant dans ma vie. C'est lors de cette soirée que l'amitié entre Lyvia et moi est née. Tout comme Carrie et Isabelle, elle était destinée à se trouver sur mon chemin…

30

« Une chance que je t'ai...
Je t'ai, tu m'aaaaaas ! »

Une chance qu'on s'a, Jean-Pierre Ferland

— La demoiselle en jaune, c'est à ton tour! dit le photographe.

Lyvia s'arrête au beau milieu de sa conversation avec une autre demoiselle d'honneur pour se dépêcher à ouvrir son sac à main et faire une retouche à son *gloss*.

— Hum, hum, s'impatiente mon « sympathique » photographe.

— Ben quoi ! Je ne prends jamais de photo sans mon *gloss*, lui répond Lyvia, sans gêne.

— Allez, viens me rejoindre, mon p'tit rayon de soleil, lui dis-je.

Mon amie s'avance vers moi en ne regardant pas où elle met les pieds, trop occupée à appliquer son fameux *gloss* devant un miroir portatif. Prenant place à mes côtés, elle soulève le bas de sa robe pour mettre sa cheville en avant-plan.

Le photographe lâche son appareil des yeux.

— La demoiselle jaune, est-ce possible de…

— Je m'appelle L-Y-V-I-A !

L'homme hoche la tête, découragé, avant de terminer sa phrase.

— Lyvia, est-ce possible de replacer ta jambe droite ?

— J'ai pas souffert le martyre pour rien ! Il faut bien que je le montre, ce *tattoo*-là !

Après une de ses ruptures (parce que, oui, il y en a eu plusieurs), Lyvia a décidé sur un coup de tête d'aller se faire tatouer un symbole chinois sur la cheville.

— C'est quoi, la signification de ton tatouage ? lui demande l'assistante du photographe avec curiosité.

— Ça veut dire : vérité, répond Lyvia, fièrement.

Je suis incapable de retenir mon fou rire.

— Maxime, qu'est-ce que t'as à rire ?

— Ben… Es-tu certaine de dire la v-é-r-i-t-é ? dis-je à voix basse en continuant à me moquer d'elle.

Lorsque Lyvia a décidé d'aller se faire tatouer, je l'ai accompagnée. (Pour le soutien moral seulement, je suis bien trop feluette pour m'en faire faire un !)

Elle a choisi de se faire tatouer le mot « vérité » en chinois, qui est représenté par deux symboles. Ma chère Lyv, qui est aussi (sinon plus) feluette que moi, a réussi de peine et de misère à endurer la douleur du premier. Et elle est partie en pleurant avant que le tatoueur puisse terminer son travail…

— Eille ! Vois-tu un Chinois par ici, toi ? Moi, non ! Il y a juste toi pis moi qui le savons que j'ai une « demi-vérité » tatouée sur la cheville.

— Tu sais bien qu'on taquine ceux qu'on aime… lui dis-je en lui faisant un clin d'œil.

— Ben tu dois m'aimer en calvaire !

Je réplique sur un ton plus sérieux :

— Tu le sais que je t'adore, mon amie. Je n'aurais jamais été capable de passer à travers ma vingtaine sans toi…

— C'est réciproque.

Lyvia, c'est ma sœur cosmique. Nos peines d'amour, nous les avons toutes vécues en même temps ! C'était à un point tel que, si le couple de l'une battait de l'aile, l'autre commençait à s'inquiéter du sien. Bien que nous soyons très différentes, personne n'a jamais su me remettre les idées à la bonne place comme cette chère Lyv sait le faire…

31

9-1-1

À 16 heures le dimanche, je n'avais toujours pas eu de nouvelles d'Alexe.

J'imagine qu'ils s'amusent comme des petits fous… Elle aurait au moins pu trouver deux minutes pour me donner signe de vie. À moins qu'elle n'en ait pas envie? Pendant son séjour là-bas, elle a peut-être réalisé qu'elle aimait toujours son ex et qu'elle voulait quitter sa vie en Mauricie pour le rejoindre là-bas? Petit hamster, calme-toi…

Je me suis plongé le nez dans mon travail de session afin de me garder la tête occupée. Et surtout pour m'éviter une crise de panique… Mais il était déjà trop tard. Mon estomac s'était noué et j'avais la nausée. Je vérifiais mon cellulaire aux trente secondes en me disant: « Qu'est-ce que t'attends pour sonner? »

Pendant que j'essayais tant bien que mal de trouver ma concentration, j'ai entendu du bruit à l'étage. Pourtant, mes parents n'avaient pas prévu revenir du chalet avant lundi soir et mon frère participait à une journée portes ouvertes à son collège. J'ai fermé le son de ma radio. *Oh my God!* D'autres bruits de pas se sont fait entendre.

Est-ce que j'ai oublié de verrouiller la porte? Impossible! Fuck! *Quelqu'un descend les marches!*

Je me suis empressée de barrer la porte de ma chambre avant de composer le 9-1-1 sur mon cellulaire. Pendant que j'étais en train de faire part de ma détresse à la gentille dame du service d'urgence, j'ai vu ma poignée tourner. Quelqu'un tentait de l'ouvrir.

— Maxime? Es-tu là?

Je rêve ou quoi? Je reconnais cette voix féminine... C'est Alexe!

— Euh... Je suis désolée, madame. C'est une fausse alerte... C'est ma copine... Euh, je veux dire mon amie, qui est venue me rendre visite.

— Avec qui tu parles? Ouvre-moi!

— Oui. Tout va bien, je vous l'assure.

En raccrochant avec le 9-1-1, j'ai ouvert la porte de ma chambre pour trouver Alexe devant moi, tout sourire.

— Qu'est-ce que tu fais là?

— Je m'ennuyais de toi... m'a-t-elle répondu en s'avançant vers moi pour m'embrasser.

Je lui ai retourné son baiser avant de lui demander:

— Il est tard... Tu ne travailles pas demain?

— Non, madame! J'avais demandé mon lundi de congé au cas où j'aurais prolongé mon séjour dans le bas du fleuve.

— Mais qu'est-ce que tu fais ici, alors?

— Je te l'ai dit, je m'ennuyais de toi! Je suis habituée de te voir tous les week-ends. Je n'avais pas eu ma dose de Maxime cette semaine.

— T'es drôle! Je suis contente de te voir, moi aussi...

— Dis-le à ta face, parce qu'on dirait qu'elle a vu un fantôme!

— Ben là, il y a deux secondes, je pensais que j'allais me faire attaquer !

— Par qui ? T'as le don de dramatiser des fois… J'ai cogné, mais ça ne répondait pas. J'ai testé la poignée et c'était déverrouillé.

— Ahhhhh. C'est mon frère qui a dû oublier de fermer à clé encore une fois… Il ne m'écoute jamais ! Tu t'es bien amusée ce week-end ?

— Oui…

— OK… ai-je répliqué en restant immobile comme une statue devant elle.

— Ça te dérange que je sois allée voir mon ex ?

— Non ! Pas du tout… Ben, pour être honnête avec toi, oui. Un peu.

Un peu… Depuis vendredi que je focusse *là-dessus ! Ce n'est même plus au point de me déranger, ça m'obsède !*

— Je comprends. Mais tu n'as vraiment pas à t'en faire.

Bla-bla-bla… C'est la phrase typique employée après avoir trompé son chum ou sa blonde.

— Alexe, tu n'as pas de compte à me rendre… On ne s'est jamais dit qu'on n'était plus sur le marché des joueurs autonomes.

— Marché des joueurs autonomes ? De quoi tu parles ?

— Je veux dire qu'on ne s'est pas promis l'exclusivité… On passe du bon temps ensemble. Mais comme tu me l'as dit à Long Beach Island, tu n'es pas prête à t'engager et à faire une croix définitive sur les gars…

— Je veux prendre mon temps. C'est normal, non ? Mais je tiens à toi, Maxime.

— Moi aussi…

— En tout cas, ce n'est peut-être pas clair pour toi. Mais de mon côté, je ne compte pas aller voir ailleurs. J'espère que c'est réciproque…

C'est TOUT, sauf clair. Je ne suis pas Jojo Savard ! Je ne lis pas dans tes pensées, ma belle…

— Je n'ai pas envie d'aller voir ailleurs, moi non plus…

— Boooonnnn… Est-ce que je viens d'embaucher l'agente libre la plus recherchée sur le marché des joueurs autonomes ? a dit Alexe en me faisant un clin d'œil.

Je n'ai pas pu me retenir de rire et d'embarquer dans son jeu :

— Oui ! Et j'exige un contrat à un volet. Pas question de retourner faire des heures supplémentaires dans les ligues mineures !

Elle m'a serré la main comme si on venait de signer un contrat important.

— Tes parents ne sont pas là ?

— Non, ils sont au chalet…

— Hummm… On a la maison à nous pour combien de temps encore ?

— On a deux bonnes heures encore devant nous…

— C'est parfait pour ce que j'avais en tête !

Sans plus attendre, Alexe m'a lancée sur mon lit. Elle sentait si bon. Cette façon qu'elle avait de m'embrasser… Je n'avais qu'une seule envie : lui faire l'amour…

32

Le placard du bordel

— Joyeux Noël, mon amour !

— Techniquement, le 3 janvier, ce n'est plus Noël !

— Arrête de te plaindre…

Des fois, ça m'arrive de chialer pour rien – comme la plupart des filles. Mais j'avais une bonne raison cette fois-ci d'exprimer mon insatisfaction. J'étais déçue de ne pas avoir passé le temps des fêtes en compagnie d'Alexe… Mais ça allait de soi. Personne de sa famille ou de la mienne n'était au courant de notre histoire.

— Allez, déballe ton cadeau !

Je ne me suis pas fait prier. J'ai déchiré le papier dans le temps de le dire. Une paire de lunettes de soleil Oakley à monture MAUVE se trouvait sous l'emballage.

— WOW ! Elles sont trop *hot* !

— Quand je les ai vues, j'ai tout de suite pensé à toi. Tu les aimes ?

— Je les A-D-O-R-E ! Merci, mon amour. Je suis très contente. Allez, c'est à ton tour…

— Essaye tes lunettes avant.

Je me suis empressée de les enfiler. Je les ai descendues sur le bout de mon nez en jetant un regard aguicheur à Alexe pour la faire rire.

— T'es *full* sexe, mon amour !

Je lui ai envoyé un bec soufflé à la Marilyn Monroe, question de poursuivre sur mon élan de *wanna be superstar* :

— Allez, bébé ! Ouvre le tien !

Alexe tâtait la boîte dans tous les sens pour essayer de deviner ce qui s'y cachait.

— Tu ne sauras jamais ce qu'il y a là-dedans ! lui ai-je dit, sûre de moi.

— Attends. Laisse-moi faire… Hummm… C'est un sac à main !

— Comment t'as fait pour deviner ? J'ai pris la peine de l'emballer dans une boîte de batterie de cuisine !

— Ahhhh… Je sais tout…

— Je te soupçonne d'espionnage !

— Tu sauras que tu ne peux rien me cacher, a répondu Alexe avec son petit air espiègle si mignon qu'il me donnait envie de lui mordre les joues.

— Tu ne t'attendais pas à ce que je t'achète celui-là, hein ?

— Ça non… Il est trop *hot* ! Merci, ma chérie. Il *fitte* avec mes nouvelles bottes. T'as trouvé ça où ?

— Ahhh… Tu ne sais pas tout alors ?

— Ça fait des mois que j'en cherche un comme celui-là !

— Ne m'en veux pas, mais je me suis acheté le même en mauve…

— Tu n'as toujours pas répondu à ma question…

— Je ne l'ai pas acheté ici. J'ai fait un aller-retour de l'autre côté de la frontière avec mon frère le week-end du *Black Friday*.

— Je suis trop contente, merci encore.

Elle s'est approchée de moi pour m'embrasser.

— Penses-tu qu'on devrait aller chercher mon auto ?

Plus tôt dans la journée, j'étais allée rejoindre Alexe au Tim Hortons à la jonction de l'autoroute 640. Nous avions garé sa voiture là-bas pour éviter de prendre deux véhicules pour faire nos commissions. Mais nous avions oublié d'aller la récupérer avant de rentrer chez moi…

— Ça peut attendre à demain… Il vient de commencer à neiger. Je *feel* pour rester au chaud à la maison.

— Ils ne vont pas me remorquer, j'espère.

— C'est sûr que non ! Ne t'en fais pas.

J'avais la maison à moi toute seule pour le week-end. Mes parents avaient prolongé leur séjour au chalet tandis que mon frère Joey était chez Léa, sa nouvelle copine.

Pendant longtemps, mon frère et moi avons été comme chien et chat. Je suis de deux ans son aînée. Malgré nos ressemblances physiques, nos personnalités sont – comment dire ? – à l'opposé ! Je suis de nature anxieuse dans la vie en général, alors que le gène de l'anxiété a passé *go* quand mon frère a été conçu. Il possède une très haute estime de lui-même et il n'hésite pas à clamer sa valeur haut et fort. Ça frôle la tendance narcissique, son affaire ! Les gens qui croient que je suis « verbomoteur » réalisent finalement que je ne parle pas tant que ça quand ils rencontrent mon frangin…

Il est aujourd'hui enseignant en éducation physique dans une école secondaire privée de Montréal. (Je l'imagine déjà en train de rouspéter : « Je ne suis pas un enseignant, je suis un pédagogue ! ») Pas question pour lui et son ego de travailler dans une école publique. Il veut former l'élite de la société en devenir. Il est fier de se taper deux heures de trafic par jour pour être un P-É-D-A-G-O-G-U-E dans l'une des écoles les mieux cotées au Québec. Sa belle gueule fait de lui le professeur préféré de toutes les adolescentes. Depuis qu'il y enseigne, le taux de participation de la gent féminine aux cours d'éducation physique n'a jamais été aussi élevé dans cette école !

Dix ans plus tard, il est toujours en couple avec Léa. Elle travaille aussi dans le milieu scolaire. Elle est orthopédagogue. Contrairement à mon frérot, elle ne baigne pas dans le luxe des établissements privés. Elle se promène dans les écoles les plus défavorisées de la Rive-Nord de Montréal pour aider de jeunes immigrants à se familiariser avec la langue française. Malgré leurs personnalités très différentes, ils forment le petit couple « parfait ». Deux vraies cartes de mode qui s'aiment pour le meilleur et pour le pire.

J'avais profité de leur absence pour inviter Alexe à la maison pour notre réveillon « secret » de Noël. J'avais tenté de la convaincre de se joindre à mon *party* de famille du temps des fêtes en tant qu'« amie ». Mais j'avais eu droit à toute une scène ! Il était hors de question qu'elle s'y présente. Mes proches auraient pu se douter de quelque chose. Bizarrement, j'avais l'impression que ça la dérangeait plus que moi. Ça faisait plusieurs mois que nous nous fréquentions et, à la limite, je crois qu'inconsciemment j'avais envie que les membres de ma famille commencent à se poser des questions…

Pendant que je m'apprêtais à servir notre repas, Alexe m'a demandé :

— T'es certaine que tes parents ne reviennent pas ce soir ?

— Oui… J'ai parlé avec ma mère ce matin. Ils annoncent une tempête de neige. Mes parents vont revenir demain en fin de journée si les routes sont belles.

— Et ton frère ?

— Il dort chez sa blonde depuis une semaine. Il joue au hockey ce soir, si je ne me trompe pas. Arrête de t'inquiéter… Nous avons la maison pour nous SEULES.

— Bonne nouvelle ! Je me suis ennuyée de toi, ma chérie. J'ai hâte de me coller…

— Moi aussi ! Après avoir mangé, on prend une douche rapide et on s'installe dans mon lit pour écouter un film?

— Excellente idée !

Pour mener à des rapprochements, pas pour regarder la télé, on s'entend ? ☺

***

Lorsque nous nous sommes retrouvées dans mon lit, notre attention n'est pas restée très longtemps sur le film en question… Les vêtements ont pris le bord et la télé jouait en trame de fond.

Pendant qu'on rattrapait le temps perdu (ça faisait quand même deux semaines qu'on ne s'était pas vues, l'intensité était au rendez-vous), un bruit a retenti à l'étage.

— Maaaax ? a chuchoté Alexe.

— Qu'est-ce qu'il y a ? lui ai-je répondu en chuchotant à mon tour.

— T'as entendu le bruit en haut ?

— Non.

J'ai mis le son en mode sourdine sur mon téléviseur. Alexe avait raison. Mon frère et Léa étaient en train de discuter dans la cuisine au-dessus de ma chambre.

— Merde !

— Max ! Ne parle pas trop fort. Penses-tu qu'ils nous ont entendues en train de…

— Ne capote pas, là… S'ils ont entendu quoi que ce soit, c'est le bruit de ma télé.

— Qu'est-ce qu'il fait ici ?

— Ben… Je ne le sais pas plus que toi !

— Chut, chut… Entends-tu ?

— Difficile de ne pas l'entendre. Il a beau avoir la *shape* d'un athlète, quand mon frère descend les marches, on dirait un éléphant de quatre cents livres qui les déboule.

— Quoi ? Ton frère s'en vient en bas !

Ne faisant ni une ni deux, Alexe a bondi de mon lit en prenant soin de ramasser les vêtements qui traînaient par terre. Mais plutôt que de s'habiller en vitesse et de me lancer mes vêtements pour que je fasse de même, elle a décidé d'ouvrir les portes de mon placard du bordel et de s'y cacher… TOUTE NUE ! Pendant ce temps, je suis restée sous les draps, sans vêtements à portée de main. Alexe les avait emportés dans ma garde-robe… J'ai remonté rapidement la douillette jusqu'à mon cou pour me couvrir.

Quelques instants plus tard, mon petit frère a fait son entrée dans ma chambre. Fidèle à son habitude, il n'a même pas cogné avant d'ouvrir.

— Eille, sœurette ! Comment ça va ?

— Bien…

— Dis-moi pas que tu passes ton samedi soir toute seule dans ta chambre en train d'écouter la télé… C'est déprimant !

— Je me sentais *relaxe* ce soir. Je suis brûlée du temps des fêtes et je veux être en forme pour le début de ma session. Et toi, qu'est-ce que tu fais ici ? Tu n'avais pas un match de hockey à soir ?

— Oui ! Mais pendant que j'étais en chemin pour l'aréna, le coach m'a téléphoné pour me dire que le match était annulé. Si tu sortais de ton cocon deux minutes, tu verrais que c'est l'enfer dehors. La tempête a commencé ! Attelle-toi à pelleter demain matin.

— Pff… Au lieu d'aller au gym, t'entraîneras tes gros bras sur la pelle à la place.

— Tu le sais que je te niaise. Je vais m'en occuper.

Mon frère, qui a le sens de l'observation aussi aiguisé que le mien, n'a pas tardé à se rendre compte qu'une atmosphère bizarre régnait dans ma chambre… Il a continué la discussion en me demandant avec un sourire en coin :

— Pourquoi t'as DEUX coupes de vin à côté de ton lit ? T'es certaine que t'es seule ?...

Perspicace, le petit crisse...

— Ben oui ! Tu le vois bien que je suis toute seule ! Voyons ! Je voulais juste ne pas faire des allers-retours pour aller me chercher du vin en haut. Je suis paresseuse de même... C'est tout !

— Ça ne te tentait pas de descendre la bouteille avec toi au lieu de salir deux coupes ?

As-tu fini ton interrogatoire, sergent J'ai-une-réponse-à-tout ?

— De toute façon, ce n'est pas toi qui fais la vaisselle ici ! Qu'est-ce que ça peut bien te faire si je salis deux coupes ?!

— C'est bon, la sœur, fâche-toi pas... C'était une simple constatation. Je te laisse à ton film... Bonne soirée !

Ouf... Je l'ai échappé belle !

Dès que Joey a refermé la porte derrière lui, Alexe est sortie de mon placard.

— Alexe ! Sérieux ! Peux-tu m'expliquer à quoi t'as pensé d'aller te cacher dans ma GARDE-ROBE ? Comment on va faire pour expliquer que tu t'es retrouvée dans ma chambre, sans être passée par la porte d'entrée et sans que ta voiture soit dans le stationnement ?

— Calme-toi ! Je ne savais pas quoi faire. C'est la première idée qui m'est passée par la tête. Une fois dans ton placard, il était trop tard pour sortir. Ton frère ouvrait la porte de ta chambre en même temps. Est-ce que tu préfères qu'on ait à trouver une solution pour dissimuler mon arrivée chez toi ? Ou bien tu préfères avoir à expliquer à ton frère pourquoi il nous a trouvées nues dans ton lit ?

— Aucune de ces réponses... Merde ! Il vient d'allumer la télévision dans le salon. Il n'aurait pas pu choisir de s'installer dans sa chambre avec sa blonde ? Ça aurait été plus facile de *stager* ton entrée...

— C'est quoi, ton plan ?

— Je ne sais pas trop... On va attendre un peu. Il va bien finir par aller dans sa chambre à un moment donné. On verra rendu là.

— Peux-tu me dire ce que tu fais avec ça dans ta garde-robe ?

— De quoi tu parles ?

— Cette boîte-là, remplie de photos des Backstreet Boys !

— Ah ! C'est ma boîte à souvenirs.

— OK. Mais y est temps que tu *get over it* ! Je pense que tu peux t'en débarrasser. Ton placard déborde ! Je ne sais pas comment tu fais pour te retrouver là-dedans...

Ma plus grande phobie : un jour perdre la mémoire et tout oublier... Conséquence directe de cette peur, je garde mille et une choses dans ma garde-robe. Mes amies l'appellent « le placard du bordel », car après que j'ai cumulé des objets pendant toutes ces années, c'est le foutu BORDEL ! Je suis incapable de me débarrasser de quoi que ce soit. J'accorde un sens à tout ce que je possède et, en gardant tous ces objets, je suis persuadée que même si ma mémoire décide de me jouer des tours un de ces jours tous ces objets m'aideront à me souvenir...

— L'important, c'est que MOI je me retrouve dans mon bordel ! Et t'es malade ! Je ne me débarrasserai jamais de mes souvenirs de ma phase *Backstreet Freaks* avec Carrie.

— OK. T'étais fan à ce point-là ?

— Oui ! Je trippais ben raide sur Nick Carter. Ma chambre était tapissée mur à mur de photos de lui dans ce temps-là.

— *Oh... my... God! Check* cette photo-là.

Elle m'a montré une photo tirée du vidéoclip d'un de leurs *hits* de la quétainerie, *I'll Never Break Your*

Heart, celui où les membres du groupe participent à une journée de ski avec une gang de greluches. Où Nick a une mise en plis parfaite de coupe champignon et ses lunettes de ski sur la tête.

— On s'entend que c'est Nick le plus féminin de la gang. J'aurais dû commencer à me douter dans ce temps-là que j'étais lesbienne. Ça m'aurait sauvé quelques années de *frenchage* sur la piste de danse du Bourbon !

Après avoir soigneusement rangé ma boîte de photos dans ma garde-robe, nous avons terminé de regarder le film sans se toucher ni dire un mot en attendant que mon frère aille se coucher. Disons que son retour avait ruiné le *mood*...

***

— Je vais aller prendre ma douche. J'entends encore du bruit en haut.

— C'est bon. Je vais y aller après toi.

Pendant que j'étais sous la douche, imaginez-vous donc que ma belette de petit frère s'est précipitée à nouveau au sous-sol pour venir fouiner dans ma chambre ! Lorsque Alexe a entendu du bruit dans les escaliers, elle a choisi encore une fois de trouver refuge dans MON PLACARD DU BORDEL...

Cette fois, mon charmant frère avait pris soin d'emmener sa blonde sur la scène du crime afin de lui raconter en détail la découverte qu'il avait faite lorsqu'ils étaient arrivés à la maison :

— Et là, je rentre dans sa chambre... Ma sœur est dans son lit, les couvertures remontées jusqu'au cou, avec deux coupes de vin par terre à côté de son lit. Les deux à moitié vides... Quand je lui demande pourquoi elle a pris deux coupes de vin, elle me répond une niaiserie du genre : « Ahhh, je suis trop paresseuse pour monter, c'est moins compliqué d'apporter deux coupes en bas… bla-bla-bla… » Et là, je vois du coin de l'œil…

Pendant qu'il poursuivait la narration de sa palpitante aventure à sa copine, mon frère s'est dirigé vers… ma garde-robe.

— Je vois du coin de l'œil les portes bouger. Comme si quelqu'un venait de se cacher là-dedans. Je mettrais ma main au feu que c'était Vincent, le voisin. Il voit ma sœur dans sa soupe. C'est clair que c'était lui. Il n'y a que la voiture de Max dans l'entrée. Qui d'autre peut être venu ici à pied en pleine tempête?

Pour une fois que monsieur Je-sais-tout n'avait pas réponse à tout!

Pendant qu'il terminait sa phrase, Joey a constaté que les portes semblaient bouger à nouveau… Sans réfléchir, il a ouvert d'un coup sec mon placard pour y trouver… ALEXE, accroupie (habillée, par chance) en train de lire une revue à potins! Il s'est écrié sur un ton surpris:

— ALEXE????!!

— Euh… Salut, Joey… Je pense que t'es dû pour avoir une franche discussion avec ta sœur…

En arrière-plan, sa copine Léa a éclaté de rire. Sans ajouter un mot, il est remonté à l'étage aussi vite qu'il était descendu faire cette déconcertante découverte.

Alexe s'est empressée de venir frapper à la porte de la salle de bain.

— Chérie! Chérie!

— Alexe? Qu'est-ce que tu fais là?! Retourne dans ma chambre, mon frère pourrait descendre…

— Chérie… Tu vas devoir avoir une bonne discussion avec ton frère demain matin. Il vient tout juste de me trouver dans ton placard!

— Q-U-O-I?

— Tu connais ton frère… Columbo Junior est descendu dans ta chambre quand il t'a entendue entrer dans la douche. Il était venu expliquer à sa blonde qu'il croyait t'avoir pognée sur le fait avec un Vincent. Ton voisin, je crois… Et il a ouvert la porte du placard pour me trouver assise par terre, en train de lire une revue… En gros, c'est ça !

— Tu me niaises ?! *OH… MY… GOD*[17]… Il doit être traumatisé. Et il pensait trouver Vincent là-dedans…

Si j'avais su ce qui était sur le point de se produire à ce moment-là, je vous jure que je n'aurais pas pris la décision de sauter dans la douche. À cette époque, je commençais à considérer l'option de parler de ma situation avec les membres de ma famille. Mais jamais dans cent ans j'aurais pu imaginer que ça se déroulerait ainsi.

Sur le coup, je ne trouvais rien de drôle à cette histoire, mais avec du recul je me tords de rire juste à y penser. Je donnerais n'importe quoi pour revenir en arrière et me glisser dans ma chambre pour voir la face de mon petit frère au moment où il a fait cette découverte.

---

17. J'ai fait une Janice de moi-même (la voix nasillarde en moins !), la blonde de Chandler que Joey est incapable de sentir dans la télésérie *Friends.*

33

Un admirateur secret...

Pour la première fois de ma vie, j'étais en couple pour cette merveilleuse fête de l'amour. Un couple « secret », mais ça comptait quand même. Pour souligner l'occasion, nous avions soupé la veille dans un restaurant de grillades japonaises à Montréal en compagnie de Lyvia et de son copain, Patrick.

Ils étaient les seuls de mes amis à être au courant de la nature véritable de la relation entre Alexe et moi. Carrie se doutait de quelque chose... Mais depuis notre escapade à la plage, je n'avais plus osé aborder ce sujet avec elle. Elle non plus d'ailleurs. Quant à Isabelle, elle était à des années-lumière de se douter de quoi que ce soit. Elle croyait dur comme fer qu'Alexe était une amie de l'université, comme Lyvia. Elle m'a souvent mise dans le trouble en racontant à ma copine des anecdotes croustillantes de nos soirées *shark attack*...

C'était la deuxième fois que je voyais le petit ami de Lyvia et il ne me faisait pas bonne impression. Il était pompier, et fier de l'être. Non pas à cause de sa passion pour le métier, contrairement à Philippe et Vincent. Son objectif ultime était de faire un jour la première page du fameux calendrier ! Et il avait le *look* de l'emploi : grand, gros bras, six *pack*. Il était l'adepte par excellence du concept « *chest*, bras, *chest* ». En plus, il était si bronzé qu'il semblait avoir une brochette de *lightsticks* dans la bouche à la place des dents. On ne voyait que ça dans l'ambiance feutrée du restaurant. Pour ajouter à cette liste interminable de belles qualités, il avait l'air bête ! Bref, tout pour plaire… Ma bonne amie Lyvia était tombée sous son charme de *bad boy* aux allures de Ken, l'amoureux de Barbie.

Durant la soirée, il a passé beaucoup de temps à regarder son cellulaire. Visiblement, il attendait un appel important. Mon instinct me disait qu'il se passait quelque chose de louche. Je ne voulais pas le juger non plus, il était peut-être gêné… Mais une chose était claire, il aurait souhaité être ailleurs ce soir-là.

Le lendemain, Alexe et moi avions prévu passer la journée dans un spa en amoureuses. Pendant que nous nous préparions dans ma chambre, quelqu'un a sonné à la porte.

Bizarre… Qui vient chez nous à 8 heures, un samedi matin ?

Ma mère, qui venait tout juste de se lever, a ouvert la porte :

— Maxime ! C'est pour toi !

Je me suis empressée de monter à l'étage. À ma grande surprise, ma mère tenait dans ses mains un immense bouquet de fleurs.

— Ça vient de qui ?

— Je ne sais pas, ma belle… C'est un livreur qui est passé. C'est un joli bouquet !

Je l'ai pris dans mes mains en souriant comme une enfant au même moment où Alexe est montée me rejoindre. Elle m'a demandé sur un ton accusateur :

— Elles sont belles, les fleurs… Ça vient de qui ?

— Je n'en ai aucune idée…

Une petite carte dépassait de l'emballage : « Bonne Saint-Valentin, chère Maxime, de ton admirateur secret xxx. » Il y avait également une adresse courriel inscrite : tonadmirateursecret007@hotmail.com.

Existe-t-il un James Bond de la Saint-Valentin pis je ne le savais pas ?

Cette attention de la part de mon admirateur secret m'a fait sourire. C'était la première fois que je recevais des fleurs à la Saint-Valentin. Alexe semblait trouver ça pas mal moins drôle. Elle regardait le bouquet avec dédain et tentait de cerner chez moi le moindre fait ou geste qui pouvait trahir quelque chose. Pourtant, je n'avais rien à lui cacher. Je ne voyais qu'elle dans ma soupe ! Mais j'étais aussi intriguée qu'elle de savoir de qui provenaient ces fleurs.

Après que j'ai déposé le bouquet dans un pot pour bien le préserver, nous avons pris la route en direction du spa.

Dans la voiture, Alexe a poursuivi son enquête :

— Tu dois bien avoir une petite idée de qui t'a envoyé ces fleurs-là ?

— Non ! Je te jure ! Je ne le sais pas… Je ne reconnais pas l'écriture sur la carte non plus. Le seul nom qui me vient en tête, c'est Vincent…

— Vincent ? Ce n'est pas le gars que ton frère pensait trouver dans ton placard, ça ? Ton voisin…

— Oui, c'est lui.

— T'es certaine qu'il ne s'est jamais rien passé avec lui ? Comme pendant l'une de tes soirées de *shark attack* avec Isabelle ?

— Voyons, Alexe ! C'est n'importe quoi ! Crois-moi. Je n'ai rien à te cacher. Je n'ai pas *frenché* un gars depuis des lunes…

— À entendre les histoires d'Isabelle, ça n'a pas l'air de dater d'un passé très lointain…

— Pas depuis que je te connais ! J'te jure. *Come on,* Alexe. Tu ne vas pas me péter une crise de jalousie à cause de ça ! Je n'ai rien à me reprocher…

— En tout cas… Il a réussi à te mettre un sourire au visage, ce fameux admirateur secret.

— Alexe, arrête de faire la baboune. Ce qui me fait sourire aujourd'hui, c'est de passer la journée avec toi.

— Ouin… C'est ça. Patine pour te rattraper !

— Eille ! Ce n'est quand même pas de ma faute si j'ai reçu des fleurs ce matin. Que veux-tu, je suis irrésistible ! lui ai-je répondu en riant pour détendre l'atmosphère.

— Est-ce que tu vas lui écrire ?

— Je n'en sais rien… Mais je suis quand même curieuse de savoir qui me les a fait parvenir. C'est une belle attention.

— C'est correct… Tu peux lui écrire. Je suis curieuse moi aussi de savoir qui tente de séduire ma blonde !

— Ne t'inquiète pas. Je vais te le dire si je communique avec lui. Et tu vas être la première à qui je vais dévoiler son identité. Quand même, on va lui donner un dix sur dix pour l'effort… C'est original comme façon d'aborder une fille.

— Il aurait pu en choisir une autre, quant à moi ! Je me sens poche… Je t'ai juste acheté un petit toutou chaton pour la Saint-Valentin. Tu aurais dû voir ton sourire.

— Arrête… Je suis super contente de mon toutou. T'as mis ton parfum dessus en plus. Je vais bien dormir avec lui dans mon lit la semaine quand tu n'es pas là.

— Oui ! J'ai bien fait de mettre mon parfum, question de marquer mon territoire…

— Bon, c'est assez, ma petite jalouse. On va passer une belle journée à relaxer au spa en amoureuses. On va pouvoir se coller.

— Tu sais, Maxime, je ne suis pas à l'aise qu'on se colle en public…

— Oui, oui, ne t'en fais pas ! Je vais te coller en cachette…

Après avoir passé une belle journée à me prélasser dans les bains nordiques, je suis rentrée chez moi tandis qu'Alexe est retournée chez elle en Mauricie. J'étais incapable d'arrêter de penser aux fleurs que j'avais reçues ce matin-là. De qui venaient-elles ?

***

Plus tard dans la soirée, je me suis décidée à aller sur mon compte MSN pour ajouter mon admirateur secret à mes contacts. Pendant que j'étais en train de lui écrire un courriel pour le remercier, je l'ai vu apparaître en ligne !

> Tonadmirateursecret007 a dit :
> Bonsoir Maxime ! ☺
>
> Maxime a dit :
> Bonsoir… À qui ai-je l'honneur ?
>
> Tonadmirateursecret007 a dit :
> Tu n'as vraiment aucune idée de mon identité ?
>
> Maxime a dit :
> Euh, non, pas la moindre ! Et merci beaucoup pour les fleurs, elles sont magnifiques.
>
> Tonadmirateursecret007 a dit :
> C'est un plaisir, chère demoiselle. J'ose croire que je vous ai surprise…
>
> Maxime a dit :
> Oh que oui !

Pendant que je discutais avec lui sur MSN, j'ai reçu un appel sur mon cellulaire.

— Oui, allo ?

— Salut, Max… Et puis, as-tu réussi à résoudre le mystère de ton admirateur secret ?

C'était Alexe.

— Non, pas encore… Mais je suis en train de discuter avec lui sur MSN en ce moment même !

— Pour vrai ?

— Oui… Et il me fait languir. Je crois qu'il y prend un malin plaisir…

— Il va finir par se dévoiler. Voir s'il se serait donné tout ce trouble-là pour ne pas faire de *move* sur toi.

— Arrête…

— Je n'aime pas ça !

Pendant ce temps, je poursuivais l'échange de messages avec mon admirateur secret sur MSN.

> Tonadmirateursecret007 a dit :
> Est-ce que t'as passé une belle journée au spa aujourd'hui ?

— Alexe, Alexe, Alexe ! Il sait qu'on est allées au spa !

— Quoi ? Voyons… L'avais-tu dit à quelqu'un qu'on allait là-bas aujourd'hui ?

— À part Lyvia, son copain, ma mère et mon père, personne ne le savait. Je commence à trouver ça moins drôle. Un admirateur qui t'envoie des fleurs à la Saint-Valentin, c'est *cute*… Mais un fou qui suit tes allées et venues… C'est *freakant* !

— Ne panique pas tout de suite. Continue de *chatter* avec lui pour essayer d'en savoir davantage.

> Maxime a dit :
> Est-ce que je peux savoir qui tu es ?

> Tonadmirateursecret007 a dit :
> Ne t'en fais pas, tu me connais très bien…

Maxime a dit:
J'aimerais savoir à qui je parle. Comment as-tu obtenu mon adresse?

Tonadmirateursecret007 a dit:
Je suis peut-être déjà allé chez toi?

Maxime a dit:
Peut-être? Est-ce que je t'ai déjà invité chez moi?

Tonadmirateursecret007 a dit:
☺

— Alexe, c'est un psychopathe! Un vrai de vrai. Il est trop *weird*… Je n'aime pas ce petit jeu-là. Je vais avoir de la misère à dormir ce soir…

— Pas de panique, *miss* Parano Crimino! Les psychopathes, ça ne court pas les rues. Tu es chez toi. Tes parents sont là. T'es en sécurité, ma belle.

Maxime a dit:
Je ne vois pas ce qu'il y a de drôle!

Tonadmirateursecret007 a dit:
Miss Parano Crimino n'entend plus à rire…

WHAT THE FUCK?

— Alexe, est-ce que c'est toi qui me niaises? Le *freak* vient de me traiter de *miss* Parano Crimino. Je ne la trouve pas drôle!

— Non… Je te jure que ce n'est pas moi! Comment veux-tu que je te parle au téléphone en même temps que je *chatte* sur Internet?

À cette époque, Alexe avait Internet par modem sur ligne téléphonique. Certaines d'entre vous n'ont probablement jamais connu ça… Lorsque quelqu'un naviguait sur le Web, il était impossible d'utiliser le téléphone en même temps.

— C'est vrai… C'est un fou alors! Il a mis mon cellulaire sur écoute, le malade mental!

— J'avoue que ça commence à être bizarre, tout ça…

> Maxime a dit:
> OK, ça suffit le niaisage! Si tu ne me dis pas dans les trente prochaines secondes qui tu es, je vais te bloquer et je ne veux plus jamais que tu entres en contact avec moi! Est-ce que c'est clair?

> Tonadmirateursecret007 a dit:
> D'accord, je comprends… Je vais te donner quelques indices. J'ai les cheveux blonds, les yeux verts et je ne peux pas me passer de toi! Qui suis-je?

— Alexe, il vient de me dire qu'il a les cheveux blonds, les yeux verts et qu'il ne peut pas se passer de moi!

— Tu n'as vraiment aucune idée de qui ça peut être?

— Peut-être… Vincent… Il a les cheveux blonds et les yeux verts. Je trouve ça intense par exemple qu'il me dise qu'il ne peut pas se passer de moi…

> Tonadmirateursecret007 a dit:
> Bonne Saint-Valentin, mon amour! J'ai passé une très belle journée avec toi aujourd'hui et je suis choyée de t'avoir dans ma vie. Je t'aime XXX

— Alexe?

— Oui, ma chérie… C'est moi!

— Impossible! Tu ne peux pas être au téléphone en même temps que tu utilises Internet…

— J'ai emprunté le cellulaire de ma mère. Hi, hi, hi! De cette façon, j'étais certaine que tu n'allais te douter de rien! Je suis très fière de mon coup…

— Tu m'as eue sur toute la ligne. Il me semblait aussi que c'était trop bien orchestré pour que ça soit un gars derrière tout ça.

— Je me suis même forcée chez le fleuriste pour écrire tout croche pour que tu ne reconnaisses pas mon écriture.

— Wow ! Merci beaucoup pour cette belle attention. Je suis heureuse qu'elles viennent de toi, ces fleurs. Et non d'un psychopathe ! ai-je dit en riant.

— Je dois te laisser maintenant. Il ne reste plus beaucoup de minutes sur la carte d'appel et je dois aider ma mère à faire la vaisselle.

— Merci, mon amour. Je t'aime.

— Moi aussi ! Bonne soirée, ma belle.

Cette première Saint-Valentin avec Alexe restera à tout jamais gravée dans ma mémoire. Pas seulement pour le geste qu'elle a fait ce jour-là. Mais surtout parce que c'est la toute première fois que nous nous sommes dit le fameux « JE T'AIME »...

34

Il lance... et compte !

Le 19 mars 2005. Dernière journée officielle de l'hiver. Quoique, avec les bancs de neige – ou de « marde » blanche, car à ce stade de l'année je n'endurais plus la neige –, on ne pouvait pas dire que le printemps frappait à nos portes. Quant à moi, dans un monde idéal, la neige arriverait le 1er décembre pour disparaître le 2 janvier. Neige pas neige, la fin de ma session, elle, approchait à grands pas...

Vendredi soir, Alexe avait fait un aller-retour pour me rendre visite. Elle partait le lendemain matin pour le mont Sainte-Anne avec sa sœur jumelle. Ça tombait bien. Ça me donnait tout le week-end pour me concentrer sur mes études.

Ce soir-là, nous avions décidé d'aller voir un film. Nous avions opté pour la représentation de 19 heures puisque Alexe avait une longue route à faire par la suite. De mon côté, j'avais promis à Isabelle d'aller lui rendre visite au bar en fin de soirée pour son anniversaire.

— T'es certaine, ma chérie, que tu ne veux pas venir faire un tour au bar avec moi ? Isa serait trop contente !

— Ce n'est pas l'envie qui me manque. Si j'avais le choix, je passerais tout le week-end avec toi, mais j'ai promis à ma sœur d'aller skier avec elle. Ça fait longtemps qu'on a prévu cette sortie.

— Je comprends. Tu lui pogneras une fesse de ma part… lui ai-je répondu d'un ton taquin.

— Elle n'a jamais réalisé finalement que c'était toi la fille au bar ce soir-là.

— Une chance ! Sois prudente sur la route, ma belle. Je t'aime ! ai-je ajouté en la prenant par les hanches pour l'attirer vers moi et lui donner un baiser.

— Moi aussi, je t'aime, mon amour. Sois sage ce soir… Interdiction de *frencher* qui que ce soit ! a lancé Alexe à la blague, en agitant un doigt devant moi.

— Ne t'inquiète pas, je suis toujours sage… ai-je répliqué en lui renvoyant une grimace.

Après avoir échangé un long baiser langoureux dans ma voiture, nous nous sommes séparées, et Alexe a pris la route vers sa Mauricie. De mon côté, j'ai mis le cap sur Montréal pour rejoindre Isabelle.

***

À mon arrivée au bar, c'était tranquille. À vrai dire, il n'y avait pas un chat. Disons que ce n'était pas le bar typique de musique « boum boum » rempli à craquer dans lequel Isabelle avait toujours été habituée de travailler. Le Syndrome était un bar rock alternatif. Il fallait que je l'aime en maudit, mon amie, pour accepter de me faire casser les oreilles toute une veillée avec de la musique de poil !

— EILLLLLE, MAX ! T'es là ! C'était dans ton intérêt de ne pas *choker*… C'est MA FÊTE ! a dit Isabelle en s'approchant de moi pour me donner deux becs.

— BONNE FÊTE ! Je t'aime fort, mon amie. Tu le savais que je n'allais pas manquer ton anniversaire.

C'est poche que tu n'aies pas réussi à trouver quelqu'un pour te remplacer.

— Je n'ai même pas essayé, le vendredi, c'est la soirée la plus payante, ici ! Ça n'a pas l'air de ça, là... Le *peak*, c'est entre minuit et 2 heures du matin. Tu vas comprendre tantôt.

— Si je suis encore là ! ai-je lancé en lui faisant un clin d'œil.

— T'as intérêt à être encore là, ma chère !

Elle avait raison... Aux alentours de minuit, le bar était plein à craquer, rempli de testostérone. Il n'y avait pas beaucoup de filles qui fréquentaient cet endroit. Et à y entendre la musique, je comprenais pourquoi !

À mon retour des toilettes, j'ai aperçu Isabelle au loin, derrière son bar, en grande discussion avec nul autre que... (Je vais m'abstenir de dire son nom, mais je peux vous affirmer que c'est un comédien TRÈS populaire.) Je me suis installée tout près sans m'imposer dans leur conversation. J'étais un peu gênée...

Au même moment, Isabelle s'est tournée vers moi :

— Maxime ! Approche... Je veux te présenter quelqu'un.

Je n'avais plus le choix. Je me suis avancée vers le comédien en question.

— Salut, moi, c'est Maxime. J'aime beaucoup ce que tu fais !

Isa l'a relancé :

— Tu vois... Elle t'a reconnu, elle aussi ! C'est clair que t'es un joueur de hockey. Cette fille-là connaît mieux que n'importe qui tous les joueurs de la Ligue.

Un joueur de hockey ? Voyons ! Elle confond Lance et compte *avec la Ligue nationale ?!* News flash ! *Québec a perdu son club de hockey... et depuis longtemps ! Et ce n'est certainement pas Le National qui l'a remplacé.*

Le comédien s'est tourné vers moi, l'air amusé :

— Maxime, est-ce que tu peux confirmer à ton amie que je ne suis pas un joueur de hockey professionnel ?

OK. Elle n'a vraiment aucune idée de qui il s'agit… C'est très drôle!

J'ai regardé Isabelle dans les yeux:

— Isa, je te confirme que ce gars-là n'est pas un joueur de hockey… Tu ne le reconnais pas?

— Euh… Je suis censée? Alors, si tu ne joues pas au hockey, tu fais quoi dans la vie pour qu'une gang de groupies envahisse mon bar pour prendre une photo avec toi? T'es chanteur?

Même mon père, qui n'est pas la personne la plus à jour dans les potins du monde artistique, le reconnaîtrait!

— Bon… Tu me crois maintenant quand je te dis que je ne suis pas un hockeyeur. Je ne dis pas non à jouer de temps en temps dans une ligue de garage avec ma gang de *boys*, mais je suis loin d'en faire une carrière.

— Arrête de tourner autour du pot. Tu fais quoi dans la vie?

— Je fais semblant de savoir jouer au hockey.

— Hein?

— Je suis comédien.

— Ah… Ben, je m'excuse. Mais je ne te replace pas plus!

Nous avons jasé et pris un verre avec lui jusqu'à la fermeture du bar. Je ne m'attendais pas à ce que la soirée prenne cette tournure. À notre sortie, Isabelle et monsieur le comédien m'ont invitée à me joindre à eux pour aller manger une poutine à La Banquise. Mais j'ai décliné l'offre. J'étais épuisée et une grosse journée d'étude m'attendait le lendemain.

Même s'ils étaient tous les deux en mode *shark attack* ce soir-là, je n'étais pas convaincue qu'Isa aurait de ses nouvelles après cette soirée. Mais l'important, c'était qu'elle se soit bien amusée le jour de son anniversaire. Pour ça, c'était mission accomplie!

35

Dans la vie, rien n'arrive pour rien...
Vraiment ?

Le lendemain matin, c'est la sonnerie de mon cellulaire qui m'a réveillée. J'étais persuadée que c'était Isabelle qui me téléphonait pour me raconter les détails de sa fin de soirée.

— Bonjour, Isa... As-tu eu une belle nuit de sommeil? ai-je répondu sur un ton sarcastique.

Une faible voix s'est fait entendre:

— Max, c'est Alexe...

— Ah! Salut, mon amour, je pensais que c'était Isa. Tu ne devineras jamais avec qui j'ai passé la soirée au bar...

Silence à l'autre bout du fil.

— Alexe? Ça va?

— Ma sœur est...

Elle a pris une grande respiration avant de compléter sa phrase.

— ... est morte...

D'un seul coup, j'ai ressenti un gros frisson de la tête aux pieds. J'avais envie de lui répondre quelque chose, mais aucun son ne sortait de ma bouche. Après qu'elle a prononcé ces mots, son souffle est devenu de plus en plus rapide. Elle faisait de son mieux pour ne pas éclater en sanglots.

C'est impossible ! Elle n'a que vingt-deux ans… Qu'est-ce qui se passe ce matin ? Suis-je en train de faire un cauchemar ?

Alexe restait silencieuse.

— Quoi ? Qu'est-ce qui s'est passé ?

Elle a répondu comme un robot :

— Un accident de voiture… la nuit dernière…

— Est-ce que ta sœur était la conductrice ?

— Oui. Elle était seule. Elle a fait un face-à-face avec un véhicule qui a perdu le contrôle sur le rang principal qui mène au village. C'était une gang de jeunes dans l'autre voiture. Les ambulanciers ont parlé d'alcool et de vitesse…

— Je n'en reviens pas ! Et les passagers de l'autre véhicule ?

— Je n'en sais pas plus…

— Comment tu te sens ?

— J'ai l'impression qu'elle va se lever pour venir déjeuner avec moi dans pas long…

— Est-ce que tu veux que je monte ? Je vais faire le plus vite que je peux pour te rejoindre.

— NON ! Je n'ai pas besoin de toi ici !

Tout d'un coup, elle est devenue agressive dans sa façon de me parler. Ce qui était tout à fait normal, considérant le choc qu'elle était en train de vivre.

— OK. Tu peux m'appeler à n'importe quel moment. Je vais monter quand tu veux.

— Il faut que je te laisse…

— Mes condoléances à toute ta famille. Je pense à…

Je n'ai même pas eu le temps de terminer ma phrase qu'elle avait déjà raccroché. Je ne m'attendais pas à recevoir un tel appel ce matin-là. Le genre d'appel qu'on ne souhaite jamais avoir.

Perdre la vie à vingt-deux ans... C'est terrible. S'il devait arriver quelque chose à mon petit frère, je ne sais pas comment je réagirais. Il a beau me taper sur les nerfs de temps en temps, je l'aime beaucoup. Je n'ose même pas imaginer comment les parents d'Alexe doivent se sentir. Il n'y a rien de pire au monde pour un parent que d'avoir à vivre avec la perte de son enfant... Et Alexe... Elle vient de perdre sa jumelle, sa meilleure amie, sa plus grande complice...

***

Les jours ont passé. Je n'avais pas reparlé à Alexe depuis l'accident. Elle ne répondait pas à mes appels et ne les retournait pas non plus. Sa meilleure amie m'avait contactée pour me donner les informations du service funéraire. J'avais demandé à ma mère de m'accompagner au salon mortuaire.

À notre arrivée, j'ai tout de suite aperçu Alexe au loin. Elle était entourée de plein de monde que je ne connaissais pas. C'était difficile pour moi de me retenir de courir vers elle pour la serrer dans mes bras.

Quand je me suis retrouvée devant elle, elle m'a fixée droit dans les yeux avec froideur. Je me suis approchée pour lui faire une accolade. Je lui ai dit tout bas dans l'oreille:

— Je pense beaucoup à toi. Je t'aime.

Elle s'est retirée de mon étreinte sans me dire un mot. Elle a remercié ma mère de s'être déplacée jusqu'ici avant de passer au suivant. J'ai eu l'impression d'être devenue une pure étrangère à ses yeux.

***

Après les funérailles, nous avons repris la route vers la maison. À notre sortie du salon, il avait recommencé à pleuvoir. Ma mère conduisait pendant que je fixais le paysage devant moi, le regard vide. Les champs et les plaines de la Mauricie. Tout était gris. Il avait beaucoup plu ces derniers jours et la neige fondait pour laisser place au temps maussade de la fin du mois de mars.

Je réfléchissais à ce qui venait de se produire au salon. Étant donné que nos familles respectives ne savaient rien de notre couple, je comprenais qu'Alexe ait choisi de maintenir ses distances avec moi. Je respectais sa décision, même si je trouvais difficile de ne pas pouvoir être présente pour elle comme un chum ou une blonde est censé l'être dans une épreuve comme celle-là. Je m'inquiétais beaucoup pour elle.

C'était ardu aussi de vivre toutes ces émotions négatives sans pouvoir en faire part à ma mère. J'aurais aimé avoir le courage de lui dire la vérité. J'en étais incapable…

J'aimais Alexe comme je n'avais jamais aimé personne auparavant. Pour la première fois de ma vie, je vivais une relation qui durait depuis plus de trois mois, et c'était avec une fille. Il était temps que j'en vienne à l'évidence…

Des années plus tard, je me rends compte que c'est nous qui nous compliquions la vie avec nos craintes et nos manigances pour tenter de nous protéger… Nous protéger de quoi au juste ?

Pourtant, à cette époque, j'étais consciente que je ne pouvais pas vivre éternellement dans le mensonge. Il faudrait bien qu'un jour je sois honnête envers mes proches. Mais surtout que je sois honnête envers moi-même, en m'acceptant telle que j'étais. D'accord, mais comment ?

***

Quelques jours avaient passé depuis que j'avais vu Alexe au salon funéraire. Je tentais de garder mes distances pour lui permettre de vivre ce terrible deuil avec sa famille. Je lui avais envoyé quelques courriels, sans obtenir de réponses. Je ne m'attendais pas à en recevoir non plus. J'étais en plein cœur de ma période d'examens finaux et je n'arrivais pas à me concentrer. J'avais l'air d'un vrai zombie…

Après un examen, alors que je revenais à la maison, j'ai décidé de donner un coup de fil à Alexe.

— Allo.

— Alexe ? C'est Maxime… Ah ! Que je suis contente d'entendre ta voix ! Comment vas-tu ?

— Ça va passer…

— Est-ce un bon moment pour qu'on se parle un peu ?

— Non, pas vraiment…

— OK… Tu peux m'appeler quand tu veux si t'as besoin de jaser. Je garde mon cell ouvert jour et nuit. Tu m'inquiètes, mon amour…

— Maxime, je ne sais pas comment te l'expliquer sans te blesser… Mais la dernière chose dont j'ai besoin présentement, c'est d'avoir à m'occuper de toi. J'en ai bien assez avec ma mère qui pleure jour et nuit.

— Mais, Alexe… Je ne comprends pas ce que tu dis. Je n'ai jamais voulu que tu t'occupes de moi ! Voyons ! Je veux être là pour toi, c'est tout.

— Quand tu m'envoies trois millions de courriels par jour, eh bien, ça me donne l'impression que t'as besoin que je m'occupe de toi !

Trois millions de courriels. Elle vit sur quelle planète ? Elle exagère…

— Je veux prendre de tes nouvelles. Je m'inquiète beaucoup, tu sais…

J'ai pris une grande respiration avant de poursuivre :

— Tu ne crois pas qu'il serait temps qu'on arrête nos cachettes, nos manigances pis qu'on dise la vérité une fois pour toutes à nos familles et nos amis ? Ce serait beaucoup plus simple comme ça. On n'aurait plus à se cacher.

— Tu ne comprends pas ! La dernière chose que ma mère a besoin d'apprendre en ce moment, c'est que je fréquente une fille ! Si tu veux vraiment me rendre service, il faudrait que tu me laisses tranquille…

— Tu veux qu'on se laisse ? C'est ça que tu veux me dire sans me blesser…

— Si c'est ça que ça prend pour que tu me foutes la paix… Oui ! C'est terminé, Maxime. Je ne veux plus que tu m'appelles. Ni que tu m'écrives.

— Alexe ! Voyons, ça n'a pas de sens… Je ne comprends pas… On dirait que ce n'est pas toi qui me parles à l'autre bout du fil.

— Les circonstances de la vie influencent nos décisions parfois… T'es une bonne personne, Maxime. Mais tu n'es pas rendue au même point que moi dans ton cheminement. T'es beaucoup plus loin. Pour être franche avec toi, je pense que tu l'as toujours été. Ce ne serait pas une bonne chose pour toi non plus si on restait ensemble.

— Laisse-moi donc juger de ce qui est bon ou non pour moi, OK ?

— Je dois raccrocher. Prends soin de toi… Et s'il te plaît, ne rends pas les choses plus difficiles qu'elles le sont. Laisse-moi tranquille…

Les larmes ont commencé à couler à flots sur mon visage. Je n'ai pas eu le temps de rajouter un mot de plus, elle avait déjà raccroché.

Je me suis arrêtée sur l'accotement de l'autoroute 15. Je n'arrivais plus à conduire. Tout d'un coup, mon estomac s'est noué. J'avais la nausée et j'étais incapable d'arrêter de pleurer. Quand j'ai retrouvé mes esprits, j'ai téléphoné à Lyvia pour lui demander si elle pouvait venir me rejoindre à notre café habituel dans le Vieux-Terrebonne.

À mon arrivée, elle était déjà assise à une table avec un immense bol de chocolat chaud devant elle. Prête à gérer la tempête qui venait de franchir la porte ! Elle me regardait me diriger vers elle, le regard rempli de compassion. Quand je l'ai rejointe, elle s'est levée pour me serrer dans ses bras. J'ai de nouveau éclaté en sanglots. C'était plus fort que moi. Par chance, il n'y avait pas un chat dans le café à ce moment-là.

— Ma pauvre cocotte… Tu l'aimes d'amour, cette fille-là…

— Je ne comprends pas pourquoi ça arrive… Si tu m'avais dit, il y a un mois, que les choses se termineraient comme ça entre Alexe et moi, je ne l'aurais jamais cru ! Pourquoi est-ce qu'elle a été mise sur mon chemin si c'était juste pour me briser le cœur et me faire vivre ça ? Ne me sors surtout pas mon fameux dicton : « Dans la vie, rien n'arrive pour rien »… Si je l'entends encore, celui-là, je pense que je vais frapper quelqu'un !

Au même moment, la serveuse s'est approchée de moi pour prendre ma commande :

— Euh. Je vais prendre un grand bol de café latte, s'il vous plaît.

— Décaf ! s'est empressée d'ajouter Lyvia en s'adressant à la serveuse. T'es déjà assez paquet de nerfs comme ça, m'a-t-elle dit avec douceur.

— C'est bon pour le décaf…

La serveuse m'a souri avant de retourner derrière le comptoir.

— Laisse le temps arranger les choses, ma belle. Elle t'a demandé de lui laisser du temps et de l'espace. Tu n'as pas d'autre choix que de respecter ça.

— Je le sais… Mais je n'ai pas l'impression que le temps va changer quelque chose. Elle avait l'air si détachée dans sa façon de me parler. Je pense que son choix est définitif. Je me demande même si elle n'était pas déjà en réflexion avant l'accident…

— Pourquoi tu dis ça ?

— Elle m'a dit quelque chose comme : « Nous ne sommes pas rendues au même endroit dans notre cheminement » et qu'en fait on ne l'a peut-être jamais été… Elle a ajouté que ça serait mieux pour moi aussi de ne pas être avec elle… Je ne suis pas certaine de saisir ce qu'elle voulait insinuer par là. Mais ça ne laisse rien présager de positif.

— Faute de me répéter, le temps va arranger les choses. Je sais qu'on ne veut pas l'entendre celle-là quand on est dans ta situation, mais c'est vrai. Et tu le sais au fond de toi. Quand le *timing* sera de votre côté, vous allez vous retrouver. C'est mon *feeling*…

— Je ne suis pas convaincue…

La serveuse est revenue avec mon bol de latte. Elle avait fait un bonhomme sourire avec des pépites de chocolat sur le dessus. C'était une belle attention de sa part.

— Merci ! ai-je dit en lui souriant avec des yeux mouillés. J'ai une question pour toi, Lyv…

— *Shoot !*

— Toi, crois-tu que je suis lesbienne ?

— Tu te poses encore vraiment la question ?

— Oui ! J'ai été en couple avec une fille. Mais est-ce que je suis tombée en amour avec sa personne, sans nécessairement être lesbienne ? Je ne sais pas si tu comprends ce que je veux dire…

— Il y a juste toi qui peux répondre à cette question-là. Moi, je pense que c'est un tout. Tu es tombée en amour avec sa personne. Et être une fille fait partie de sa personne. Jusqu'à maintenant dans ta vie, combien de fois es-tu tombée amoureuse ?

— Deux fois… Je crois.

— Et c'était avec deux filles, *right* ?

— Oui…

— Si tu veux mon opinion, à la base, t'as été attirée par ces personnes parce qu'elles sont des filles. Et que t'aimes les filles ! C'est tout.

— Et tu crois que je ne serais jamais en mesure de trouver l'amour avec un gars ?

— Je n'ai pas dit ça… À moins que t'en trouves un qui ressemble à Taylor Hanson[18]…

— Qui a l'air d'une fille, tu veux dire.

Lyvia s'est mise à rire.

— C'est ça ! Mais ce n'est que mon avis.

— Je crois que t'as raison… Merci d'être venue me rejoindre comme ça à la dernière minute.

— Y a rien là.

— J'avais besoin de parler à quelqu'un et je me voyais mal rentrer chez moi dans cet état. Je n'aurais pas eu l'énergie nécessaire pour inventer une autre histoire à ma mère…

— Justement… Tu ne crois pas que c'est une bonne occasion de lui dire la vérité une fois pour toutes ? Ça t'enlèverait un poids énorme. Je suis persuadée qu'elle va bien réagir en plus. Et avec ce que tu vis en ce moment, il n'y a rien de mieux que le réconfort de sa maman…

— Oui, peut-être bien que t'as raison. Je vais voir comment les choses vont se présenter à mon arrivée à la maison… C'est notre dernier examen demain matin. Je capote ! Je ne sais pas comment je vais arriver à me concentrer pour étudier.

— Ne t'en fais pas. Ta mémoire est infaillible. Tu vas réussir sans même étudier. Repose-toi ce soir.

— Ouiiinn… Pas certaine que je vais arriver à fermer l'œil cette nuit. Mais je vais faire mon possible.

— Tu peux m'appeler quand tu veux si t'as besoin de jaser. Je vais passer te prendre demain matin et on fera un dernier survol de la matière ensemble.

— Merci, c'est gentil.

---

18. Chanteur du groupe Hanson qui, à cause de sa longue chevelure dorée, soyons honnête, pouvait être confondu avec une fille. Et pas juste à cause de sa voix qui n'avait pas encore mué à l'époque de leur *hit MMMBop*. Qui ne se souvient pas de cette chanson ? Vingt ans plus tard, je l'ai encore dans la tête !

Nous avons terminé nos boissons chaudes, puis Lyvia m'a raccompagnée à ma voiture. On s'est fait une accolade avant de se dire à demain.

***

À mon arrivée à la maison, j'avais les yeux bien bouffis à force d'avoir braillé ma vie. Ça n'a pas été long avant que ma mère s'en rende compte...

— Que se passe-t-il, Maxime ? Il y a quelque chose qui ne va pas ?

J'ai hoché la tête, sans dire un mot.

— Tu veux en parler ?

— Oui... et non... Je ne sais pas trop comment et par où commencer...

— Commence par le début, ma chouette...

— C'est Alexe...

— C'est normal que cet accident te trouble, ma petite fille.

— Ce n'est pas l'accident...

— Ah non ? Que s'est-il passé alors ?

— Eh bien, oui... C'est en partie à cause de ça, car avant, tout allait bien...

Ma mère, qui semblait avoir de la difficulté à suivre mon histoire, a continué de m'écouter d'une oreille attentive. Je pense que j'ai le don de ne pas être claire quand j'essaye de parler de ma situation aux gens.

— Depuis l'accident, Alexe a changé envers moi. Elle a décidé qu'elle ne voulait plus me voir.

— C'est normal. Elle vit une terrible épreuve.

— En fait, maman, Alexe n'était pas qu'une simple amie d'université... C'était ma blonde. Et je l'aimais beaucoup. Je l'aime encore beaucoup.

— ...

Ma mère est restée assise sur le canapé sans prononcer un mot. Je n'arrivais pas à cerner ce qui lui passait par la tête. En constatant sa réaction, je me suis mise à pleurer de nouveau.

C'est à cet instant que mon père est revenu du travail. Alors qu'il enlevait son manteau dans l'entrée, il m'a aperçue en larmes près de ma mère. Je me souviendrai à tout jamais de ce moment.

Il nous a regardées et il a demandé :

— Mais bon sang, qu'est-ce qui se passe ici ?

Ma mère lui a répondu ces quelques mots :

— Ce n'est rien… Rien de grave…

C'est alors que j'ai réalisé qu'il était hors de question pour ma mère d'aborder ce sujet avec mon père. J'ai cessé de pleurer et j'ai gardé le silence. J'ai aperçu mon frère du coin de l'œil, debout dans le couloir entre la cuisine et le salon, qui observait sans mot dire ce qui était en train de se dérouler sous ses yeux.

Je suis allée me réfugier dans ma chambre. Je ne voulais pas continuer de pleurer devant mes parents. C'était plus fort que moi, j'étais incapable de m'arrêter… Je n'ai jamais autant versé de larmes de toute ma vie.

En plus de vivre ma première véritable peine d'amour, j'avais le sentiment d'avoir profondément et à tout jamais déçu ma mère. Comme personne ne l'avait déçue auparavant.

Le temps arrange peut-être bien souvent les choses, comme Lyvia me l'a souvent répété, mais je n'oublierai jamais ces mots que ma mère a prononcés devant mon père ce soir-là. Le soir où elle a décidé à MA place de me garder dans le placard…

36

À chacun son conte de fées

Je suis confortablement assise sur un fauteuil et j'attends patiemment (*yeah right!*) l'arrivée de mon paternel. C'est à ses côtés que je ferai ma grande entrée…

Même si je suis immobile, je me sens en déséquilibre. Je connais bien cette sensation. Elle m'a accompagnée tout au long de la dernière décennie.

Pas de froufrou qui bouge, pas même un balancement du pied. Pour une rare fois, je me tiens tranquille, mais j'ai l'esprit à *spin*. Le cycle délicat, Maxime Lafleur ne connaît pas ça. Plus souvent qu'à mon tour, j'ai eu le cœur passé à la Javel. Toutefois, j'ai enfin droit, moi aussi, à mon *happy ending*.

Le vacarme de la porte brusquement ouverte me sort de mes pensées.

— VINCENT ? Qu'est-ce que tu fais là ? Tu n'es pas censé être ici !

Il reste figé devant moi, ébahi, et il me regarde de la tête aux pieds.

— Ferme ta bouche, tu vas avaler des mouches !

— Max… T'es… juste… WOW ! T'es magnifique ! répond-il enfin, tout sourire.

— T'es pas mal toi non plus dans ton *tuxedo*, lui dis-je en m'approchant pour lui faire la bise.

— Eille ! Tu oses faire ça avant le mariage…

— T'es con ! C'est pas toi qui te maries.

— Je te taquine.

— Mon Dieu ! Je ne pensais pas te faire autant d'effet ! T'es tout en sueur.

— Ce n'est pas que ta beauté me laisse indifférent, mais à vrai dire je me suis retrouvé ici en cherchant les toilettes… J'ai pogné quelque chose en voyage et je ne garde rien depuis une semaine !

TOO MUCH INFORMATION !

— Crois-tu que je pourrais utiliser celle-ci ? demande-t-il en désignant la porte derrière moi sur laquelle figure le mot « Toilette ».

— Bien sûr.

— Merci ! répond-il, gêné par la situation.

Au même instant, mon père apparaît.

— T'es prête, ma chérie ?

Tout d'un coup, mes jambes sont molles. La sensation de vertige prend le dessus sur mon équilibre. Ça y est. Le grand moment est arrivé. Celui que j'attends avec impatience depuis toutes ces années…

Je prends une grande inspiration et je fixe mon papa droit dans les yeux. Comme si je m'attendais à ce qu'il réponde à ma place à sa question ! Il m'observe avec un regard pétillant. Celui d'un père qui est fier de sa fille. Celui d'un père qui a confiance en ce qui m'attend de l'autre côté de cette porte. Et qui me donne le courage de la traverser…

— Oui, papa. Je le suis…

Pendant longtemps, j'ai vécu une « double vie » afin de me protéger. Mais avant tout par peur de décevoir mes proches. Comment expliquer à mes chums de filles que toutes nos soirées mémorables en compagnie de gars n'étaient qu'un *front* pour me convaincre que j'étais comme toutes les autres ? Comment ne pas décevoir mes parents en leur annonçant que je ne pourrai jamais me marier dans l'église de leur patelin et poursuivre la tradition familiale ? Ces inquiétudes, la plupart non fondées, m'empêchaient seulement d'avancer et de m'accepter telle que je suis.

Le cheminement est propre à chacun et il n'existe pas UNE bonne façon de sortir du placard. Ça serait mentir si je disais que, chaque fois que j'ai fait un *coming out*, ça s'est bien déroulé et que les gens ont toujours eu la réaction que j'espérais. Mais le temps arrange souvent bien des choses… Et la chance que j'ai de vivre ce précieux moment aujourd'hui avec mon papa à mes côtés, je ne l'échangerais pas pour tout l'or du monde…

Avant que je franchisse la porte, Vincent m'interpelle :

— Peux-tu attendre que je regagne ma place avant de faire ton entrée ? Je ne veux pas manquer ça…

— T'en fais pas, je vais t'attendre, dis-je en lui faisant un clin d'œil.

***

Je respire le grand air frais (un des avantages de se marier à l'extérieur). Je m'avance tranquillement au bras de mon père. J'essaye de garder l'équilibre. Mais cette fois, ce n'est pas mon subconscient qui me joue des tours…

Quelle idée de génie ai-je eue de mettre des talons aiguilles pour marcher dans le gazon ?

Je continue d'avancer en offrant mon plus beau sourire à mes invités. Les premières notes au piano de la ballade *A Thousands Years* se font entendre. Puis mon bon ami Didier, la sensation de l'heure, celui qui a tout raflé lors de la dernière saison du *show* de téléréalité, entame la chanson.

Heart beats fast
Colors and promises
How to be brave?
How can I love when I'm afraid to fall?
But watching you stand alone
All of my doubt suddenly goes away somehow
One step closer…

Je prends place devant tout le monde. À l'instant où cette fille apparaît devant moi, la sensation de vertige, ce déséquilibre qui m'habitait depuis trop longtemps, disparaît. Pour la première fois de ma vie, je n'ai pas de doute.

Right here. Right now is where I'm supposed to be.

Dans la vie comme sur la route, il y a de la pluie et du beau temps. Il y a plusieurs chemins qu'on peut emprunter. Mais peu importe celui qu'on choisit, au bout du compte, on finit toujours par se retrouver et arriver à destination.

Je m'appelle Maxime Lafleur et je suis lesbienne. Un jour, j'ai accepté que les contes de fées que me lisait ma mère quand j'étais toute petite ne correspondaient pas à ma réalité. Je cherchais un chevalier alors qu'il me fallait une princesse…

Remerciements

À toutes les personnes qui m'ont appuyée dans mon projet d'écriture… MERCI ! ☺

À mes amies, mes premières lectrices et plus fidèles admiratrices, merci de m'avoir encouragée à persévérer. À Marie-Élaine et Christiana, merci de m'avoir permis de m'inspirer un tout petit peu de notre quotidien. À Véro, quelle serait ma vie sans nos discussions existentielles ? *Namasté !*

À Annie Chavarie, merci d'avoir apprécié mes toutes premières lignes et d'avoir fait cheminer mon manuscrit à Groupe Librex.

À Nadine Lauzon, mon éditrice, merci d'avoir cru en mon projet et de m'avoir donné la chance de vivre cette belle expérience. Pour mes débuts dans le monde littéraire, je n'aurais pu espérer avoir une meilleure guide que toi.

À Marie-Pierre Laëns, merci pour tes précieux conseils.

À toute ma famille, pour votre amour inconditionnel. À mes parents, Robert et Sylvie, qui m'avez fait don de votre grande force de caractère et de votre détermination.

À ma mémé et mon pépé, vous êtes le plus beau modèle de ce que représente l'amour pour toujours.

À Nolan, Raphaël, Mia, Mahéva, et tous les autres petits bouts de chou qui m'entourent, merci de permettre à tatie de voir la vie à travers vos yeux d'enfants. Je vous aime fort.

À ma muse, ma source infinie d'inspiration. Merci de me soutenir dans tous mes projets (même les plus fous).

À mes lectrices, j'espère que vous avez eu autant de plaisir à lire ce roman que j'en ai eu à l'écrire. À la prochaine ! ☺

Suivez les Éditions Libre Expression sur le Web :
www.edlibreexpression.com

Cet ouvrage a été composé en Minion 12/14
et achevé d'imprimer en janvier 2016 sur les presses
de Marquis imprimeur, Québec, Canada.

certifié | procédé sans chlore | 100% post-consommation | archives permanentes | énergie biogaz

Imprimé sur du papier 100 % postconsommation, traité sans chlore,
accrédité Éco-Logo et fait à partir de biogaz.